아름다운 중국문학

중국문학 그 상상의 세계

권용호 편저

역락

책머리에

　여기에 수록된 작품들은 필자가 몇 년 동안 읽고 내버려두기에 아까워 해설을 덧붙인 것들이다. 그동안 학교수업 때 학생들에게 소개도 했었고, 인터넷에 올려 관심 있는 분들과 감상도 해보았다. 작품들을 읽으면서 가장 눈여겨봤던 부분은 문학적인 상상력이 잘 발휘되어 있었느냐는 것이었다. 기실 문학작품이라면 문학성과 상상력이 뛰어나겠지만 그래도 나름대로 고른 것이 이 16편의 작품이다. 이중에는 긴 것도 있고 짧은 것도 있고, 읽기 쉬운 것도 읽고 읽기 어려운 것도 있다. 특히 ≪서경(書經)≫·≪이소(離騷)≫·≪낙신부(洛神賦)≫·≪모란정(牡丹亭)≫ 같은 작품은 길고 읽기 어려운 작품이라고 할 수 있다. 또한 이 16편의 작품들은 하나같이 중국문학사에서 한 획을 그었던 작품들이다. ≪서경≫은 중국산문의 원류이고, ≪이소≫는 초사(楚辭)와 부(賦) 문학의 원류이고, ≪낙신부≫는 중국문학사에 신녀(神女)를 묘사한 작품 중 가장 아름다운 작품이다. ≪우미인(虞美人)≫은 사(詞)의 내용을 한 단계 더 높였다는 평가를 받고 있다. ≪삼국연의(三國演義)≫는 더 말할 것도 없을 것이다.

　작품들을 읽다보면 그 수준 높은 문학성과 상상력에도 감탄하지만 중국문학의 새로운 세계 내지 가치를 깨닫게 된다. 일례로 남당(南唐)의 사인(詞人) 이욱(李煜)의 사 ≪우미인≫을 보자. 이욱은 자신의 "근심"을 "봄날의 강물"에 비유했다. "근심"과 "봄날의 강물"이 무슨 관계가 있을까? 어찌 보면 "근심"과 "봄날"은 정서상 서로 맞지 않은 것처럼 보일 수 있다. 그런데 "봄날의 강물"은 겨우내 얼었던 얼음이 녹아 흐르는 강물이기 때문에 유량

(流量)이 대단히 풍부하다. 이것으로 그의 근심이 유량이 풍부한 물처럼 많고 깊음을 알 수 있다. 또 강물은 도도하게 끝없이 흘러가므로 그의 근심이 끝이 없다는 것도 알 수 있다. 이처럼 이욱은 자신의 무한한 근심을 봄날의 강물에 비유해 그 근심이 깊고 끝없음을 아주 실감나게 보여주었다. 독자들은 그의 상상력에 감동받고 이 사의 가치를 새롭게 깨닫는다.

여기에 수록된 작품을 이렇게 감상하다 보면 중국문학에 나타나는 다양한 상상의 세계를 엿볼 수 있다. 그 재미가 쏠쏠할 것이다. 잠깐 소개하면 ≪서경≫에서는 정치적 상상력을, ≪이소≫에서는 하늘과 땅을 넘나들며 지기(知己)를 찾는 상상을, ≪낙신부≫에서는 신녀(神女)의 아름다움을 묘사하는 상상을 만나 볼 수 있다. 또 ≪도화원기(桃花源記)≫에서는 이상세계를 그리는 상상을, ≪여산폭포를 바라보며(望廬山瀑布)≫·≪동정호를 바라보며(望洞庭湖)≫·≪6월 27일 망호루에서 취해 짓다(六月二十七日望湖樓醉書)≫에서는 자연경관을 멋지게 표현하는 기발한 상상을, ≪모란정≫에서는 꿈과 죽음을 통해 청춘 남녀가 사랑을 이루는 상상이 전개된다.

이 책은 독자들을 다양한 상상의 세계로 안내할 것이다. 마치 우리가 현실에서 다양한 세계를 만나듯 말이다. 그것은 하나의 즐거운 여행이자 좋은 경험이 될 것이라 믿는다. 그리고 창의성과 인문학적 소양을 중시하는 지금, 이들 작품들을 읽는다는 것은 이 둘을 동시에 아우르는 것이기도 하다.

5

권용호 삼가 씀

차례Contents

책머리에 _ 4

01 여와가 하늘을 보수하다 • 15
　　　유안(劉安)의 ≪회남자(淮南子)・남명훈(覽冥訓)≫

　◆ 여와란 누구인가 ··· 17
　◆ 여와의 인류창조 ··· 18
　◆ 인류를 구원한 여와 ··· 18
　◆ 여와 신화의 변천 ··· 19
　◆ 신화와 소설 ··· 20

02 예가 열 개의 태양을 쏘다 • 23
　　　유안(劉安)의 ≪회남자(淮南子)・본경훈(本經訓)≫

　◆ 열 개의 태양 ··· 24
　◆ 태양을 쏜 예 ··· 25
　◆ 지상의 맹수를 제거한 예 ··· 26
　◆ 혼자 불사약을 먹고 달로 달아난 항아 ······················ 28
　◆ 예와 복비의 사랑 ··· 28
　◆ 예의 최후 ··· 29
　◆ 예 신화의 변천 ··· 29
　◆ 마음속의 신들 ··· 30

03 나무는 먹줄을 따라 잘라야 반듯해지고 • 33

≪서경(書經)·열명(說命)≫

◆ 꿈속에서 본 사람을 기용한 무정 ·· 39
◆ 정치적 상상력 ··· 40
◆ 두 가지 원칙과 죽어서 별이 된 부열 ······························· 41
◆ 또 다른 정치적 상상력 ··· 42
◆ ≪서경≫의 명칭과 작자 ··· 43
◆ 체제와 내용 ··· 44
◆ 금문(今文) ≪상서≫의 발견 ······································· 46
◆ 고문(古文) ≪상서≫의 발견 ······································· 47
◆ 금·고문 ≪상서≫의 융합 ··· 48
◆ ≪공전고문상서(孔傳古文尙書)≫의 출현 ······················· 49
◆ ≪공전고문상서≫의 변위작업 ······································· 51
◆ ≪서경≫의 주석서 ·· 52
◆ 우리나라의 ≪서경≫ 연구와 번역서 ······························· 53

04 몸이 부서지더라도 변하지 않을 것이니 • 55

굴원(屈原)의 ≪이소(離騷)≫

◆ 굴원과 ≪이소≫ ··· 70
◆ ≪이소≫의 의미와 창작시기 ··· 71
◆ 내용과 의의 ··· 72
◆ 굴원과 그의 시대 ·· 73

◆ 굴원과 초사(楚辭) 문학 ································· 75

◆ 굴원의 자품 ······································· 76

◆ 문학적인 의의 ····································· 77

05 사람과 신의 길이 다름이 한스럽고 • 81
조식(曹植)의 ≪낙신부(洛神賦)≫

◆ 당대 제일의 문학천재 ······························· 87

◆ 조식의 일생 ······································· 88

◆ 낙신(洛神)은 누구를 말할까? ························· 89

◆ 형수를 사모한 동생 ································· 90

◆ 부(賦) 문학과 ≪낙신부≫의 문학사적 의의 ············· 93

06 이상향을 찾아서 • 95
도연명(陶淵明)의 ≪도화원기(桃花源記)≫

◆ 짧았던 벼슬길 ····································· 98

◆ 이상세계를 그림 ··································· 99

◆ 도연명 이전의 이상세계 ····························· 100

◆ 문학적 의의와 후세 영향 ····························· 102

07 여산 폭포를 바라보며 • 105

이백(李白)의 ≪여산폭포(望廬山瀑布)≫

◆ 두 수의 ≪여산폭포를 바라보며≫ ·· 106
◆ 여산(廬山)의 위치와 창작 시기 ··· 106
◆ 남다른 공간적인 영감 ··· 107
◆ "3,000척"과 "3,000장" ·· 108
◆ 소식(蘇軾)도 감탄한 기상천외한 상상력 ··································· 109
◆ 이백 시의 특징 ··· 109
◆ 이백의 상상력 ··· 110

08 동정호를 바라보며 • 111

유우석(劉禹錫)의 ≪망동정(望洞庭)≫

◆ "시호(詩豪)" 유우석 ·· 112
◆ 험난한 정치역정 ·· 112
◆ 시의 무대가 된 동정호(洞庭湖) ··· 113
◆ 은쟁반 위의 푸른 고둥 ·· 114
◆ 쟁반 같이 둥근달 ··· 115

09 구리 낙타는 밤이면 흐느껴 운다 • 117

이하(李賀)의 ≪동디비(銅駝悲)≫

◆ "시귀(詩鬼)" 이하 ·· 118
◆ 불행했던 젊은 시절 ···································· 118
◆ 한유(韓愈)의 변호 ······································· 119
◆ 구리낙타의 슬픔 ··· 121
◆ 이하 시의 또 다른 특징 ···························· 122

10 그대는 얼마나 많은 근심을 할 수 있소? • 125

이욱(李煜)의 ≪우미인(虞美人)≫

◆ 황제 사인(詞人) 이욱 ································· 126
◆ 사(詞)와 ≪우미인≫ ································· 126
◆ 창작시기와 독살된 이욱 ··························· 127
◆ 근심과 봄날의 강물 ·································· 128
◆ 이욱의 사와 문학적인 의의 ······················ 130

11 6월 27일 망호루에서 취해 짓다 • 131

소식(蘇軾)의 ≪육월이십칠일망호루취서(六月二十七日望湖樓醉書)≫

◆ 중국 제일의 대문호 소식 ·························· 132
◆ 항주(杭州)와의 인연 ······························· 132

◆ 진주 알갱이 ·· 134

◆ 또 다른 명작 ··· 135

◆ 사의 창작 ·· 135

12 애타는 사람
   저 먼 곳의 애타는 사람을 생각하네 • 137

왕실보(王實甫)의 ≪별정(別情)≫

◆ ≪서상기(西廂記)≫의 작가 왕실보 ················· 138

◆ 원곡(元曲)과 산곡(散曲) ··························· 139

◆ 산곡의 성행 ··· 140

◆ 치밀한 구성 ··· 141

◆ 끝나지 않는 이별의 슬픔 ·························· 142

◆ 왕실보의 산곡 작품과 그 의의 ··················· 143

13 활활 타오르는 불길은 구름바다를 비췄으니 • 145

나관중(羅貫中)의 ≪삼국연의(三國演義)≫

◆ ≪삼국지(三國志)≫와 ≪삼국연의≫의 차이 ········ 146

◆ 정사 ≪삼국지≫와 소설 ≪삼국연의≫ 속의 적벽대전 ·········· 147

◆ 영화 속 ≪적벽대전≫ ······························ 150

14 　붉은 꽃 자주 꽃 한가득 피었어도 • 151

탕현조(湯顯祖)의 ≪모란정(牡丹亭)≫

- ◆ ≪꿈속의 사랑≫과 ≪모란정≫의 유행 ················· 166
- ◆ ≪모란정≫의 줄거리 ························· 168
- ◆ 사랑은 산 자도 죽일 수 있고 죽은 자도 살릴 수 있다 ·········· 169
- ◆ ≪모란정≫를 통해본 중국희곡의 특징 ················ 170
- ◆ 세계에서 가장 긴 장편희곡 ······················ 172
- ◆ 탕현조와 셰익스피어의 놀라울 정도의 유사성 ·············· 173
- ◆ ≪모란정≫과 ≪로미오와 줄리엣≫ ················· 174

15 　귀신과 서생의 사랑 • 175

포송령(蒲松齡)의 ≪요재지이(聊齋志異)≫

- ◆ "단편소설의 왕" 포송령 ······················· 190
- ◆ 왕사정(王士禎)과의 인연 ························ 191
- ◆ ≪섭소천≫의 줄거리 ························· 192
- ◆ 귀신에서 사람으로 ·························· 193
- ◆ 영화 ≪천녀유혼(倩女幽魂)≫(1987)의 배경이 된 이야기 ·········· 194

16 다시 캠브리지와 작별하며 • 197

서지마(徐志摩)의 ≪재별강교(再別康橋)≫

◆ 짧았던 인생 ……………………………………………… 200
◆ 캠브리지(Cambrige)와의 인연 ………………………… 200
◆ 서정성과 운율미를 겸한 시 …………………………… 201
◆ 서지마 시의 의의 ……………………………………… 202

여와가 하늘을 보수하다
女媧補天

[西漢] 유안(劉安: 기원전 179~기원전 122)

아주 오랜 옛날, 사방을 지탱하던 기둥이 무너
지고 온 천하가 갈라졌다. 하늘은 대지를 다 덮을
수 없었고, 땅은 만물을 모두 실을 수 없었다. 화
염이 만연해 식힐 수 없었고, 물이 흘러 넘쳐 다
스릴 수 없었다. 맹수들이 선량한 백성들을 삼키
고 사나운 새들은 노약자들을 채갔다. 그래서 여
와(女媧)가 오색(五色)의 돌을 달구어 하늘의 구멍을
막았다. 거대한 자라의 다리를 잘라 하늘을 지탱
하는 네 개의 기둥을 만들어 세웠다. 또 흑룡을
죽여 중원의 백성들을 구제하고 갈대를 태운 재
를 쌓아 평지에서 뿜어져 나오는 홍수를 막았다.
하늘은 보수되고 사방을 지탱하던 기둥도 세웠다.

명대 화가 소운종(蕭雲從)의
≪여와도(女媧圖)≫

홍수는 멈추었고 중원은 안정되었다. 독충과 맹수는 죽고 사람들은 살게
되었다.

15

❖ ≪회남자(淮南子)・남명훈(覽冥訓)≫

往古之時, 四極廢, 九州裂, 天不兼覆, 地不周載, 火爁炎而不滅, 水浩洋而不息, 猛獸食顓民, 鷙鳥攫老弱. 於是女媧練五色石以補蒼天, 斷鼇足以立四極, 殺黑龍以濟冀州, 積蘆灰以止淫水. 蒼天補, 四極正, 淫水涸, 冀州平, 狡蟲死, 顓民生.

회남왕(淮南王) 유안(劉安) 상(像)
안휘성(安徽省) 회남시(淮南市)
용호공원(龍湖公園)에 소재

서한(西漢)의 사상가이자 문학가. 한 고조(高祖)의 손자로 아버지의 뒤를 이어 회남왕(淮南王)에 봉해졌다. 문장에 뛰어나 무제(武帝)의 명을 받들어 ≪이소전(離騷傳)≫을 지은 적이 있다. 또 문하의 빈객과 방사(方士) 수천 명을 불러 ≪회남자(淮南子)≫를 지었다. 그 내용은 도가사상을 중심으로 선진(先秦)의 유가(儒家)・법가(法家)・음양가(陰陽家) 등의 사상을 종합했다.

"여와가 하늘을 보수하다(女媧補天)."는 중국신화 중에서 널리 알려진 이야기이다. 제목만 봐서는 공상적이고 허무맹랑한 이야기라는 느낌이 들지도 모르겠다. 그렇지만 이 이야기는 원시인류가 어떻게 수많은 악조건을 극복하였는지를 보여주면서 그들의 세상을 바라보는 눈과 사고방식을 내포하고 있다. 사실 중국신화는 고대 인류에 대한 중요한 정보를 갖고 있음에도 역대로 중시 받지 못했다. 한나라 때부터 유가적 사고에 익숙한 문인들이 신화 속의 이야기를 보잘 것 없는 황당무계한 이야기로 간주해 그 가치를 폄하했기 때문이다. 현재 가장 많은 중국신화를 기록하고 있는 ≪산해경(山海經)≫이 ≪한서(漢書)・예문지(藝文志)≫에 "소설가류(小說家類)"에 들어가 있는 것만 봐도 이를 알 수 있다. 이곳의 "소설"은 지금의 "소설(小說)"과는 다른 저잣거리에서나 떠도는 보잘 것 없는 이야기라는 의미이다. 이런 국면은

20세기 초, 노신(魯迅; 1881~1936)이 ≪중국소설사략(中國小說史略)≫에서 "신화가 소설의 원류"라고 설파한 이후에나 달라진다.

🌸 여와란 누구인가

이야기의 배경은 하늘과 땅에서 수많은 자연재해가 발생하고 짐승들이 사람들을 공격하는 혼돈의 시대이다. 혼돈의 시대에는 늘 영웅이 나오는 법이다. 이곳에서는 여와가 그 주인공이다. 여와는 중국신화에서 인류를 만든 여신(女神) 이름이다. "여와"라는 이름은 전국(戰國)시기에 활동한 굴원(屈原)의 ≪천문(天問)≫에 가장 먼저 보인다.

> 여와는 몸이 있는데, 누가 그녀를 만들었나?(女媧有體, 孰制匠之?)

굴원은 여와가 인류를 만들었다면 그렇다면 이 여와의 몸은 또 누가 만들었는지를 묻고 있다. 동한(東漢) 사람 왕일(王逸)은 이 문장에 주석을 달며 여와의 몸은 인면사신(人面蛇身), 즉 사람의 얼굴에 뱀의 몸을 하고 있다고 했다. 그런데 사람의 얼굴을 한 것은 이해가 가는데 몸은 왜

오른쪽의 남신 복희(伏羲)는 왼손에 측량을 위한 곡척(曲尺)을 들고 있고, 왼쪽의 여와는 오른손으로 컴퍼스 또는 가위를 들고 있다. 둘은 어깨를 껴안고 하나의 치마를 입고 있으며, 하반신은 서로 몸을 꼬고 있는 뱀의 모습을 하고 있다. 이를 통해 세상의 조화와 만물의 생성을 표현하고 있다.

하필 뱀의 모습이었을까? 고대 중국인에게 뱀은 지금 우리가 생각하는 사악한 이미지와 달리 불멸과 다산(多産)을 의미했다고 한다. 어쨌든 모습이 우리가 생각하는 위엄 있는 신(神)의 모습과 많이 다르다. 사람의 얼굴에 뱀의 몸을 한 여와는 어떤 존재였을까? 동한 사람 허신(許愼)의 ≪설문해자(說文解字)≫에 나오는 설명을 보자.

17

_____ 01 여와가 하늘을 보수하다

여와는 옛날의 신성한 여성으로 만물을 변하게 하는 자이다(女媧, 古之神聖
女, 化萬物之者也).

"만물을 변하게 하는 자"는 만물에 생명을 불어넣는 존재를 의미한다.
즉, 만물의 창조자라고 할 수 있다.

🌸 여와의 인류창조

이제 여와가 인류를 만든 과정을 살펴보자.

속설에 따르면, 천지가 개벽했을 때 아직 사람이 없었다. 여와가 황토를 빚어
서 사람을 만들었다. 그녀는 열심히 일해도 다 만들 여력이 없자, 진흙에 넣은
줄을 꺼내 이를 휘둘러 사람을 만들었다(俗說天地開闢, 未有人民, 女媧搏黃土作
人, 劇務力不供, 乃引繩於泥中, 舉以爲人).(≪풍속통의(風俗通義)≫)

≪창세기≫의 여호와가 진흙으로 사람을 만든 후 콧구멍에 입김을 불어
넣어 영혼을 부여한 이야기와 비슷하다. 여와는 동양의 여호와인 셈이다.

🌸 인류를 구원한 여와

"사방을 지탱하던 기둥이 무너지고 천지가 갈라지게"된 것은 공공(共工)과
전욱(顓頊)이 천제의 지위를 놓고 싸움을 했기 때문이다. 동한(東漢) 사람 왕
충(王充; 27~99?)의 ≪논형(論衡)·담천(談天)≫을 보자.

공공이 전욱과 천제의 지위를 두고 싸웠다. (공공은 전욱을) 이기지 못하자,
화가 나서 부주산을 들이 받아버렸다. 이에 천주는 부러지고, 땅을 잡아매고 있

던 줄은 끊겨져버렸다(共工與顓頊爭爲天子, 不勝, 怒而觸不周之山, 使天柱折, 地維絶).

싸움에서 패한 공공이 화가 나서 하늘을 받치고 있던 부주산(不周山)을 머리로 들이받아 사방을 지탱하던 기둥이 무너지고 천지가 갈라지게 된 것이다. 이로 산림은 불타고 홍수가 일어나고 각종 맹수들이 뛰쳐나오면서 인류는 위험에 빠지게 되었다. 이를 보다 못한 여와가 인류를 구원하기 위해 나섰다.

그녀는 강가에서 주운 오색(五色)의 돌을 불에 구워 풀처럼 끈끈한 액체로 만들었다. 이것으로 하늘에 구멍이 난 곳을 하나하나 메워나갔다. 여기서 "오색의 돌"은 일종의 신령스런 돌, 즉 영석(靈石)을 의미한다. "오색의 돌"과 관련된 또 하나의 흥미로운 설이 있다. 나비(羅泌)의 ≪노사(路史)≫에는 "돌을 달궈 노을을 만든다(煉石成霞)."라는 구절이 있다. 중국의 신화학자 왕효렴(王孝廉)은 ≪중국신화와 소설(中國神話與小說)≫에서 "노을(霞)"은 해가 뜨거나 질 때 보이는 오색구름으로 여와가 택한 오색의 돌은 비가 개인 뒤에 나타나는 오색무지개를 상징하는 것으로 보았다.

여와는 하늘이 혹여 다시 무너질까 걱정되어 거대한 거북이의 네 다리를 잘라 사방에 꽂아 하늘의 기둥으로 삼았다. 그런 후 중원지방에서 악명을 떨치던 흑룡(黑龍)과 그 밖의 맹수와 흉조(凶鳥)들을 모조리 쫓아냈으며 갈대를 태워 그것의 재로 홍수를 막았다. 여와의 이러한 헌신적인 노력으로 인류는 마침내 안정을 되찾았다.

❀ 여와 신화의 변천

사실 여와는 고대 중국인들이 인류의 탄생이라는 근원적인 의문을 해결하기 위해 상상력을 동원해 만들어낸 신적 존재였다. 후대로 오면서 현실적인 문제에 문학적 상상력까지 더해지면서 여와는 신적인 존재에서 악을 징벌하는 존재로 변한다. 이 과정에서 신의 이미지는 많이 퇴색된다. 이런 경향은 명·청대의 신마소설(神魔小說)에서 특히 두드러진다. 그 일례를 한번 살펴보자. ≪봉신연의(封神演義)≫ 제1회 <주왕이 여와궁에서 향을 올리다(紂王女媧宮進香)>를 보면, 어느 날 주왕(紂王)이 여와에게 제사를 올리기 위해 여와 사당으로 간다. 그런데 여와의 신상(神像)을 본 순간 자기도 모르게 그 아름다움에 미혹되어 음란하고 사악한 마음을 품게 된다.

단아하고 아리따운 용모에 상서로운 기운을 풍기시고, 뛰어난 자태를 보이시니 살아계시는 것 같네……주왕은 보자 말자 정신이 혼란해지고 음란한 마음이 일었다(容貌端麗, 瑞彩翩躚, 國色王姿, 宛然如生……紂王一見, 神魂飄蕩, 陡起淫心).

주왕의 음탕함에 분노한 여와는 복수하기 위해 호리정(狐狸精)을 달기(妲己)로 변신시켜 주왕을 유혹하고 마침내 은나라를 멸망시킨다. 이곳의 여와는 나쁜 마음을 품은 주왕을 징벌하고 있어 인류를 만든 여신의 숭고한 이미지와는 거리가 있다. 또 명대 주유(周遊)의 ≪개벽연역통속지전(開闢衍繹通俗志傳)≫ <여와가 군사를 일으켜 공공을 치다(女媧興兵誅共工)>에는 여와가 병사들을 일으켜 공공과 싸워 결국 공공을 패망시키는 여전사의 이미지로 묘사되고 있다. 이 역시 여신의 이미지와 거리가 있다.

✿ 신화와 소설

여와신화는 원시 인류의 상상의 결과물이며, 문학속의 여와의 형상 역시 작가 개인이 상상력을 발휘한 결과물이다. 이로 보면 여와신화는 상상의 연속이라고 할 수 있다. 신화가 특히 소설에 많은 영감과 소재를 제공한 것은 그럴듯한 스토리와 상상력이 뒷받침되어야 하는 소설이 신화의 무궁한 소재와 상상력이 필요했기 때문이 아닌가 싶다. 또 하나는 신화가 문인계층에서보다 일반대중에게 더 잘 받아들여졌다는 점인데 중국소설이 바로 일반대중을 독자로 삼고 있기 때문에 소설은 신화 속의 소재를 주된 소재로 삼을 수 있었던 것이다. 중국소설에서 신화는 상상력의 보고이자 원천이었다. 신화를 보면서 고대인의 상상에 감탄하게 된다.

예가 열 개의 태양을 쏘다
羿射十日 02

[西漢] 유안(劉安; 기원전 179~기원전 122)

요(堯) 임금 때였다. 열 개의 태양이 한꺼번에 나와 농작물을 태우고 초목을 말라죽게 하여 백성들은 먹을 것이 없었다. 알유(猰貐) · 착치(鑿齒) · 구영(九嬰) · 대풍(大風) · 봉희(封豨) · 수사(修蛇)가 일제히 나와 백성들을 해쳤다. 요 임금은 이에 예를 보내 주화(疇華)의 들판에서 끌과 같은 이빨을 가진 착치를 주살하고, 흉수(凶水)에서 아홉 개의 머리를 가진 구영을 죽였고, 청구(靑丘)의 연못에서 흉악한 새인 대풍을 쏘아 죽였다. 또 위로 열 개의 태양을 쏘고 아래로는 알유를 죽였으며, 동정호(洞庭湖)에 가서 거대한 구렁이인 수사를 베고, 상림(桑林)에서 힘이 세고 사나운 멧돼지 봉희를 잡았다. 모든 백성들이 즐거워하며 요 임금을 천자로 추대하였다. 이때 천하는 넓고 좁든, 험난하고 평탄하든, 멀고 가깝든, 길과 마을이 생겨나기 시작했다.

❖ ≪회남자(淮南子) · 본경훈(本經訓)≫

逮至堯之時, 十日并出, 焦禾稼, 殺草木, 而民無所食, 猰貐、鑿齒、九嬰、大風、封豨、修蛇, 皆爲民害. 堯乃使羿誅鑿齒於疇華之野, 殺九嬰於凶水之上, 繳大風於靑丘之

23

澤, 上射十日而下殺猰貐, 斷修蛇於洞庭, 禽封豨於桑林. 萬民皆喜, 置堯以爲天子. 於時天下廣狹、險易、遠近, 始有道里.

중국신화에는 그리스·로마신화 못지않게 상상력이 풍부한 이야기들로 가득하다. 앞서 언급한 "여와가 하늘을 보수하다"가 그렇고 이번에 이야기할 "예가 열 개의 태양을 쏘아 떨어뜨리다"도 그렇다. 두 편의 공통점은 신이 인류에게 해를 끼치는 자연재해나 짐승들을 제거하고 인류에게 평화와 안정을 가져다준다는 것이다. 이점은 중국신화의 아주 중요한 특징이기도 한데 인본정신(人本精神)을 중시하는 중국인들의 사유방식과 맞닿아 있다.

✿ 열 개의 태양

"열 개의 태양(十日)"은 본래 동방의 천제였던 제준(帝俊)의 아내 희화(羲和)가 낳은 것인데 동방의 바다 밖 흑치국(黑齒國)의 북방에 있는 탕곡(湯谷)이라는 곳에 살았다. 탕곡의 바닷물은 열 개의 태양이 목욕을 하기 때문에 늘 부글부글 끓고 있었다. 그 가운데 부상(扶桑)이라고 하는 거대한 나무가 자라고 있었다. 높이와 둘레가 수천 길에 달하는 이 거목은 그들의 집이었다. 열 개의 태양 중 아홉 개는 윗가지에 살고 한 개만 아래가지에 살았다. 그들은 일정한 순서대로 번갈아가며 하늘에 떠오르곤 했다. 태양이 떠오를 때 어머니 희화가 수레에 태워다 주곤 했기 때문에 열 개의 태양이 있었지만 인간과 만나는 것은 늘 한 개였다. 그런데 어느 날 이들 태양은 오랜 시간동안 똑같은 여정을 반복하다 보니 싫증을 느끼기 시작했다. 그래서 어느 날 밤 그들은 회의를 열어 각자 마음 내키는 대로 떠오르기로 했다. 원래 그들은 열 개의 태양이 떠오르면 대지가 황홀하고 찬란할 것이라고 생

24

각하여 인간들이 좋아할 것이라고 생각하였다. 그러나 인간은 매일 떠오르는 열 개의 태양 때문에 견딜 수 없었다.

제준은 활의 명수인 천신 예(羿)를 하계로 보내 요(堯) 임금을 도와 사태를 수습하도록 했다.

> 제준이 예에게 붉은 색의 활과 흰색의 주살을 하사하여, 그것으로 인간세상을 도와주게 하였다(帝俊賜羿彤弓素矰, 以扶下國). (≪산해경(山海經)·해내경(海內經)≫)

아울러 제준은 예에게 아들들을 너무 심하게 다루지 말 것이며 부득이하게 무력을 사용할 경우 한 두 아들에게만 사용할 것을 분부했다.

✿ 태양을 쏜 예

작열하는 태양 때문에 인간 세상은 그야말로 처참한 상황이었다. 예는 어깨에서 붉은 색 활을 꺼내고 흰색 화살을 시위에 재워 하늘의 태양을 향해 쏘았다. 처음에는 아무런 징조가 없었다. 조금 후 불덩어리가 폭발하는가 싶더니 유화(流火)가 난무하면서 금색 찬란한 깃털이 사방으로 흩날리고 픽 하는 소리와 함께 둥근 불덩이가 떨어졌다. 사람들이 달려가 보니 그것은 화살을 맞은 채 죽은 거대한 황금색 세발 까마귀(三足烏)로 태양의 화신이었다. 하늘을 보니 날씨가 조금 시원해진 것 같았다. 예는 무서워 도망치는 태양을 향해서 마구 활시위를 당겼다. 하늘에는 온통 폭발하는 불덩이로 가득했다. 그 밑으로는 황금색의 깃털이 비 오듯 쏟아지면서 세발 까마귀들이 떨어지기 시작했다.

25

예는 인류를 구원하라는 천제의 명을 받고 인간 세상에 와서 동시에 떠오른 열 개의 태양 중 아홉 개를 떨어뜨리고 백성들을 괴롭히던 맹수들을 없앴다. 후에 천제에게 죄를 지어 속세에 살게 되고 그의 처인 항아(嫦娥)가 서왕모(西王母)에게 얻어 온 불사약을 훔쳐 달로 도망가는 등 불행을 겪는다.

예(羿)가 열 개의 태양을 쏘는 모습

이 광경을 본 요 임금은 열 개의 태양이 모두 사라지면 땅 위에는 영원한 어둠과 추위가 올 것이라 생각하여 즉시 사자를 보내 예의 화살 통에서 몰래 화살 한 개를 뽑아 감추도록 했다. 이렇게 하여 하늘에는 한 개의 태양만 남게 되었다.

✿ 지상의 맹수를 제거한 예

태양으로 인한 재앙은 사라졌지만 지상에는 각종 맹수들이 사람들을 해치고 있었다. 중원지역에는 알유로 인한 피해가 가장 극심했다. 알유는 원래 천신(天神)이었으나 또 다른 천신 이부(貳負)와 그의 신하 위(危)에 의해 피살되어 맹수로 변했다. 알유는 용의 머리에 호랑이의 발톱을 하고 있었다. 그 울음소리는 신생아의 울음소리와 비슷하였다. 예는 중원에 와서 화살을 쏘아 이 괴물을 처치하였다.

알유를 제거하고 남쪽에 있는 주화의 들판에 가서 착치를 없앴다. 착치는 짐승의 머리에 사람의 몸뚱이를 하고 있었다. 그의 이빨은 5~6척이나 되었으며 끌처럼 예리했다. 착치는 처음에 창을 들고 예에게 덤볐지만 예의 활솜씨를 알고 나서 덤벼들지 못하고 방패로 자신의 몸을 보호하기에 급급했다. 예는 기회를 보고 착치를 쏘아 죽였다.

착치를 죽이고 예는 북방의 흉수에 가서 구영을 제거했다. 구영은 머리가 아홉 개나 달린 물을 쏘고 불을 뿜어대는 괴물이었다. 그는 물과 불을 분수처럼 내뿜으며 사람들을 괴롭혔다. 예는 높은 파도가 일렁이는 흉수에서 구영을 쏘아 죽였다.

구영을 죽인 예는 동방의 청구라는 연못을 지나다가 대풍이라는 사나운 새가 사람을 해치는 것을 보았다. 대풍이 지나가는 곳엔 늘 거센 태풍이 동반되었다. 예는 이 사나운 새가 힘도 세지만 잘 날기 때문에 화살을 맞아도 달아날 수 있다고 여겨 화살 끝에 질긴 푸른 끈을 매달아 이 새가 날아오기만을 기다려 힘껏 활을 당겼다. 화살은 바람을 가르고 날아가 대풍의 가슴에 명중되었다. 대풍은 다시 날아올라 도망치려고 했지만 화살 끝에 묶인 질긴 끈 때문에 날아갈 수 없었다. 예는 끈을 당겨 칼로 요절을 내버리고 말았다.

예는 대풍을 없애고 남방의 동정호에 왔다. 동정호에는 어선을 전복시키고 어부들을 잡아먹는 거대한 구렁이가 살고 있었다. 예가 동정호의 한가운데에 다다르자 거대한 구렁이가 고개를 빳빳이 치켜 세우고 산더미 같은 하얀 파도를 일으키며 다가왔다. 예는 화살 몇 개를 쏘았지만 뱀은 죽지 않고 계속 공격해왔다. 이에 예는 허리춤에서 보검을 뽑아 뱀을 두 동강 내버렸다.

이제 상림으로 가서 멧돼지를 잡는 일만 남았다. "봉희"라는 멧돼지는 이빨이 기다랗고 발톱이 날카로우며 소보다도 힘이 센 맹수였다. 봉희는 농작물을 마구 해쳤을 뿐만 아니라 사람과 가축을 잡아 먹었다. 봉희는 예가 쏜 화살에 다리를 맞아 도망가지 못하고 예에게 사로잡히고 말았다.

임무를 완수했다고 생각한 예는 상림에서 잡은 멧돼지를 삶아 천제께 바

27

쳤다. 그러나 천제는 기뻐하기는커녕 불쾌한 표정을 지었다. 자신의 아들인 태양을 쏘아 죽였기 때문이었다. 이리하여 예와 그의 아내 항아(嫦娥)는 하늘로 올라가지 못하고 그만 인간세상으로 쫓겨나게 되었다.

❀ 혼자 불사약을 먹고 달로 달아난 항아

불사약을 먹고
달로 달아난 항아(嫦娥)

항아는 남편 때문에 자신마저 하늘나라로 올라가지 못한 것이 매우 억울했다. 항아는 서왕모(西王母)에게 불사약이 있다는 말을 듣고 예와 함께 곤륜산(崑崙山)으로 갔다. 서왕모는 예의 처지를 딱하게 여겨 그에게 불사약을 주었다. 두 사람은 집으로 돌아와 길일을 택해 함께 불사약을 먹기로 했다. 그러나 남편에게 불만이 있던 항아는 몰래 불사약을 먹어버렸다. 불사약을 먹은 항아의 몸은 점점 가벼워지며 공중으로 떠올랐다. 그녀는 하늘나라로 갈 경우 남편을 저버린 여자라는 비난이 두려워 월궁(月宮)으로 잠시 피신하기로 했다. 월궁에는 흰 토끼 한 마리와 두꺼비 한 마리, 그리고 계수나무 한 그루 밖에 없어 적막하기 그지 없었다. 그녀는 후회했다. 그녀는 돌아가고 싶었지만 불사약을 먹은 이상 영원히 월궁에 살 수 밖에 없었으며 다시는 남편이 있는 인간세상으로 갈 수 없었다.

❀ 예와 복비의 사랑

항아가 달로 달아난 후 외로이 있던 예는 낙수(洛水)의 여신 복비(宓妃)를 만났다. 그녀는 복희(伏羲)의 딸로 낙수를 건너다가 물에 빠져 죽어 낙수의 신이 되었다. 그런데 복비의 남편인 황하의 수신(水神) 하백(河伯)은 두 사람이 만나는 것을 곱게 보지 않았다. 어느 날 하백은 백룡으로 변해 두 사람을 감시하다 예가 쏜 화살에 왼쪽 눈을 실명했다. 이로 하백은 두 사람 사이를 간섭하지 않게 되었다. 그리하여 예는 복비를 아내로 맞이하였다. 그러나 복비는 수신(水神)인지라 수중생활에 익숙해서 육지에서의 생활이 어설프기만 하였다. 예 역시 수중에 살기를 원치 않았다. 그래서 두 사람은 결혼한 지 얼마 안 되어 헤어지게 되었다.

✿ 예의 최후

더 이상 희망이 없는 예에게 유일한 즐거움은 사냥뿐이었다. 그가 사냥할 때마다 봉몽(逢蒙)이라는 제자가 그림자처럼 동행했다. 예의 활솜씨가 세상에 알려지자 많은 사람들이 그의 활솜씨를 배우고자 했으나 오직 봉몽만이 그의 솜씨를 터득했다. 그러나 봉몽은 스승인 예에게 강한 질투심을 느껴 그를 없애려고 하였다. 어느 날 두 사람이 사냥을 할 때 사냥한 동물을 줍던 봉몽은 나무 옆에 세워 준 복숭아나무 몽둥이를 집어 들고 예의 머리를 힘껏 내리쳤다. 선혈이 예의 귓가를 타고 끊임없이 흘러내렸다. 예는 양팔을 축 늘어뜨린 채 손에 들고 있던 활과 화살을 힘없이 떨구었다.

✿ 예 신화의 변천

이상이 예와 관련된 이야기이다. 우리는 신을 신성하고 위엄적인 존재로 생각하지만 예의 신화를 보면, 특히 예가 아홉 개의 태양을 쏘고 난 다음의 일을 보면 마치 인간 세상에 일어나는 일을 투영하고 있다는 느낌이 든다. 어쩌면 신화 그 자체를 인간이 만들어냈기 때문에 자연히 인간의 일을 그 속에 반영한 것이 아닌 가 싶다. 또 예의 신화는 원래 아홉 개의 태양을 쏘아 떨어뜨리는 것이 주된 이야기인데 후에 항아·복비·봉몽으로 이어지는 것은 모두 후대에 만들어진 이야기이다. 특히 항아 관련 신화는 서한(西漢) 시기 나온 ≪회남자(淮南子)·남명훈(覽冥訓)≫에 처음으로 보이며, 항아가 예의 처라고 처음으로 명시한 것은 ≪회남자≫에 주석을 단 동한(東漢)의 고유(高誘)에 와서이다.

> 항아는 예의 처이다. 예는 서왕모에게 불사약을 달라고 했다. 예가 미처 먹기도 전에, 항아가 훔쳐 먹어버렸다. 항아는 신선이 되어 달로 달아나, 월정(달의 요정)이 되었다(嫦娥羿妻, 羿請不死之藥於西王母, 未及服之, 嫦娥盜食之, 得神奔入月中, 爲月精也).

(복비의 이야기는 ≪초사(楚辭)≫의 <천문(天問)>과 <구가(九歌)>, ≪문선(文選)·낙신부(洛神賦)≫ 등에, 봉몽의 이야기는 ≪열자(列子)·탕문(湯問)≫과 ≪회남자(淮南子)·전언훈(詮言訓)≫ 등에 보인다) 이처럼 예의 신화는 원래 이야기에다 후인들의 상상력이 동원되어 하나의 그럴듯한 이야기가 탄생되었다.

✿ 마음속의 신들

현존하는 최고의 물리학자로 추앙받는 영국의 스티븐 호킹(Stephen Hawkin) 박사는 ≪위대한 설계(The Grand Design)≫(2010)에서 우주 저 너머에 우리가 사는 것과 같은 많은 태양계가 존재한다고 주장하면서 이를 근거로 우주는 신이 창조한 것이 아닌 저절로 생겨났다고 말했다. 다시 말해, 우주는 중력의 법칙과 양자이론에 따라 무(無)에서 자연적으로 발생했다는 것이다. 이 기사를 보면서 문득 신화 속의 신들이 생각났다. 과학의 눈으로 볼 때 신화 속의 신들은 허구이며 근거 없는 이야기에 지나지 않을 것이다. 그러나 아득한 상고 시기 간절한 도움과 의지할 수 있는 대상이 필요했던 인류는 마음속의 신들을 그려냈다. 신은 과학적으로 존재하지 않을지 몰라도 사람들의 마음속에는 살아있다. 신화속의 신들은 보이는 세계인 우주를 만든 것이 아닌 보이지 않는 세계인 사람 마음속의 영혼을 만들었다.

나무는 먹줄을 따라 잘라야 반듯해지고

惟木從繩則正 **03**

≪서경・열명(說命)≫

✤ 열명(說命) 상

고종(高宗; 기원전 1324~기원전 1266)이 꿈에서 열(說)을 만났다. 백관들에게 꿈속에서 나타난 열의 모습을 그리게 하여 전국적으로 찾게 했다. 부암(傅巖)에서 그를 찾았다. 이 일로 ≪열명≫ 3편을 지었다.

고종은 부친(즉, 小乙)상을 당해, 3년 동안 말을 하지 않았다. 그는 삼년상을 치르고도 여전히 말을 하지 않았다. 군신들이 임금에게 진언했다. "아, 폐하! 국정에 밝은 것이 영민하고 지혜로운 군주입니다. 영민하고 지혜로운 군주만이 법도를 만들 수 있습니다. 천자는 모든 제후국의 군주이십니다. 백관들은 폐하께서 만드신 법도를 따라 일을 합니다. 따라서 폐하의 말씀이 명령인 것입니다. 폐하께서 말씀을 하지 않으시면 신하들은 명령을 받을 수 없습니다."

그래서 임금이 글을 지어 신하들에게 알렸다. "짐도 천하의 모범이 되고 싶소. 그러나 덕이 부족하여, 말을 하지 않았던 것이오. 짐은 그동안 삼가하고 침묵하며 나라를 다스릴 방안을 생각했소. 그런데 꿈에 상제께서 짐

33

부열(傅說)의 모습

상나라 고종(高宗) 무정(武丁) 때의 명재상. 이름은 열(說)이고, 우(虞)나라 출신이다. 생졸연대는 분명치 않다. 원래 죄수신분으로 부암(傅巖)에서 성을 쌓는 일을 하다가 무정(武丁)에 의해 발탁되었다. 무정을 도와 "무정중흥(武丁中興)"이라는 태평성세를 일구었다.

을 보좌할 어진 이를 내려주셨소. 그가 짐의 말을 대신할 것이오." 임금은 꿈속에 나타난 그의 모습을 떠올려, 신하들에게 그리게 한 후 전국으로 사람을 보내 그림 속의 인물을 찾게 했다. 열은 부암이라는 곳에서 벽을 쌓는 일을 하고 있었다. 그의 모습이 그림 속의 인물과 비슷하여, 부열(傅說)을 재상으로 삼았다. 임금은 그를 곁에 두었다.

임금이 부열에게 알렸다. "짐이 덕을 잘 쌓을 수 있도록 아침저녁으로 가르침을 올려주시오. 만약 쇠로 만든 기물이라면, 그대를 쇠를 가는 숫돌로 삼을 것이오. 큰 강을 건넌다면, 그대를 배와 노로 삼을 것이오. 큰 가뭄이 든다면 그대를 단비로 삼을 것이오. 그대의 마음을 열어 짐의 마음을 비옥하게 해주시오. 약을 먹고도 (약기운에) 머리가 어지럽고 눈이 침침해지지 않는다면 병은 낫지 않을 것이오. 땅을 보지 않고 맨발로 걸으면 발은 다칠 것이오. 그대는 동료 관리들과 일치단결해서 짐의 잘못을 바로잡아주오. 그래서 짐이 선왕의 길을 따르고 선왕께서 천하를 다스렸던 방법으로 나라를 다스려 만백성들이 편안하게 생업에 종사할 수 있도록 해주시오. 아아! 짐의 이 명을 삼가 받든다면 좋은 결과를 얻을 수 있을 것이오."

부열이 임금에게 대답했다. "나무는 먹줄을 따라 잘라야 반듯해집니다. 군주가 신하들의 간언을 잘 받아들이면 성군이 됩니다. 군주가 성군이 되면 신하는 군주의 명이 없어도 적극적으로 간언할 것입니다. 그러니 누가 감히 군주의 큰 명을 삼가 따르지 않겠나이까?"

　부열은 왕명을 받아 백관들을 이끌었다. 그리고 임금에게 진언했다. "아, 폐하! 훌륭한 임금은 천도를 존중하고 따르며 나라를 세우고 도성을 설치합니다. 또 천자와 제후를 세우고 이어서 대부와 장관을 비롯한 관리들을 임명합니다. 이렇게 임명된 관리들이 안일과 향락에 빠지지 않고 백성들을 잘 다스릴 수 있게 하십시오."

　"하늘만이 모든 것을 보고 들을 수 있습니다. 영민한 임금만이 이런 법도를 만들 수 있습니다. 신하들이 이런 법도를 공경하게 따라야 백성들은 그 다스림을 따르게 됩니다. 말을 함부로 하면 망신을 당할 수 있습니다. 무력을 함부로 행사하면 전쟁을 일으킬 수 있습니다. 관복은 상자에 넣어두시고 함부로 상으로 내려서는 안 되며 상을 받는 사람이 직무를 잘 수행할 수 있는지를 먼저 봐야 합니다. 무기는 무기고에 넣어두고 함부로 주어서는 안 되며 받는 사람이 임무를 잘 수행할 수 있는지를 먼저 봐야 합니다. 폐하께서 이 네 가지에 주의하신다면, 정말이지 정치는 잘 되어 백성들은 편안해질 것입니다."

　"나라가 다스려지고 어지러워지는 것은 관리들에게 달려있습니다. 관직은 편애하거나 가까이에 있는 사람에게 내려서는 안됩니다. 능력 있는 이에게만 내려야 합니다. 작위는 덕행이 바르지 않는 사람에게 내려서는 안됩니다. 어진 이에게만 내려야 합니다. 옳다고 판단되면 실천에 옮기시되 그 시기를 잘 잡으십시오. 스스로 옳다고 생각하고 무리하게 일을 추진하시면 아무리 좋은 일이라도 망칠 수 있습니다. 자신의 재능을 과시한다고 일을 추진하면, 이제껏 쌓아왔던 공적을 무너뜨릴 수 있습니다. 어떤 일을 하시던, 철저하게 준비를 하십시오. 준비가 잘 되어 있으면 아무런 근심이 없을 것입니다. 소인배를 총애하여 군주의 위신을 떨어뜨리지 마시고 잘못

35

이 부끄러워 덮으려고도 하지 마십시오. 이렇게 처신하신다면 국정은 훌륭하게 운영될 것입니다. 제사를 경건하게 지내지 않고 가벼이 여기는 것은 공경하지 않는 것입니다. 제사의 예절이 너무 번다해도 혼란스러워집니다. 그러면 귀신을 모시는 것도 어려워집니다."

임금이 말했다. "훌륭한 말이오, 열이여! 그대에 말에 절로 고개가 끄덕여지오. 그대가 이렇게 잘 말해주지 않았더라면 짐은 듣고 행하지 못했을 것이오."

열이 머리를 조아리고 절을 하며 말했다. "이치를 아는 것은 어려운 것이 아닙니다. 실천에 옮기는 것이 어렵습니다. 폐하께서 정성을 다하신다면 어렵지 않을 것입니다. 이렇게 하시는 것이야말로 선왕 폐하의 큰 덕과 같아지는 것입니다. 말하지 않는 것이 있다면 모든 잘못은 소신 열에게 있습니다."

❖ 열명(說命) 하

임금이 말했다. "열은 이리 오라! 짐은 옛날 무정 임금 때의 현신이었던 감반(甘盤)에게 배움을 구한 적이 있소. 그러나 짐은 얼마 후 곧 황량한 곳으로 물러나서 황하에 살았소. 후에 짐은 황하에서 수도인 박(毫) 땅으로 왔소. 이렇게 몇 번이나 옮겨 다녔지만 배움에는 큰 진전이 없었소. 그대는 짐이 원대한 뜻을 가질 수 있도록 이끌어주시오. 짐이 만약 단술을 만들려고 한다면 그대는 누룩이 되어주시오. 짐이 만일 여러 가지 맛이 잘 어울린 국을 만들려고 한다면 그대는 소금과 매실이 되어주시오. 그대는 짐이 덕을 닦을 수 있게 다방면으로 지도해주시오. 짐을 버려서는 안 되오. 짐은 반드시 그대의 가르침대로 행할 것이오."

부열이 말했다. "폐하, 사람이 많이 듣고자 하는 것은 목표한 바를 이루고자 함이옵니다. 고인들의 가르침을 배워야만 성과를 낼 수 있습니다. 저 열은 일을 하는데 옛 것을 배우지 않으면서 국가가 대대손손 평화롭게 다스려졌다는 말을 들어본 적이 없습니다. 겸손한 마음을 가지고 늘 열심히 노력한다면 배움은 늘어갈 것입니다. 이를 믿고 기억하신다면 도는 몸에 쌓이게 될 것입니다. 가르침은 또 다른 배움입니다. 시종일관 배움을 생각하시면 덕은 자신도 모르게 닦여갈 것입니다. 선왕께서 이룩하신 법도를 거울로 삼는다면 잘못되는 일은 영원히 없을 것입니다. 그래서 저 부열은 폐하의 뜻을 삼가 받들어 재능 있고 어진 이를 널리 구해 그들을 적재적소에 배치할 것입니다."

은나라의 명재상 이윤(伊尹)의 모습

상나라 초기의 명재상. 이름이 이(伊)이고, 어릴 때는 아형(阿衡)이라고 했다. 상나라의 탕(湯)을 도와 하나라의 걸을 멸망시키고 상나라를 세우는데 혁혁한 공을 세웠다. 상나라에서도 재상의 신분으로 나라의 기틀을 다지고 국정을 안정시켰다. 이윤은 상나라의 탕·외병(外丙)·중임(中壬)·태갑(太甲)·옥정(沃丁) 다섯 임금을 섬겼으며, 옥정 8년(기원전 1549)에 사망했다. 옥정은 천자의 예로 개국임금 탕의 무덤 옆에 안장했다고 한다.

왕이 말했다. "아! 열이여, 천하의 사람들이 짐의 덕을 우러러본다면 이는 그대의 가르침 때문이오. 손과 발이 있어야 사람이듯 어진 신하가 있어야 성군이오. 옛날 선왕의 재상을 지낸 보형(保衡; 은나라의 명재상 이윤을 말함)은 선왕을 보좌해 나라를 크게 일으켰음에도 '내가 우리의 주군을 요임금과 순임금처럼 되게 하지 못한다면 내 마음은 시장에서 매를 맞는 것처럼 부끄럽고 치욕적일 것이다.'라고 말했소. 그는 또 한 사람이라도 적재적소에 배치되지 않았다면 '이것은 나의 잘못이다.'라고 말했소. 그는 우리의 위대하신 선조이신 성탕대왕을 도왔기에 그 공로가 하늘에까지 이르렀소. 그대는 짐을 잘 보필하여 은나라에 아형(阿衡; 은나라의 명재상 이윤을 말함)만 이런 찬사를 받지 않도록 해주오. 어진 이의 보필을 받지 못하는 군주는 나라를 다스릴 수 없으며 섬길 군주가 없는 어진 신하는 봉록을 받지 못하오. 그대는 그대의 주군이 선왕의 유지를 계속 받들어 백성들을 영원히 편안하게 할 수 있도록 해주오."

부열이 머리를 조아리고 절하며 말했다. "저 부열은 폐하의 큰 가르침을 만방에 드날리는 것으로 보답하겠나이다."

✿ ≪서경(書經)・열명(說命)≫

[說命 上]

高宗夢得說, 使百工營求諸野, 得諸傅巖, 作≪說命≫三篇.

王宅憂, 亮陰三祀. 旣免喪, 其惟弗言, 群臣咸諫于王: "嗚呼! 知之曰明哲, 明哲實作則. 天子惟君萬邦, 百官承式, 王言惟作命, 不言臣下罔攸稟令."

王庸作書以誥曰: "以台正于四方, 惟恐德弗類, 玆故弗言. 恭默思道, 夢帝賚予良弼, 其代予言." 乃審厥象, 俾以形旁求于天下. 說築傅巖之野, 惟肖, 爰立作相, 王置諸其左右.

命之曰: "朝夕納誨, 以輔台德. 若金, 用汝作礪; 若濟巨川, 用汝作舟楫; 若歲大旱, 用汝作霖雨. 啓乃心, 沃朕心, 若藥弗瞑眩, 厥疾弗瘳; 若跣弗視地, 厥足用傷. 惟暨乃僚, 罔不同心, 以匡乃辟. 俾率先王, 迪我高后, 以康兆民. 嗚呼! 欽予時命, 其惟有終.

說復于王曰: "惟木從繩則正, 后從諫則聖. 后克聖, 臣不命其承, 疇敢不祗若王之休命?"

[說命 中]

惟說命總百官, 乃進于王曰: "嗚呼! 明王奉若天道, 建邦設都, 樹后王君公, 承以大夫師長, 不惟逸豫, 惟以亂民.

"惟天聰明, 惟聖時憲, 惟臣欽若, 惟民從乂. 惟口起羞, 惟甲冑起戎, 惟衣裳在笥, 惟干戈省厥躬. 王惟戒玆, 允玆克明, 乃罔不休.

"惟治亂在庶官. 官不及私昵, 惟其能; 爵罔及惡德, 惟其賢. 慮善以動, 動惟厥時. 惟其善, 喪厥善. 矜其能, 喪厥功. 惟事事, 乃其有備, 有備無患. 無啓寵納侮, 無恥過作非. 惟厥攸居, 政事惟醇, 黷于祭祀, 時謂弗欽. 禮煩則亂, 事神則難."

王曰: "旨哉! 說. 乃言惟服. 乃不良于言, 予罔聞于行."

說拜稽首曰: "非知之艱, 行之惟艱. 王忱不艱, 允協于先王成德, 惟說不言有厥咎."

[說命 下]

王曰: "來! 汝說. 台小子舊學于甘盤, 旣乃遯于荒野, 入宅于河. 自河徂亳, 暨厥終罔顯. 爾惟訓于朕志, 若作酒醴, 爾惟麴糵; 若作和羹, 爾惟鹽梅. 爾交修予, 罔予棄, 予惟克邁乃訓."

說曰: "王, 人求多聞, 時惟建事, 學于古訓乃有獲. 事不師古, 以克永世, 匪說攸聞. 惟學遜志, 務時敏, 厥修乃來. 允懷于茲, 道積于厥躬. 惟斆學半, 念終始典于學, 厥德修罔覺. 監于先王成憲, 其永無愆. 惟說式克欽承, 旁招俊乂, 列于庶位."

王曰: "嗚呼! 說, 四海之內咸仰朕德, 時乃風. 股肱惟人, 良臣惟聖. 昔先王保衡作我先王, 乃曰: '予弗克俾厥后惟堯舜, 其心愧恥, 若撻于市.' 一夫不獲, 則曰時予之辜. 佑我烈祖, 格于皇天. 爾尚明保予, 罔俾阿衡專美有商. 惟后非賢不乂, 惟賢非后不食. 其爾克紹乃辟于先王, 永綏民."

說拜稽首曰: "敢對揚天子之休命!"

위의 글은 ≪서경(書經)≫ 제21편·제22편·제23편에 해당하는 ≪열명(說命)≫편이다. ≪열명≫ 3편은 은나라의 고종(高宗) 무정(武丁; 기원전 1324~기원전 1266 재위)이 부열(傅說)을 재상에 임명하고 그에게 가르침을 받는 글이다.

🌸 꿈속에서 본 사람을 기용한 무정

무정은 반경(盤庚; 대략 기원전 1401~기원전 1374 재위) 이후 쇠퇴하는 은나라를 일으켜 세운 중흥의 군주이다. 그는 반경의 조카이자 소을(小乙; 대략 기원전 1352~기원전 1325 재위)의 아들이다. 반경이 죽고 그의 동생인 소신(小辛; 약 기원전 1352~기원전 1353 재위)과 소을이 제위에 오르지만 은(殷)나라의 국운은 나날이 쇠퇴해갔다. 무정은 즉위한 후 국력을 회복하고자 했으나 조정에서는 자신을 보좌할 능력 있고 어진 이를 찾지 못했다. 이에 무정은 총재(冢宰)에게 정권을 넘기고 자신은 3년 동안 말을 하지 않고 나라가 돌아가는 상황을 관찰하기만 했다. 어느 날 저녁, 무정은 꿈에서 열(說)이라고 하는 성인을 보았다. 그러나 군신들 중에 꿈에 나타난 열을 닮은 사람이 없었다. 사람을 불러 꿈에 나타난 그의 모습을 그리게 하고, 이를 전국에 배포해 그를 찾도록 했다. 그리고 마침내 부암(傅巖)이라는 곳에서 열을 찾았다. 무정은 열을 재상에 임명하여 곁에 두고 가르침을 청했다.

✿ 정치적 상상력

여기서 무정이 부열을 얻는 과정이 상당히 신비롭다. 꿈에서 본 사람을 현실에서 찾아 재상으로 임명한다는 자체가 지금 생각하면 잘 이해가 되지 않기 때문이다. 사실 여기에는 당시의 정치적 상황과 무정의 정치적 상상력이 가미되어 있다. 무정이 3년 동안 말을 하지 않고 나라가 돌아가는 상황을 살핀 것은 재야의 재능 있는 이를 찾고자 함이었을 것이다. 그런데 그가 찾은 사람은 뜻밖에도 건축하는 일에 종사하는 신분이 낮은 사람이었다. 이런 사람을 기용한다면 당연히 기득권 세력의 반발을 불러올 수 있었다. 그렇다면 무정은 자신이 원하는 사람을 어떻게 기용했을까? 이에 그는 나름대로 기지를 발휘했다. 꿈을 이용하는 것이었다. 꿈은 미래의 일을 암시한다. 고대인들은 꿈을 신의 계시 내지 암시로 받아들였다. 무정은 신하들에게 "꿈에 상제께서 짐을 보좌할 어진 이를 내려주셨소."라고 했다. 이 말을 듣고, 신하들은 반발하고 싶어도 하지 못했을 것이다. 신의 계시이기 때문이다. 이렇게 무정은 조정의 반발을 무마하고 자신이 원한 사람을 재상의 자리에 앉히게 된다. 《열명》편은 무정이 부열을 재상에 임명하는 내용이지만 그 이면에는 당시의 복잡한 정치적 상황을 이해할 수 있는 흥미로운 이야기가 숨어있다.

✿ 두 가지 원칙과 죽어서 별이 된 부열

《열명》편을 보면 부열은 무정에게 두 가지 원칙을 이야기한다. 첫째는 관리를 다스리는 원칙이고, 둘째는 임금의 몸가짐에 대한 원칙이다. 우선 관리를 다스리는 원칙으로는 관리들이 안일과 향락에 빠지지 않도록 할 것, 어질고 능력 있는 인사를 적재적소에 등용할 것, 소인배를 멀리 하여 군주로서의 위엄을 세울 것을 말했다. 임금 자신의 몸가짐에 대한 원칙으로는 국사를 추진할 때는 시기를 잘 파악할 것, 자신의 재능을 과시하지 말 것, 잘못이 부끄러워 허물을 덮으려고 하지 말 것, 선왕들의 가르침을 따르고 배울 것, 겸손한 마음을 가질 것을 말했다. 무정 역시 부열의 진언에 겸허하게 귀를 기울이고 또 몸소 실천하려고 다짐한다. 두 사람의 이런 노력으로 은나라는 다시 한 번 중흥의 길로 가게 된다. 그래서 후인들은 부열의 숭고한 정신을 높이 기려 그를 중국의 첫 번째 성인으로 받들었다. 이는 공자보다 시기적으로 800년 정도 앞선다. 부열의 이야기는 선진 이전에는 《묵자(墨子)》·《국어(國語)》·《여씨춘추(呂氏春秋)》에도 보인다. 전설에 의하면, 부열은 사후에 하늘로 올라가 별이 되었다고 한다. 진대(晉代) 장화(張華; 232~300)의 《박물지(博物志)·잡설상(雜說上)》에는 "부열은 하늘로 올라가

41

신성(辰星)과 미성(尾星) 사이를 차지해 별이 되었다(說上據辰尾爲宿)."라고 하였다.

✿ 또 다른 정치적 상상력

≪서경≫은 현실적이고 정치적인 색채가 짙은 책이어서 상상력이 잘 발휘된 곳이 드물다. 그런데 필자의 조사에 의하면 ≪서경≫에는 두 곳에서 정치적 상상력이 발휘된 곳이 있다. 첫째가 ≪열명≫편에 나오는 무정이 꿈속에서 부열을 보았다는 이야기이다. 그 다음이 제34편 ≪쇠줄로 묶은 궤짝 속의 책서(金縢)≫편에 보이는 이야기이다. 주나라가 상나라를 멸한 지 2년 후, 무왕(武王)은 큰 병에 걸렸다. 주공(周公)이 책서(冊書)를 만들어 선왕에게 무왕을 대신해 자신을 죽여 줄 것을 청했다. 이 일이 있은 후, 사관들은 이 책서를 쇠줄로 묶은 궤짝 안에 넣어두었다. 무왕이 죽고 나이 어린 성왕(成王; 기원전 1115~기원전 1079 재위)이 뒤를 이어 즉위하자 주공이 섭정했다. 성왕의 숙부가 되는 무왕의 형제들이 유언비어를 퍼뜨려 주공을 비난하고 은(殷)나라의 유민들을 모아 주나라에 반기를 들었다. 주공이 직접 동쪽으로 토벌에 나서 반란을 진압했다. 그래도 성왕은 주공을 계속 의심했다. 후에 성왕은 쇠줄로 묶은 궤짝 안의 책서를 보고 자신의 잘못을 깨달았다. 이에 교외에 나가 원정에서 돌아오는 주공을 영접하는데 다음과 같은 일이 일어났다.

성왕이 교외로 나가자, 그때서야 하늘에서는 비가 내리고, 바람의 방향도 바뀌어, 곡식들이 모두 다시 일어났다(王出郊, 天乃雨, 反風, 禾則盡起).

성왕이 자신의 과오를 깨닫고 반란의 무리들을 토벌한 주공을 영접한 것은 옳은 행위라고 할 수 있다. 이때 이 "옳은 행위"를 어떻게 나타낼까? 일어날 수 없는 자연현상을 일어나게 함으로써 사람들에게 신비롭고 경이로움을 준다면 그 효과는 아마 극대화 될 것이다. 이런 측면에서 볼 때 ≪쇠줄로 묶은 궤짝 속의 책서≫편의 이 부분은 짧지만 정치적 상상력이 잘 발휘된 부분이라고 할 수 있다.

🌸 ≪서경≫의 명칭과 작자

≪서경≫은 최초에 ≪서(書)≫로 불렸다. ≪논어≫나 ≪맹자≫를 읽다보면 "≪서≫왈(曰)" 혹은 "≪서≫운(云)"이라는 표현을 볼 수 있다. 이때의 "≪서≫"가 바로 ≪서경≫을 말한다.

≪서경≫은 ≪상서(尙書)≫로도 불렸다. "상서"는 "서"보다 조금 후대에 불린 명칭이다. "서"에 "상"자 더해진 것은 서한 초기였다. "상"자를 더한 사람에 대해서는 두 가지 설이 유력하다. 첫째는 복생(伏生)이 더했다는 설이다. 이 설은 공안국이 썼다고 하는 ≪상서·서≫의 "제남의 복생은……이것이 상고의 책이었기 때문에 ≪상서≫라고 했다(濟南伏生……以其上古之書, 謂之≪尙書≫)."에 근거한다. 둘째는 구양씨(歐陽氏)라는 설이다. 이 설은 유흠(劉歆; ?~23)이 ≪칠략(七略)≫에서 "≪상서≫는 직언한 것이다. 구양씨가 가장 먼저 이름을 붙였다(≪尙書≫直言也, 始歐陽氏先名之)."라고 한 것에 근거한다.

≪서≫와 ≪상서≫를 "경(전)"으로 받든 것은 전국시기 순자(荀子)로부터 시작되었다. 다만 이때는 유가의 경전들을 통칭해서 "경(經)"이라고 했을 뿐 "서경"이라고는 부르지 않았다. 한대에 와서도 ≪서≫나 ≪상서≫로 불렀을 뿐 ≪서경≫이라고 부르지 않았다. 이후 수·당대에 와서도 여전히 ≪서≫나 ≪상서≫로만 불렀다. ≪서경≫으로 불리기 시작한 것은 송나라 때였다. 청대 왕명성(王鳴盛)은 "상"자는 원래 공자가 더했는데 송대의 유학자들

이 "상"자를 빼고 ≪서경≫으로 불렀다고 했다. 이때부터 지금까지 ≪서경≫이라는 명칭이 쓰이고 있다. 중국에서는 ≪상서≫로 많이 알려져 있고, 우리나라에서는 ≪서경≫으로 많이 알려져 있다.

≪서경≫의 작가는 사관(史官)이다. 고대 하·은·주대에는 임금의 언행을 전문적으로 기록하는 사관이 있었다. 이들 사관들의 기록이 ≪서경≫의 토대가 되었다. 당대(唐代) 공영달(孔穎達; 574~648)의 ≪상서정의(尙書正義)≫에 의하면 주나라 때 전해진 문서가 3,000여 편이나 되었다고 한다. 주나라 말기에 오면 이들 문서들은 파손이 심해져 옛 모습을 알아볼 수 없게 되는데, 공자가 이를 정리하여 제자들에게 강의했다. 전국 시기에는 여러 학파가 각 국의 군주들에게 자신들의 학설을 전파했다. 이때 군주의 지지를 이끌어내기 위해 사람들은 옛 문헌으로 자신의 학설을 증명하고자 했다. 이 때문에 그들은 상고의 책이었던 ≪서경≫의 수집에 상당한 공을 들였다. 진몽가(陳夢家)의 ≪상서통론(尙書通論)≫에 의하면, ≪논어(論語)≫·≪맹자(孟子)≫·≪좌전(左傳)≫·≪국어(國語)≫·≪묵자(墨子)≫·≪예기(禮記)≫·≪순자(荀子)≫·≪한비자(韓非子)≫·≪여씨춘추(呂氏春秋)≫에 ≪서경≫을 인용한 구절이 168곳이 된다고 했다. 이런 이유로 ≪서경≫은 당시 널리 유행했다.

✿ 체제와 내용

≪서경≫은 임금이 신하나 백성들에게 명령을 내리는 말과 군신들 간의 대화 등으로 이루어져있다. 현존하는 ≪서경≫은 총 58편이다. 쓰인 시기에 따라 ≪우하서(虞夏書)≫·≪상서(商書)≫·≪주서(周書)≫로 나눈다. 이중 ≪우하서≫는 9편, ≪상서≫는 17편, ≪주서≫는 32편이 있다. 위로는 요(堯)·순(舜)에서 아래로는 동주(東周)까지 매우 진귀하고도 방대한 사료를 모

아 놓고 있다. ≪상서·서(序)≫는 문체를 "전(典)·모(謨)·훈(訓)·고(誥)·서(誓)·명(命)" 6가지로 나누었다. 공영달의 ≪상서정의≫는 "전(典)·모(謨)·공(貢)·가(歌)·서(誓)·고(誥)·훈(訓)·명(命)·정(征)·범(範)" 10가지로 나누고 있다. 반면 현대의 학자들은 대체로 4가지 문체로 정리하고 있다.

(1) 전(典). 임금의 사적과 전적제도를 기록한 형식. ≪요전(堯典)≫·≪순전(舜典)≫·≪우전(禹典)≫·≪홍범(洪範)≫·≪여형(呂刑)≫·≪주관(周官)≫ 등.

(2) 훈고(訓誥). 훈계하고 명령을 내리는 형식. 여기에는 군신(君臣) 간, 대신(大臣) 간의 대화와 신들에게 고하는 글들이 포함된다. ≪서경≫에서 가장 많이 보이는 형식이다. ≪고요모(皋陶謨)≫·≪반경(盤庚)≫·≪고종융일(高宗肜日)≫·≪서백감려(西伯戡黎)≫·≪금등(金縢)≫·≪대고(大誥)≫·≪다사(多士)≫·≪소고(召誥)≫·≪군석(君奭)≫·≪고명(顧命)≫ 등.

(3) 서(誓). 군왕과 제후들의 출정사. ≪감서(甘誓)≫·≪탕서(湯誓)≫·≪태서(泰誓)≫·≪목서(牧誓)≫·≪비서(費誓)≫·≪진서(秦誓)≫ 등.

(4) 명(命). 군왕이 관리를 임명하거나 제후에게 내리는 책명. ≪군진(君陳)≫·≪필명(畢命)≫·≪군아(君牙)≫·≪경명(冏命)≫·≪문후지명(文侯之命)≫ 등.

이밖에 ≪서서(書序)≫가 있다. ≪서서≫는 각 편의 문장 제일 앞에 있으면 몇 마디의 말로 전체를 개괄하는 성격을 띠고 있다. 서(序)가 없는 편도 있고, 몇 편을 합해 하나의 서를 쓴 것도 있다. 원래 이 ≪서서≫는 공자가 3,000여 편의 문헌기록에서 본보기가 될 만한 글을 뽑아 서를 썼다고 전해지는데, 학자들의 연구에 의하면 서한 때 ≪서경≫을 강학하던 경학자들이 쓴 것으로 밝혀졌다.

🌸 금문(今文) ≪상서≫의 발견

　　진시황(秦始皇; 기원전 259～기원전 209)은 천하를 통일하자 문자를 통일하라는 명을 내렸다. 이 때문에 진나라 관가에서 사용하던 ≪상서≫를 예서(隷書)로 고쳐졌다. 그러나 민간에서 통행하던 ≪상서≫는 전국시기에 사용되던 문자 그대로 사용되었다. 이렇게 되자 ≪상서≫는 글자체가 다른 판본이 생기게 되었다. 또 진시황은 만년에 분서갱유를 단행하여 관가에서 전수하던 ≪상서≫ 외에 다른 책들은 모두 소각할 것을 명했다. 이로써 전국시기의 문자로 쓰인 ≪상서≫는 거의 불타고 만다. 남아있는 것은 박사들이 소장하고 있던 예서로 쓴 ≪상서≫뿐이었다. 그러나 이마저도 진(秦)나라 말기 유방(劉邦; 기원전 256～195)과 항우(項羽; 기원전 232～202)를 중심으로 농민기의가 일어나면서 진나라 관가의 장서들은 모두 불태워지거나 소실되는 운명을 맞이한다. 이 와중에 ≪상서≫는 자취를 감춰버린다.

　　산동(山東) 제남(濟南) 사람인 복생(伏生)은 원래 진나라 박사관(博士官) 출신으로, ≪상서≫를 전문적으로 강학했다. 농민기의 때 그는 ≪상서≫를 벽 속에 숨겨 났다. 한 혜제(惠帝) 때 서책을 소유하지 못하게 한 법률을 폐지하자 민간의 장서들이 나타나기 시작했다. 이때 복생은 벽 속에서 숨겨났던 ≪상서≫를 찾았다. 숨겨 놓은 ≪상서≫를 보니 죽간의 대부분이 썩고 닳아 있었는데, 추려보니 28편만 남아있었다. 그는 이 28편을 가지고 고향에서 제자들에게 전수했다. 한나라는 진나라의 예서를 그대로 쓰고 있었기 때문에 이 ≪상서≫ 28편은 한나라에서 통용되던 예서로 쓰인 것이었다. 한 문제(文帝)는 조조(晁錯)를 복생에게 보내 ≪상서≫를 전수받도록 했다. 조조는 복생의 말을 필기하여 조정에 돌아왔다. 이로 이 ≪상서≫ 28편은 박사관에서 전문적으로 강학되면서 전국적으로 유행하기 시작했다. 이 28편은 다음과 같다.

우하서: ≪요전(堯典)≫·≪고요모(皐陶謨)≫·≪우공(禹貢)≫·≪감서(甘誓)≫
상서 : ≪탕서(湯誓)≫·≪반경(盤庚)≫·≪고종융일(高宗肜日)≫·≪서백감
려(西伯戡黎)≫·≪미자(微子)≫
주서 : ≪목서(牧誓)≫·≪홍범(洪範)≫·≪금등(金縢)≫·≪대고(大誥)≫·≪강
고(康誥)≫·≪주고(酒誥)≫·≪재재(梓材)≫·≪소고(召誥)≫·≪낙고(洛
誥)≫·≪다사(多士)≫·≪무일(無逸)≫·≪군석(君奭)≫·≪다방(多
方)≫·≪입정(立政)≫·≪고명(顧命)≫·≪비서(費誓)≫·≪여형(呂
刑)≫·≪문후지명(文侯之命)≫·≪진서(秦誓)≫

후에 다른 지역에서 ≪태서(泰誓)≫라고 하는 ≪상서≫의 또 다른 편이
발견되었는데, 이 역시 예서로 쓰여 있었다. 이로써 복생이 전한 28편과 이
≪태서≫편을 더해 총 29편이 되었다. 그러나 ≪태서≫의 문자는 진나라
사람들이 인용한 ≪태서≫와 상당히 달라 진위를 의심받기도 했다. 한나라
의 경학자들은 이것이 진짜라고 여기고 인용하였다. 그래서 서한 때에는
총 29편의 ≪상서≫가 유행하게 되는데, 당시의 통용되던 예서로 쓰여 있
었기 때문에 이를 금문 ≪상서≫라고 했다.

✿ 고문(古文) ≪상서≫의 발견

한 경제(景帝) 때 29편으로 된 금문 ≪상서≫가 유행하는 동시에 선진 때
의 문자로 쓰인 ≪상서≫가 계속 발견되었다. 이들은 금문 ≪상서≫와 문
자도 달랐고 편수나 장구도 달랐기 때문에 고문 ≪상서≫라고 했다. 고문
≪상서≫는 여러 차례 발견되는데 이중 가장 주목받는 것이 공자의 옛집
벽에서 나온 ≪상서≫이다.

한 경제의 아들 노(魯) 공왕(恭王)이 공자의 옛집을 허물고 궁전을 지으려
다 벽의 틈 사이로 선진 때의 경서들을 발견했는데, 이때 ≪상서≫도 함께

발견된 것이다. 노 공왕은 이 책들을 공씨 집안에 돌려주었다. 그런데 공씨 집안에는 ≪시경≫과 ≪상서≫를 연구하는 공안국(孔安國)이라는 학자가 있었다. 공안국은 벽에서 나온 ≪상서≫를 금문 ≪상서≫와 대조하여 문자에 다소 차이가 있을 뿐 금문 ≪상서≫ 29편뿐만 아니라 금문 ≪상서≫에 없는 16편을 새로 얻었다. 그러나 그는 고문을 잘 알지 못했기 때문에 금문 ≪상서≫와 일치하는 29편만 전수하고 나머지 새로 나온 16편을 "일서(逸書)" 내지 "일편(逸篇)"이라 했다. 이 16편은 다음과 같다.

　　　하우서: ≪순전(舜典)≫·≪골작(汨作)≫·≪구공(九共)≫(≪구편(九篇)≫)·
　　　　　　≪대우모(大禹謨)≫·≪기직(棄稷)≫(≪익직(益稷)≫)·≪오자지가(五
　　　　　　子之歌)≫·≪윤정(胤征)≫.
　　　상서 : ≪탕고(湯誥)≫·≪함유일덕(咸有一德)≫·≪전보(典寶)≫·
　　　　　　≪이훈(伊訓)≫·≪사명(肆命)≫·≪원명(原命)≫.
　　　주서 : ≪무성(武成)≫·≪여오(旅獒)≫·≪경명(冏命)≫.

　　공안국은 이 45편을 조정에 올려 고문 ≪상서≫라 하고 학관에 세워 줄 것을 청했다. 그러나 당시 태자를 무고해 죽인 일이 일어나 학관에는 세워지지 못했다. 그의 학생이었던 사마천(司馬遷; 기원전 145~기원전 85)이 조정의 서고에서 이 45편의 고문 ≪상서≫를 보고 ≪사기≫에 인용했다.

✿ 금·고문 ≪상서≫의 융합

　　금·고문 ≪상서≫는 편수와 글자체의 차이 외에는 큰 차이가 없었다. 금문 ≪상서≫는 100여 년간 유행하는데, 동한의 유향(劉向)이 고문 ≪상서≫로 대조해 본 결과 700여 글자만 달랐다고 한다. 이로 보면 금·고문의 차

48

이는 크지 않다고 할 수 있다.

한나라 때 금문 ≪상서≫를 전수한 학파를 금문학파라고 하고, 고문 ≪상서≫를 전수한 학파를 고문학파라고 한다. 그들은 ≪상서≫연구의 방법이 달랐기 때문에 금문학파와 고문학파를 형성했다. 금문학파는 미언대의(微言大義)의 서술을 중시하여 세세한 부분까지 해설했다. 고문학파는 문자의 훈고를 중시하고 제도나 사물을 고증했다. 서한 때는 금문학자들 대부분이 정치적으로 상당한 위치에 있었기 때문에 금문 ≪상서≫는 오랫동안 학관에 세워졌다. 유흠이 고문 ≪상서≫를 제창한 이래 두림(杜林)·가규(賈逵)·마융(馬融) 등의 학자들의 노력으로 동한 때 고문 ≪상서≫가 학술계에서 우위를 점하게 되었다. 동한 말년, 금·고문에 정통했던 마융과 정현(鄭玄; 127~200)이 고문 ≪상서≫에 주석을 달았다. 그들의 해박한 지식과 당시 학술계의 영향력으로 금·고문 ≪상서≫의 논쟁이 종식된다. 이들의 주석본이 유행하자 다른 사람들의 주석본은 점차 사라지게 된다.

✿ ≪공전고문상서(孔傳古文尙書)≫의 출현

서진(西晉) 때 일어난 영가지난(永嘉之亂; 311) 이후 금·고문 ≪상서≫는 연이어 실전되었다. 동진(東晉) 초년, 예장내사(豫章內史) 매색(梅賾)이 조정에 공안국이 쓴 것으로 된 ≪공전고문상서≫를 올렸는데, 총 58편의 글들이 실려 있었다. 이중 33편의 내용이 복생이 전수한 금문 ≪상서≫ 28편과 일치했다(≪요전≫의 후반 부분을 나누어 ≪순전≫으로 삼았고, ≪고요모≫의 후반 부분을 나누어 ≪익직≫으로 삼았고, ≪반경≫을 상·중·하 3편으로 나누었으며, ≪고명≫의 후반 부분을 ≪강왕지고≫로 삼았다). 여기에 또 새로 25편이 더 있었다.

49

우하서: ≪대우모(大禹謨)≫·≪오자지가(五子之歌)≫·≪윤정(胤征)≫
상서 : ≪중훼지고(仲虺之誥)≫·≪탕고(湯誥)≫·≪함유일덕(咸有一德)≫·
　　　　≪이훈(伊訓)≫·≪태갑상(太甲上)≫·≪태갑중(太甲中)≫·
　　　　≪태갑하(太甲下)≫·≪열명(說命上)≫·≪열명중(說命中)≫·
　　　　≪열명하(說命下)≫
주서 : ≪태서상(泰誓上)≫·≪태서중(泰誓中)≫·≪태서하(泰誓下)≫·
　　　　≪목서(牧誓)≫·≪여오(旅獒)≫·≪미자지명(微子之命)≫·
　　　　≪주관(周官)≫·≪군진(君陳)≫·≪필명(畢命)≫·≪군아(君牙)≫·
　　　　≪경명(冏命)≫·≪채중지명(蔡仲之命)≫

　　이 25편을 후에 "만서(晩書)"라고 한다. ≪공전고문상서≫는 출현한 지 얼마 되지 않아 학관에 세워졌다. 동진에서 수·당대 대부분의 학자들은 이 책이 공자의 집에서 나온 ≪고문상서≫이고 공안국이 주석을 단 것이라고 믿었다. 수대 육덕명(陸德明)은 ≪경전석문(經傳釋文)≫을 쓸 때 이 책을 텍스트로 삼았고, 유현(劉炫)은 이 책에 소(疏)를 달았다. 이로 이 책은 당시 널리 유행하기 시작했다.

　　당대에는 오경(五經)의 정본을 지정하고자 안사고(顔師古; 581~645)에게 오경을 고증하는 일을 명했다. 안사고는 유현이 소를 단 ≪공전고문상서≫를 텍스트로 삼았다. 공영달도 이 책을 텍스트로 삼아 ≪상서정의≫를 편찬했다. 이로 ≪상서정의≫는 관가에서 인정한 정본으로 반포되어 유행되기 시작했다. 당대에는 해서(楷書)가 통용되고 있었고, 예서는 이미 고문체가 되었다. 이에 개성(開成) 2년 해서로 ≪공전고문상서≫를 돌에 새겼는데, 이를 "개성석경(開成石經)"이라고 한다. 인쇄술이 발명된 후에는 "개성석경"을 근거로 경전을 인쇄하였는데 지금까지 이어지고 있다. 송대 편찬된 ≪십삼경주소(十三經註疏)≫의 ≪상서≫가 바로 ≪공전고문상서≫이다. 당대에는 오경을 통일하고 다른 판본들을 배척했기 때문에 당대 초기까지 유행했던 마

50

융의 주석본·왕숙의 주석본·정현의 주석본은 모두 배척되어 실전되었다. 지금 우리가 보는 것은 이 판본이 유일하다.

✿ ≪공전고문상서≫의 변위작업

송대 오역(吳棫)이 ≪서패전(書稗傳)≫에서 처음으로 "만서" 25편을 위작으로 의심하기 시작했다. 주희(朱熹; 1130~1200)도 오역의 의견에 찬성했다. 오역과 주희의 논거는 금·고문의 사상적 깊이와 문장의 난이도가 다르다는 점이었다. 명대 매작(梅鷟)은 ≪상서고이(尙書考異)≫에서 ≪공전≫과 "만서"의 내용을 분석하고 한나라 사람들의 기록 중 고문 ≪상서≫의 전수과정과 "만서"의 편수·문체·유래 등에서 위작임을 지적했다. 청대의 학자 염약거(閻若璩; 1636~1704)는 20년간의 연구 성과를 집약한 ≪상서고문소증(尙書古文疏證)≫에서 ≪공전고문상서≫가 위작임을 증명하는 128가지 증거를 제기했다. 염약거의 고증은 요제항(姚際恒)과 혜동(惠棟; 1697~1758) 등의 학자들의 수정을 거쳐, 최종적으로 이 ≪공전고문상서≫가 위작임을 밝혀냈다. 현대 학자들도 ≪공전고문상서≫ 58편 중 33편은 복생이 전수한 것이며, "만서" 25편은 위작임을 인정하고 있다. 이 때문에 이 ≪공전고문상서≫를 "위≪공전≫"으로 부르기도 한다. "위≪공전≫"의 저자가 누구인지는 지금까지도 베일에 가려있다.

"위≪공전≫" 중 33편은 한나라에서 전해진 고문 ≪상서≫를 보고 베낀 것으로 진짜 기록이다. 나머지 25편은 각종 자료를 짜깁기한 가짜 기록들이다. 그리고 책에 나오는 "공안국의 주석"과 "공안국의 서"는 모두 위조된 것이다. 이 33편의 진짜 기록은 실질적으로 복생이 전수한 금문 ≪상서≫ 28편과 일치한다(앞의 금문≪상서≫ 목록 참조). 그러나 이 28편의 진짜 기록은 모두가 1차적인 원시자료들이 아니다. 믿을 수 있는 정도에 따라 분류하면 세 가지로 나눌 수 있다.

1. 1차 원시자료로 믿을 수 있는 것. 총 13편
   상서: ≪반경≫.
   주서: ≪대고≫·≪강고≫·≪주고≫·≪신재≫·≪소고≫·≪낙고≫·
   　　　≪다사≫·≪다방≫·≪여형≫·≪문후지명≫·≪비서≫·≪진서≫.

2. 기본적으로 1차 원시자료이지만 문자 등이 후대의 가공을 거친 것. 총 12편.
   우하서: ≪감서≫.
   상서: ≪탕서≫·≪고종융일≫·≪서백감려≫·≪미자≫.
   주서: ≪목서≫·≪홍범≫·≪금등≫·≪무일≫·≪군석≫·≪입정≫·
   　　　≪고명≫.

3. 전국 때 상고의 전설과 옛 자료들을 이용해 쓴 것. 총 3편
   우하서: ≪요전≫·≪고요모≫·≪우공≫.

✿ ≪서경≫의 주석서

≪서경≫의 문장은 예로부터 읽기 어려운 것으로 정평이 나있다. 한대의 사마천조차 문장을 완전하게 이해하지 못해 해석한 부분만 ≪사기≫에 인용하고 이해할 수 없는 부분은 보지 않고 넘어갔다고 한다. 그래서 서한 때부터 글자·단어·문장을 훈고하는 학문이 일어났다. 한나라 말 정현이 고문 ≪상서≫를 텍스트로 하고 금문 ≪상서≫의 주석을 참고하여 ≪상서주(尙書註)≫를 지었다. 이 주석본은 양한대 ≪상서≫ 주석의 집대성으로 평가받는다.

동진 때 나온 ≪공전고문상서≫는 위작으로 판명 났지만 그 주석은 앞

사람의 성과를 흡수하고 문장마다 해석을 곁들여 알기 쉽게 풀고 있다. 또 주석 수준도 정현의 주석보다 뛰어나다고 평가받는다. 당대 공영달은 이 ≪공전고문상서≫를 텍스트로 삼고 소(疏)를 달아 ≪상서정의≫를 편찬하였다. 이 책은 당대 이전 ≪상서≫ 연구의 성과를 집대성하고 있다. 지금 통용되는 ≪십삼경주소≫에 수록된 것이 바로 공영달의 ≪상서정의≫이다.

송대 주희의 제자 채침(蔡沈; 1167~1230)의 ≪서집전(書集傳)≫은 한·당대의 복잡한 고증방법을 버리고 새로운 관점에서 문장을 풀고 있으며, 주석 또한 알기 쉽고 간명하다. 이 책은 원·명·청대 과거시험의 정본으로 읽힐 정도로 후세 지대한 영향을 끼쳤다. 역대로 ≪상서정의≫와 더불어 ≪서경≫의 대표적 주석서로 손꼽혀왔다.

청대 학자들도 ≪상서≫ 연구에서 풍성한 성과를 거두었다. 염약거는 송대 이후로 오랫동안 논쟁이 되었던 ≪상서≫의 위작논쟁에 종지부를 찍었다. 단옥재(段玉裁; 1735~1815)의 ≪고문상서찬이(古文尙書撰異)≫는 ≪상서≫의 문자·구두 등의 문제를 해결했다. 왕인지(王引之; 1766~1834)의 ≪경의술문(經義述聞)≫과 ≪경전석사(經傳釋詞)≫는 소리로 의미를 유추하는 방법과 문법의 비교를 통해 ≪상서≫ 중의 많은 난제들을 해결했다. 손성연(孫星衍)의 ≪상서금고문주소≫는 역대 ≪상서≫ 관련 모든 자료를 망라하여 시비를 판단하였다. 피석서(皮錫瑞)는 "≪상서≫를 공부하려면 먼저 손성연의 ≪상서금고문주소≫를 봐야한다(治≪尙書≫當先看孫星衍≪尙書今古文注疏≫)."라고 했다. 이 책은 청대 ≪상서≫ 연구의 집대성이라고 할 수 있다.

🌸 우리나라의 ≪서경≫ 연구와 번역서

우리나라에 ≪서경≫이 언제부터 들어왔는지는 정확하지 않다. 다만 삼

국시대 신라 진흥왕의 마운령비문(磨雲嶺碑文)과 임신서기석(壬申誓記石)에 ≪서
경≫을 인용한 문장이 보이는 것으로 보아 삼국시대에 이미 ≪서경≫을 학
습한 것으로 보인다. 통일신라시대에는 국학에서 가르치는 과목의 하나였
으며, 원성왕(元聖王) 때에는 독서삼품과에도 들어가 있었다. 당시는 중국의
당나라 때였으므로 공영달의 ≪상서정의≫를 본 것으로 추정된다.

고려 말에 주자학이 전래되면서 성리학적 바탕위에서 ≪서경≫을 재해
석한 채침의 ≪서집전≫을 받아들였다. 이후 ≪서집전≫은 조선시대에 와
서도 대표적 주석서로 널리 읽혔다. 조선시대 "서경학"은 두 가지로 나눌
수 있다. 첫째는 주자학적 ≪서경≫의 해석을 절대 존중하고 이에 대한 이
해를 심화한 주석서들이다. 조선 후기의 "서경학"은 대부분 여기에 속한다.
이황(李滉; 1501~1570)의 ≪삼경석의(三經釋義)≫가 대표적이다. 둘째는 독자적
으로 ≪서경≫을 연구한 경우이다. 대표적인 인물들이 조선 후기의 실학자
들인 이익(李瀷; 1681~1763)·정약용(丁若鏞; 1762~1836)·김정희(金正喜; 1786~
1856)이다. 이들은 ≪상서정의≫를 비롯한 다양한 주석서를 참고해 주자학
적 해석의 범주를 벗어나 독자적인 체계를 세우고자 했다. 특히 청대의 고
증학을 이용해 ≪서경≫ 경문 자체에 대한 고증과 위서고증을 비롯하여 금·
고문에 대한 분석 등의 연구를 진행했다. 이익의 ≪서경질서(書經疾書)≫·정약
용의 ≪매씨서평(梅氏書評)≫과 ≪상서고훈(尚書古訓)≫·김정희의 ≪상서금고
문변(尚書今古文辨)≫ 등이 이 시기에 나온 저작들이다.

현대에 오면 번역서들이 많이 보인다. 필자의 조사에 의하면, 지금까지
10여권의 번역서가 나왔다. 이들 번역서들은 풍부한 해설과 주석을 덧붙이
고 있다. 대표적인 번역서로는 성백효의 ≪서경집전(書經集傳)≫·김학주의
≪서경≫·서정기의 ≪새 시대를 위한 서경≫·이기동의 ≪서경강설(書經講
說)≫ 등을 꼽을 수 있다.

몸이 부서지더라도 변하지 않을 것이니

雖體解吾猶未變兮 **04**

[戰國] 굴원(屈原)

[1]

　저는 하늘의 신 고양(高陽)의 후손이자, 저의 태조는 백용(伯庸)이십니다. 저는 목성이 인년(寅年) 정월에 있던, 경인일(庚寅日)에 태어났습니다. 태조께서는 제가 갓 태어났을 때의 풍채를 살피시고, 점을 치시어 이 아름다운 이름을 지어주셨습니다. 나의 이름을 정칙(正則)이라 하시고, 자(字)를 영균(靈均)이라 하셨습니다. 나는 이런 많은 아름다운 자질에, 또 뛰어난 자태까지 갖췄습니다. 강리(江離; 향초 이름)와 외진 곳에서 자라는 백지(白芷; 향초 이름)를 둘렀으며, 가을 난초를 엮어 노리개로 찼습니다. 시간은 빨라 따라 잡을 수 없으니, 세월이 나를 기다려 주지 않을까 두렵습니다. 아침에는 산비탈에서 목란을 꺾고, 저녁에는 물가의 모래톱에서 숙망(宿莽; 향초 이름)을 캡니다. 해와 달은 한시라도 멈추지 않고, 봄과 가을은 끊임없이 돌며 이어집니다. 초목이 시들고 떨어지는 것 생각하니, 아름다운 분께서 늙어가는 것이 두렵습니다. 어찌 젊으셨을 때의 그릇된 행동들을 버리지 않으십니까? 어찌 이런 모습을 고치지 않으십니까? 준마를 타고 마음껏 달리십시오, 제가 앞에서 길을 인도하겠나이다.

강리(江離; 궁궁이)   백지(白芷; 구리때)   숙망(宿莽: 숙근초)

[2]

옛날 세 분의 선대 임금께서는 덕이 순수하시어, 실로 많은 향기들이 모였습니다. 신초(申椒; 향목 이름)와 균계(菌桂; 향목 이름)도 있었으니, 어찌 혜초(蕙草; 향초 이름)와 백지로만 꿰차겠습니까? 저 요 임금과 순 임금은 바르고 곧으시어, 정도(正道)를 따라 길을 나아갔습니다. 걸(桀)과 주(紂)는 얼마나 방탕을 일삼았습니까, 그들은 그릇된 길에 빠져 걸음걸이가 궁해졌습니다. 저 당파를 이룬 무리들은 향락만 추구하니, 그들의 길은 어둡고 좁아 위험천만할 것입니다. 제가 어찌 화를 당할 것을 두려워하겠습니까? 폐하의 수레가 넘어질까 두려울 뿐입니다. 저는 폐하를 앞뒤에서 열심히 보필하고, 선왕 폐하의 자취를 따르고자 했습니다. 폐하께서는 저의 충정을 헤아리지 않으시고, 도리어 참언을 믿고 대노하셨습니다. 저는 충언이 화를 부른다는 것을 잘 알고 있지만, 그래도 참고 가만히 있을 수 없었습니다. 저 하늘을 가리켜 맹세하건대, 이 모든 것이 폐하를 위한 마음 때문이었습니다. 황혼 때 만나자고 말씀하시고는, 어찌 중도에 길을 바꾸십니까? 애초에 저와 약속을 해놓으시고, 후에 마음을 바꿔 다른 생각을 하십니까. 폐하와 멀어지는 것은 두렵지 않으나, 폐하의 잦은 변심에 마음이 아픕니다.

신초(申椒; 화초)

균계(菌桂; 육계나무)

혜초(蕙草; 영릉향)

[3]

　저는 이미 구원(九畹)이나 되는 넓은 땅에 난초를 심었고, 또 백무(百畝)나 되는 땅에 혜초도 가꾸었습니다. 밭두둑의 경계를 지어 유이(留夷; 향초 이름)와 게거(揭車; 향초 이름)를 심고, 그 사이로 두형(杜衡; 향초 이름)과 백지도 키웠습니다. 가지와 잎이 크고 무성해지길 바라며, 수확할 날을 기다렸습니다. 시들고 떨어지는 것은 아프지 않으나, 꽃들이 거칠어지고 더러워지는 것이 슬픕니다. 사람들은 하나같이 경쟁적으로 나아가며 탐욕을 부립니다, 그들은 가득 채운 것도 모자라 계속 명리를 찾습니다. 어찌 자신의 탐욕스런 마음으로 다른 이를 헤아리고, 서로 어진 이를 질투할 생각만 합니까? 미친 듯이 내달리며 명리를 쫓는 것은, 제가 간절하게 구하는 것이 아닙니다. 노년이 점점 다가오니, 고결한 이름을 세우지 못할까 두렵습니다. 아침에는 목란에서 떨어지는 이슬을 받아 마시고, 저녁에는 가을 국화에서 떨어지는 꽃잎을 먹습니다. 실로 제 마음이 고결하고 한결같다면, 오랫동안 먹지 못

57

해 야윈들 무엇이 아프겠습니까? 목란의 뿌리를 캐 백지를 묶고, 떨어진 벽려(薜荔; 향초 이름)의 꽃술을 이어 화환을 만듭니다. 균계를 바르게 펴서 혜초와 잇고, 호승(胡繩; 향초 이름)으로 길고 보기 좋게 새끼를 꼽니다. 저는 전대의 선현을 공경하게 본받기에, 세상 사람들과 입는 것이 다릅니다. 지금 사람들과 뜻이 맞지 않아, 팽함(彭咸; 은나라 때의 어진 신하)이 남긴 뜻을 잇고자 합니다.

유이(留夷; 작약)

두형(杜衡; 족두리풀)

벽려(薜荔; 줄사철나무)

[4]

길게 탄식하고는 눈물을 닦고, 인생이 이렇게도 모짐을 슬퍼합니다. 저는 아름다운 것에만 얽매여, 아침에 충언을 올렸다가 저녁에 버림을 받았습니다. 제가 버림받은 것은 혜초를 찼기 때문이고, 또 백지를 땄기 때문이었습니다. 이들은 제가 진심으로 좋아하는 것이니, 백번을 죽더라도 후회하지 않을 것입니다. 폐하께서 방탕을 일삼으시며, 끝내 저의 충정을 헤아려주시지 않은 것이 원망스럽습니다. 여인들은 저의 아름다운 모습을 시기하며, 근거 없는 말을 지어내 제가 음탕한 짓을 잘한다고 비방합니다. 본시 목공이라는 사람들은 세속의 흐름을 잘 따르는 사람들이어서, 법을 무시하고 규칙을 바꾸길 좋아합니다. 또 그들은 법도를 어기고 그릇된 길을 가며, 경쟁적으로 영합하는 것을 규칙이라 여깁니다. 저는 걱정되고 답답해서 낙담하고 있습니다, 유독 저만 지금 곤궁에 빠져있습니다. 차라리 지금 이 순간 죽어 강물을 따라 내려갈지언정, 그런 행동은 차마 하지 못하겠습니다. 사나운 새는 무리를 짓지 않는다 했습니다, 이는 예로부터 그랬습니다. 네모난 것과 둥근 것이 어찌 맞겠으며, 길이 다른데 어찌 함께 갈 수 있겠습니까? 억울해도 마음을 진정시키고, 죄를 받아들이고 치욕을 견디겠습니다. 청백한 절개를 품고 올곧게 죽는 것은, 본시 옛 성현들이 귀중히 여긴 것입니다.

[5]

길을 자세히 보지 않은 것 후회하고, 서성이다 돌아가려고 합니다. 저의 수레를 돌려 처음에 왔던 길로 갑니다, 더 먼 곳에서 길을 잃어버리기 전에 말입니다. 난초가 자라는 물가의 언덕에 말을 거닐게 하고, 말을 달려 산초나무 우거진 언덕에서 잠시 쉬려 합니다. 말을 올려 받아들여지지 않아 죄지은 몸 되었으니, 물러나 처음 입었던 옷을 다시 수선하려 합니다. 연잎을 마름질해서 상의를 만들고, 연꽃을 이어 하의를 만듭니다. 나를 알아주지 않아도 괜찮습니다, 실로 내 마음만 고결하면 됩니다. 머리에 쓴 갓을 더욱 높게 올리고, 허리에 찬 검을 더욱 길게 합니다. 향기와 악취가 함께 섞여 있더라도, 고결한 자질은 해를 입지 않습니다. 문득 고개를 돌려 눈 닿는 곳을 봅니다, 저는 천지의 저 끝을 보러 갈 것입니다. 화려하고 아름다운 장식을 많이 하면, 짙은 향기는 더 잘 드러날 것입니다. 사람마다 좋아하는 것이 있습니다, 저는 유독 아름답게 꾸미는 것을 좋아합니다. 몸이 부서지더라도 변하지 않을 것이니, 어찌 제 마음에 두려움이 있겠습니까?

[6]

누나 여수(女嬃)가 가쁜 숨을 몰아쉬며, 몇 번이나 저를 야단쳤습니다. "곤(鯀; 우 임금의 부친)은 일신의 안위를 돌보지 않고 너무 강직하더니, 결국 우산(羽山)의 들판에 갇히고 말았다. 너는 어찌 직언을 잘하고 고결하게 행동하며, 이 아름다운 절개를 지키려 하느냐? 방에 야생화들이 가득 하거늘, 어찌 가려내 멀리하고 차지 않느냐. 집집마다 찾아다니며 사람들에게 설명할 수 없는 노릇이거늘, 누가 우리의 마음을 알아주겠느냐? 세상 사람들은 서로 추켜세우고 무리를 이루길 좋아하는데, 어찌 너만 내 말을 듣지 않는 것이냐?"

[7]

선현들의 가르침을 따라 올바르게 판단했건만, 온통 탄식만하다 여기까지 왔습니다. 원수(沅水; 강 이름)와 상수(湘水; 강 이름)를 건너 남쪽으로 가다, 순 임금 계신 곳에서 속마음을 털어놓습니다. 하나라의 계(啓)는 ≪구변(九辯)≫과 ≪구가(九歌)≫를 훔쳐, 향락을 추구하며 방종을 일삼았습니다. 또 무관(武觀; 하나라 임금 계의 아들)은 어려움을 생각해 훗날을 준비하지 않고, 궁중에서 음란한 짓을 하는데 (이 노래들을) 이용했습니다. 예(羿)는 과도한 향락을 즐기고 사냥에 빠졌으며, 큰 여우를 쏘는 것을 좋아했습니다. 본시 어지러운 짓을 하는 무리에게는 좋은 결말이 드뭅니다, 한착(寒浞)은 예를 죽이고 그의 아내를 취했습니다. 요(澆; 한착의 아들)는 힘이 센 것을 믿고, 욕정을 참

60

지 못하고 제멋대로 했습니다. (그는) 날마다 향락을 추구하고 자신의 안위는 잊어버려, 결국 소강(少康)에게 목이 달아났습니다. 하나라 걸은 법도를 어기고, 추락해 재앙을 만났습니다. 은나라의 주왕(紂王) 신(辛)은 사람을 육장으로 만들었습니다, 이 때문에 은나라는 오래 갈 수 없었습니다. 탕 임금과 우 임금은 엄숙하고 공경하셨으며, 주나라의 선왕들도 법도를 말하심에 그릇됨이 없었습니다. 어진 이를 선발하고 능력 있는 이를 임용했으며, 법도를 따르며 한쪽으로 치우치지 않았습니다. 하늘은 사사로움이 없고, 덕이 있는 사람을 보면 도와줍니다. 어질고 지혜로워 덕을 잘 행하는 사람만이, 이 천하의 땅을 가질 수 있습니다. 과거를 돌아보시고 미래를 생각하시면, 세상의 시비를 판단하는 기준을 분명하게 볼 수 있습니다. 어찌 정의롭지 않은 일을 할 수 있겠으며, 어찌 선하지 않은 일을 할 수 있겠습니까? 곤경에 빠져 죽음이 닥쳐와도, 저는 후회하지 않고 처음의 뜻을 생각할 것입니다. 장붓구멍을 재지 않고 네모난 장부만 만들다, 전대의 성현들은 육장이 되었습니다. 저는 답답하고 울적해 거듭 흐느껴 울곤 합니다, 좋은 때를 만나지 못한 것이 애통할 뿐입니다. 부드러운 혜초로 눈물을 닦아도, 흐르는 눈물이 계속 옷깃을 적십니다.

[8]

옷섶을 펼치고 꿇어 앉아 진심을 아룁니다, 저는 정도를 따랐기에 한 치의 부끄러움이 없습니다. 뿔이 없는 네 마리 옥룡이 끄는 봉황수레를 몰며, 긴 바람을 타고 순식간에 하늘로 치솟습니다. 아침에 창오(蒼梧)를 출발해, 저녁에 곤륜산(崑崙山)의 현포(縣圃)에 옵니다. 이 신령스런 산에 잠시 쉬고자 하나, 해는 어느덧 지려고 합니다. 나는 희화(羲和)에게 채찍질을 멈추게 하고, 엄자산(崦嵫山)으로 다가가지 말라고 합니다. 길은 멀고 아득해도, 나는 하늘과 땅에서 나를 알아주는 사람을 찾습니다. 함지(咸池)에서 말에게 물을 먹이고, 부상(扶桑)에서 말고삐를 매어둡니다. 약목(若木)을 꺾어 해를 털어주고, 잠시 자유롭게 돌아다녀봅니다. 망서(望舒)에게 앞에서 길을 열라 하고, 비렴(飛廉)에게 뒤에서 따라오라 합니다. 봉황에게 앞에서 나를 호위하라 하고, 뇌사(雷師)는 아직 호위할 준비가 되지 않았다고 합니다. 나는 봉황에게 날아오르게 하여, 밤낮으로 쉬지 않고 가게 합니다. 회오리바람은 한 곳으로 모여 붙어, 꽃구름을 이끌고 나를 맞이하러 옵니다. 꽃구름이 어지러이 모였다 흩어지면서, 하늘과 땅 사이에 찬란하고 눈부신 색채를 수놓습니다. 천문을 지키는 문지기에게 문을 열라 하니, 문지기는 천문에 기대어 보는 척도 하지 않습니다. 날은 어둑어둑 지려하고, 저는 난초를 엮으며 오래오래 서있습니다. 세상은 혼탁해 선악을 구분하지 않고, 훌륭한 이를 가리고 시기하는 것만 좋아합니다.

[9]

　저는 아침에 백수(白水)를 건너고, 낭풍산(閬風山)에 올라 말을 매려합니다. 문득 뒤돌아보니 눈물이 흐르고, 고구(高丘)의 산에 신녀가 없음을 슬퍼합니다. 저는 얼른 (동방 청제의) 춘궁(春宮)을 돌아보며, 옥 나무의 가지를 꺾어 계속 찹니다. 이 꽃들 시들기 전에, 하계로 내려가 꽃을 전해줄 아리따운 여인을 찾아봅니다. 풍륭(豊隆)에게 구름을 타고 가서, 복비(宓妃)가 있는 곳을 찾게 합니다. 차고 있던 매듭을 풀어 마음을 전하고, 종(鍾)과 경(磬)의 소리로 중매 서게 합니다. (복비는) 태도가 애매하고 주관이 없으며, 변덕을 잘 부려 어울리기 어렵습니다. (복비는) 저녁에 궁석(窮石)에 가서 머물고, 아침에는 유반(洧盤)에서 머리를 감습니다. 그녀는 자신의 아름다움을 믿고 거만하고, 매일 무절제하게 향락을 추구합니다. 그녀는 아름답지만 예의를 모르니, 저는 그녀를 버리고 다른 곳으로 미인을 찾으러 갑니다. 저는 천지사방을 살피고, 하늘을 주유해서 땅에 내려옵니다. 높이 솟은 옥 누대를 바라보다, 유융국(有娀國)의 미녀를 보았습니다. 짐새에게 중매를 서달라고 했지만, 짐새는 (그녀의) 좋지 않은 점을 말합니다. 수비둘기는 지저기며 날아가나, 저는 그의 경박함과 교묘한 말솜씨를 싫어합니다. 속으로 머뭇거리며 의심이 들어, 직접 가보고 싶지만 예의에 맞지 않습니다. 봉황이 이미 예물을 보내, 고신(高辛)이 저보다 먼저 미인을 차지할 까 두렵습니다. 저는 먼 곳에 있고 싶으나 의지할 곳 없어, 잠시 이리저리 떠돌며 소요합니다. 소강(少康)이 장가들기 전, 유우씨(有虞氏)의 두 딸은 약혼을 기다렸습니다. 중매를 서는 사람들은 무능하고 어리석어, 말을 제대로 전달해주지 못할 까 걱정입니다. 세상이 더럽고 혼탁해 어진 이들이 질시를 받고, 좋은 사람은 가리고 나쁜 사람을 받들길 좋아합니다. 궁궐은 깊고 멀며, 명철하신 임금은 잠에서 깨어나지 않습니다. 충정을 품고도 나타낼 길이 없으니, 제가 어찌 평생을 참을 수 있겠습니까!

[10]

띠풀과 대나무 조각을 찾아와, 영분(靈氛; 전설에 나오는 점을 잘 봤다는 사람이름)에게 점을 쳐달라고 합니다. 영분이 말합니다. "양쪽이 아름다우면 분명히 합쳐질 것이니, 정말로 아름다운 사람이 아니고서야 어찌 그대를 그리워하겠소? 넓고 큰 천지를 생각하오, 어찌 이곳에만 아름다운 사람이 있겠소?" 영분이 또 말합니다. "주저하며 의심하지 말고 멀리 떠나시오, 아름다

63

움을 추구하는 사람이 어찌 자신을 버리겠소? 하늘 아래 어느 곳인들 향기로운 풀이 없겠소, 어찌 고국에 미련을 두오?" 세상이 혼탁해 사람을 어지럽게 하는데, 누가 나의 좋고 나쁨을 살피겠습니까? 사람마다 좋고 나쁨에 대한 기준이 다르건만, 저 당파를 이룬 사람들만 유독 특별납니다. 사람마다 냄새나는 쑥을 허리에 가득 차고 다니며, 그윽한 곳에 자라는 난초는 찰수 없다고 합니다. 초목의 좋고 나쁨도 구별하지 못하면서, 어떻게 옥석의 아름다움을 헤아릴 수 있겠습니까? 똥이 들어간 흙을 구해 향주머니를 채우면서, 신(申) 땅에서 나는 화초(花椒)는 향기가 없다고 합니다.

[11]

저는 영분의 좋은 점괘를 따르고 싶으나, 속으로 주저하고 망설여집니다. 무함(巫咸; 전설에 나오는 점을 잘 봤다는 사람이름)이 저녁에 강림하면, 저는 화초와 고운 쌀을 들고 그에게 복을 빌 것입니다. 하늘의 모든 신들이 해와 달을 가리고 강림하면, 구의(九嶷)의 여러 산들이 잇따라 마중하러 올 것입니다. 휘황찬란하게 신령스런 빛을 발하며, 저에게 상스러운 이야기를 해줍니다. (무함이) 말했습니다. "하늘과 땅을 부지런히 오르고 내리며, 법도를 함께 지켜나갈 사람을 찾으라. 탕 임금과 우 임금은 공경하게 자신과 뜻이 같은 어진 이를 찾았으니, 이윤과 고요를 얻어 조화를 이루었다. 실로 그대의 마음이 고결하다면, 중재할 사람이 왜 필요하겠는가? 부열(傅說)은 부암(傅巖)에서 흙손을 잡고 담을 쌓았음에도, 무정(武丁)은 추호의 의심 없이 그를 등용했다. 여망(呂望)은 칼을 갈며 고기를 잘랐지만, 주 문왕을 만나 중용되었다. 영척(甯戚)은 소뿔을 치며 노래를 부르다가, 제 환공이 듣고 자신을 보좌할 대신으로 삼았다. 아직 늦지 않은 나이다, 시간도 아직 다하지 않았다.

64

두견새가 일찍 울어, 꽃들이 더 이상 향기롭지 않을 까 두렵다."

[12]

　나의 옥패는 이다지도 아름답거늘, 어찌하여 사람들은 그 광채를 덮고 가리려고 합니까? 저 무리를 이룬 사람들은 신의를 따지지 않으니, 옥패를 질투해 부러뜨릴까 두렵습니다. 세상은 어지럽고 종잡을 수 없으니, 제가 어찌 이곳에 오래 머물 수 있겠습니까? 난초와 백지는 동화되어 더 이상 향기롭지 않고, 붓꽃과 혜초도 보잘 것 없는 억새풀이 되었습니다. 예전의 향기로운 풀들이, 지금은 어찌 저 냄새나는 쑥이 되었습니까? 설마 다른 이유가 있는 것입니까? 이는 꾸밈을 좋아하지 않아 입은 화입니다. 난초는 믿을 수 있다고 여겼건만, 어찌 속은 비고 겉만 아름다운 것입니까? 그 아름다움을 버리고 세속의 무리들을 따릅니다, 향기로운 화초들 속에 구차하게 끼고자 말입니다. 화초(花椒)는 전횡을 일삼고 아첨하며 오만방자하게 굴고, 또 수유(茱萸)는 사람들이 차는 향주머니에 들어가고자 합니다. 위로 올라가려고만 하니, 그 향기로움을 어떻게 퍼뜨릴 수 있겠습니까? 시속이란 본시 대세를 따르는 것이니, 누가 변하지 않을 수 있겠습니까? 화초와 난초를 봐도 이렇거늘, 하물며 게거와 강리는 더 말할 것도 없을 것입니다. 이 옥패만이 귀중했거늘, 그 아름다움은 버림 받아 여기까지 왔습니다. 그윽한 향기는 사라지지 않아, 지금까지도 향기는 진하게 남아있습니다. 옥패의 소리를 맞추는 것을 즐거움으로 삼아, 잠시 떠돌며 미인을 찾아보렵니다. 제가 꾸민 것에서 향기가 나는 동안, 하늘과 땅을 돌며 둘러볼 것입니다.

[13]

　영분이 이미 좋은 점괘를 나에게 알려주었으니, 저는 길일을 골라 떠나려 합니다. 옥 나무의 가지를 꺾어 건포로 삼고, 옥가루를 잘 추려 건량으로 삼습니다. 비룡이 날 위해 수레를 몰고, 옥돌과 상아를 섞어 수레를 꾸밉니다. 마음이 다르니 어찌 함께 할 수 있겠습니까? 제 스스로 멀리 떠나겠습니다. 저는 수레를 돌려 곤륜산을 향합니다, 길고 먼 길에서 이리저리 떠돌겠습니다. 꽃구름 깃발을 들어 하늘과 해를 가리고, 난새 모양의 옥 방울은 짤랑짤랑 소리를 냅니다. 아침에 은하수 나루터를 출발하여, 저녁에 해가 지는 서쪽에 도달합니다. 봉황의 날개는 구름깃발에 닿고, 높이 비상하며 유유자적합니다. 어느덧 모래가 흐른다는 사막에 와서, 적수(赤水)를 따라 머뭇거리며 나아가지 않습니다. 교룡을 지휘하여 나루터에서 다리를 놓게 하고, 서황(西皇)에게 맞은편 언덕까지 건너가게 해달라고 합니다. 길은 멀고 험난하여, 여러 수레에게 곁에서 직접 호위할 것을 알립니다. 부주산(不周山)을 지나 왼쪽으로 돌아, 서해를 가리키며 그곳에서 만나자고 합니다. 저는 수많은 수레를 불러 모아, 옥 바퀴를 나란히 하고 함께 달립니다. 여덟 마리 용을 몰아 구불구불 나아가니, 수레에 꽂은 구름깃발은 펄럭펄럭 힘차게 나부낍니다. 깃발을 내리고 수레를 멈추니, 마음은 저 한 없는 곳을 달려갑니다. ≪구가(九歌)≫를 연주하고 ≪구소(九韶)≫에 맞춰 춤을 추며, 이 순간을 빌려 한껏 즐겨봅니다. 이제 막 떠오른 태양이 휘황찬란한 빛을 비추니, 문득 저 아래로 고향을 봅니다. 마부는 슬퍼하고 말은 그리워하며, 머뭇머뭇 쳐다보며 가지 않습니다.

[14]

　맺는 말: 이제 그만 두겠습니다! 이 나라에는 알아주는 사람 없으니, 고국에 무슨 미련을 두겠습니까. 훌륭한 정치를 함께 할 사람이 없으니, 저는 팽함이 있는 곳으로 가렵니다.

❖ ≪이소(離騷)≫

　帝高陽之苗裔兮, 朕皇考曰伯庸. 攝提貞於孟陬兮, 惟庚寅吾以降. 皇覽揆余初度兮, 肇錫余以嘉名. 名余曰正則兮, 字余曰靈均. 紛吾既有此內美兮, 又重之以脩能. 扈江離與辟芷兮, 紉秋蘭以爲佩. 汨余若將不及兮, 恐年歲之不吾與. 朝搴阰之木蘭兮, 夕攬洲之宿莽. 日月忽其不淹兮, 春與秋其代序. 惟草木之零落兮, 恐美人之遲暮. 不撫壯而棄穢兮, 何不改此度. 乘騏驥以馳騁兮, 來吾道夫先路.

　昔三后之純粹兮, 固衆芳之所在. 雜申椒與菌桂兮, 豈維紉夫蕙茝? 彼堯舜之耿介兮, 既遵道而得路. 何桀紂之猖披兮, 夫唯捷徑以窘步. 惟夫黨人之偸樂兮, 路幽昧以險隘. 豈余身之憚殃兮? 恐皇輿之敗績. 忽奔走以先後兮, 及前王之踵武. 荃不察余之中情兮, 反信讒而齌怒. 余固知謇謇之爲患兮, 忍而不能舍也. 指九天以爲正兮, 夫唯靈脩之故也. 曰黃昏以爲期兮, 羌中道而改路? 初既與余成言兮, 後悔遁而有他. 余既不難夫離別兮, 傷靈脩之數化.

주희(朱熹)의
≪초사집주(楚辭集註)≫에 나오는
≪이소(離騷)≫의 첫 부분

　余既滋蘭之九畹兮, 又樹蕙之百畝. 畦留夷與揭車兮, 雜杜衡與芳芷. 冀枝葉之峻茂兮, 願竢時乎吾將刈. 雖萎絕其亦何傷兮, 哀衆芳之蕪穢. 衆皆競進以貪婪兮, 憑不猒乎求索. 羌內恕己以量人兮, 各興心而嫉妬. 忽馳騖以追逐兮. 非余心之所急. 老冉冉其將至兮, 恐脩名之不立. 朝飲木蘭之墜露兮, 夕餐秋菊之落英. 苟余情其信姱以練要兮, 長顑頷亦何

67

傷? 擥木根以結茝兮, 貫薜荔之落蕊. 矯菌桂以紉蕙兮, 索胡繩之纚纚. 謇吾法夫前脩兮, 非世俗之所服. 雖不周於今之人兮, 願依彭咸之遺則.

　　長太息以掩涕兮, 哀民生之多艱. 余雖好脩姱以鞿羈兮, 謇朝誶而夕替. 既替余以蕙纕兮, 又申之以攬茝. 亦余心之所善兮, 雖九死其猶未悔. 怨靈脩之浩蕩, 終不察夫民心. 衆女嫉余之蛾眉, 謠諑謂余以善淫. 固時俗之工巧兮, 偭規矩而改錯. 背繩墨以追曲兮, 競周容以爲度. 忳鬱邑余侘傺兮, 吾獨窮困乎此時也. 寧溘死以流亡兮, 余不忍爲此態也. 鷙鳥之不羣, 自前世而固然. 何方圓之能周兮, 夫孰異道而相安? 屈心而抑志兮, 忍尤而攘詬. 伏清白以死直兮, 固前聖之所厚.

　　悔相道之不察兮, 延佇乎吾將反. 回朕車以復路, 及行迷之未遠. 步余馬於蘭皋兮, 馳椒丘且焉止息. 進不入以離尤兮, 退將復脩吾初服. 制芰荷以爲衣兮, 集芙蓉以爲裳. 不吾知其亦已兮, 苟余情其信芳. 高余冠之岌岌兮, 長余佩之陸離, 芳與澤其雜揉兮, 唯昭質其猶未虧. 忽反顧以遊目兮, 將往觀乎四荒, 佩繽紛其繁飾兮, 芳菲菲其彌章. 民生各有所樂兮, 余獨好脩以爲常. 雖體解吾猶未變兮, 豈余心之可懲?

　　女嬃之嬋媛兮, 申申其詈予. 曰 "鯀婞直以亡身兮, 終然殀乎羽之野. 汝何博謇而好脩兮, 紛獨有此姱節? 薋菉葹以盈室兮, 判獨離而不服. 衆不可戶說兮, 孰云察余之中情? 世并擧而好朋兮, 夫何煢獨而不予聽?"

　　依前聖以節中兮, 喟憑心而歷玆. 濟沅湘以南征兮, 就重華而陳詞. 啓≪九辯≫與≪九歌≫兮, 夏康娛以自縱. 不顧難以圖後兮, 五子用失乎家巷. 羿淫遊以佚畋兮, 又好射夫封狐. 固亂流其鮮終兮, 浞又貪夫厥家. 澆身被服强圉兮, 縱欲而不忍. 日康娛以自忘兮, 厥首用夫顚隕. 夏桀之常違兮, 乃遂焉而逢殃. 后辛之菹醢, 殷宗用而不長. 湯禹儼而祗敬兮, 周論道而莫差. 擧賢而授能兮, 循繩墨而不頗. 皇天無私阿兮, 覽民德焉錯輔. 夫維聖哲以茂行兮, 苟得用此下土. 瞻前而顧後兮, 相觀民之計極. 夫孰非義而可用兮, 孰非善而可服? 阽余身而危死兮, 覽余初其猶未悔. 不量鑿而正枘兮, 固前脩以菹醢. 曾歔欷余鬱邑兮, 哀朕時之不當. 攬茹蕙以掩涕兮, 霑余襟之浪浪.

　　跪敷衽以陳辭兮, 耿吾既得此中正. 駟玉虯以乘鷖兮, 溘埃風余上征. 朝發軔於蒼梧兮, 夕余至乎縣圃. 欲少留此靈瑣兮, 日忽忽將暮. 吾令羲和弭節兮, 望崦嵫而勿迫. 路曼曼其脩遠兮, 吾將上下而求索. 飮余馬於咸池兮, 總余轡乎扶桑. 折若木以拂日兮, 聊逍遙以相羊. 前望舒使先驅兮, 後飛廉使奔屬. 鸞皇爲余先戒兮, 雷師告余以未具. 吾令鳳鳥飛騰兮, 繼之以日夜. 飄風屯其相離兮, 帥雲霓而來御. 紛總總其離合兮, 斑陸離其上下. 吾令帝閽開關兮, 倚閶闔而望予. 時曖曖其將罷兮, 結幽蘭而延佇. 世溷濁而不分兮, 好蔽美而嫉妒.

朝吾將濟於白水兮, 登閬風而緤馬. 忽反顧以流涕兮, 哀高丘之無女. 溘吾遊此春宮兮, 折瓊枝以繼佩. 及榮華之未落兮, 相下女之可詒. 吾令豊隆乘雲兮, 求宓妃之所在. 解佩纕以結言兮, 吾令蹇脩以爲理. 紛總總其離合兮, 忽緯繣其難遷. 夕歸次於窮石兮, 朝濯髮乎洧盤. 保厥美以驕傲兮, 日康娛以淫遊. 雖信美而無禮兮, 來違棄而改求. 覽相觀於四極兮, 周流乎天余乃下. 望瑤臺之偃蹇兮, 見有娀之佚女. 吾令鴆爲媒兮, 鴆告余以不好. 雄鳩之鳴逝兮, 余猶惡其佻巧. 心猶豫而狐疑兮, 欲自適而不可. 鳳皇旣受詒兮, 恐高辛之先我. 欲遠集而無所止兮, 聊浮遊以逍遙. 及少康之未家兮, 留有虞之二姚. 理弱而媒拙兮, 恐導言之不固. 世溷濁而嫉賢兮, 好蔽美而稱惡. 閨中旣以邃遠兮, 哲王又不寤. 懷朕情而不發兮, 余焉能忍與此終古.

索藑茅以筳篿兮, 命靈氛爲余占之. 曰: "兩美其必合兮, 孰信脩而慕之? 思九州之博大兮, 豈唯是其有女." 曰: "勉遠逝而無狐疑兮, 孰求美而釋女. 何所獨無芳草兮, 爾何懷乎故宇." 世幽昧以眩曜兮, 孰云察余之善惡? 民好惡其不同兮, 惟此黨人其獨異. 戶服艾以盈要兮, 謂幽蘭其不可佩. 覽察草木其猶未得兮, 豈珵美之能當. 蘇糞壤以充幃兮, 謂申椒其不芳.

欲從靈氛之吉占兮, 心猶豫而狐疑. 巫咸將夕降兮, 懷椒糈而要之. 百神翳其備降兮, 九疑繽其并迎. 皇剡剡其揚靈兮, 告余以吉故. 曰: "勉陞降以上下兮, 求榘矱之所同. 湯禹嚴而求合兮, 摯咎繇而能調. 苟中情其好脩兮, 又何必用夫行媒. 說操築於傅巖兮, 武丁用而不疑. 呂望之鼓刀兮, 遭周文而得擧. 甯戚之謳歌兮, 齊桓聞以該輔. 及年歲之未晏兮, 時亦猶其未央. 恐鵜鴂之先鳴兮, 使夫百草爲之不芳."

何瓊佩之偃蹇兮, 衆薆然而蔽之. 惟此黨人之不諒兮, 恐嫉妒而折之. 時繽紛其變易兮, 又何可以淹留? 蘭芷變而不芳兮, 荃蕙化而爲茅. 何昔日之芳草兮, 今直爲此蕭艾也? 豈其有他故兮? 莫好脩之害也. 余以蘭爲可恃兮, 羌無實而容長? 委厥美以從俗兮, 苟得列乎衆芳. 椒專佞以慢慆兮, 樧又欲充夫佩幃. 旣干進而務入兮, 又何芳之能祗? 固時俗之流從兮, 又孰能無變化? 覽椒蘭其若玆兮, 又況揭車與江離. 惟玆佩之可貴兮, 委厥美而歷玆. 芳菲菲而難虧兮, 芬至今猶未沬. 和調度以自娛兮, 聊浮游而求女. 及余飾之方壯兮, 周流觀乎上下.

靈氛旣告余以吉占兮, 歷吉口乎吾將行. 折瓊枝以爲羞兮, 精瓊爢以爲粻. 爲余駕飛龍兮, 雜瑤象以爲車. 何離心之可同兮? 吾將遠逝以自疏. 遭吾道夫崐崙兮, 路脩遠以周流. 揚雲霓之晻藹兮. 鳴玉鸞之啾啾. 朝發軔於天津兮, 夕余至乎西極. 鳳皇翼其承旂兮, 高翔翔之翼翼. 忽吾行此流沙兮, 遵赤水而容與. 麾蛟龍使梁津兮, 詔西皇使涉予. 路脩遠以多艱兮, 騰衆車使徑待. 路不周以左轉兮, 指西海以爲期. 屯余車其千乘兮, 齊玉軑而幷馳. 駕八龍之婉婉兮, 載雲旗之委蛇. 抑志而弭節兮, 神高馳之邈邈. 奏≪九歌≫而舞≪韶≫兮, 聊假日以婾樂. 陟陞皇之赫戲兮, 忽臨睨夫舊鄉. 僕夫悲余馬懷兮. 蜷局顧而不行.

亂曰: 已矣哉, 國無人莫我知兮, 又何懷乎故都. 旣莫足與爲美政兮, 吾將從彭咸之所居.

✿ 굴원(屈原)과 ≪이소(離騷)≫

굴원은 중국 전국시기 초나라 선왕(宣王) 17년, 즉 기원전 353년 정월 23일에 태어났다. 이름은 평(平), 자는 원(原)이다. 초나라 왕족 출신으로 어려서 좋은 교육을 받았고 국가에 대한 자부심도 컸다. 초 회왕(懷王) 때는 능력을 인정받아 당시 초나라 최고의 행정장관인 영윤(令尹) 다음인 좌도(左徒)라는 직책을 맡아 국사를 처리하기도 했다. 그러나 우국충정에 나오는 곧은 성격 때문에 많은 신료들의 미움을 받아 세 차례나 유배되는 고초를 겪게 된다. 이는 그를 철저히 좌절시켰고 임금에 대한 원망과 그리움으로 이어졌다. 이를 문학으로 승화시킨 작품이 ≪이소(離騷)≫이다.

≪이소≫는 중국문학에서 ≪시경(詩經)≫과 쌍벽을 이루는 작품이자 가장 긴 작품이기도 하다. 총 375개의 구에 2,490글자로 이루어져 있다.

70

굴원(屈原)의 모습

초나라의 대시인. 이름은 정칙(正則), 자는 영균(靈均)이다. 초나라 무왕(武王) 웅통(熊通)의 아들 굴하(屈瑕)의 후손이다. 삼려대부(三閭大夫)와 좌도(左徒) 등의 관직을 역임하였으며, 제(齊)나라와 연합하여 진(秦)나라에 대항할 것을 주장하다 모함을 받고 몇 차례 유배를 당했다. 기원전 278년 진나라 장군 오기(吳起)에 의해 수도 영도(郢都)가 함락되자 멱라강(汨羅江)에 투신자살했다. 작품으로는 ≪이소(離騷)≫·≪구가(九歌)≫·≪구장(九章)≫ 등이 있다.

✿ ≪이소≫의 의미와 창작시기

"이소"의 의미에 대해서는 역대로 여러 가지 의견이 있다. 현재 가장 통용되는 설은 두 가지이다. 첫째는 동한(東漢)의 반고(班固; 32?~92)가 ≪이소찬서(離騷贊序)≫에서 "'이'는 '만나다'는 의미이다. '소'는 '근심하다'는 의미이다(離, 猶遭也. 騷, 憂也)."라고 한 것이다. 이에 근거해 해석하면 "근심을 만남" 내지 "근심을 당함" 정도로 풀 수 있다. 두 번째는 동한의 왕일(王逸; 89?~158?)이 ≪초사장구(楚辭章句)·이소경서(離騷經序)≫에서 "'이'는 '이별하다'는 의미이다. '소'는 '근심하다'는 의미이다(離, 別也. 騷, 愁也)."라고 한 것이다. 이에 근거해 해석하면 "이별과 근심" 정도로 풀 수 있다. 어쨌든 작품의 정서가 근심과 깊은 관련이 있음을 알 수 있다. 전체적인 내용을 봤을 때, 두 설 모두 작품의 전체적인 분위기와 잘 맞아 어느 것이 정확한 지는 말하기 어렵다.

창작시기는 현대 학자들의 연구에 의하면, 대체로 초 회왕(懷王) 16년(기원전 313) 굴원이 상관대부(上官大夫) 근상(靳尙)의 모함을 받고 도성 영(郢)을 떠날 때 지은 것으로 추정하고 있다.

✿ 내용과 의의

　시는 내용상 크게 네 부분으로 나눌 수 있다. 첫째 부분은 또 다섯 단락으로 나눌 수 있다([1]～[5]). 첫째 단락([1])은 자신의 출생·이름·집안의 내력·자질과 임금을 도와 어진 정치를 펼치고 싶은 마음을 나타냈다. 두 번째 단락([2])은 충정을 다했으나 간신배들의 말을 듣고 그릇된 길로 간 임금을 원망한다. 세 번째 단락([3])은 작금의 세태를 원망하고 자신의 고결한 뜻을 지키고자함을 읊고 있다. 네 번째 단락([4])은 자신이 버림을 받은 이유와 혼탁한 세상과 어울리지 않으려는 마음을 노래했다. 다섯째 단락([5])에서는 조정에 몸을 담았음을 후회하고 멀리 떠날 것을 결심하는 내용이다. 둘째 부분은 네 단락으로 나눌 수 있다([6]～[9]). 첫째 단락([6])은 누나 여수(女嬃)가 너무 강직하게 행동한다고 굴원을 질책하는 장면이다. 둘째 단락([7])은 역대의 폭군과 성군을 비교하며 어진 임금의 도리를 따르겠다고 다짐한다. 셋째 단락([8])은 하늘로 올라가 자신을 알아주는 사람을 찾으나 찾지 못한 것을 말한다. 넷째 단락([9])은 하계로 내려와 지기를 찾았어도 자신의 뜻을 전해줄 좋은 중매쟁이가 없음을 슬퍼한다. 셋째 부분은 네 단락으로 나눌 수 있다([10]～[13]). 첫째 단락([10])은 영분(靈氛)에게 점을 쳐 자신의 진로를 봐달라고 한다. 둘째 단락([11])은 영분의 점괘를 들은 굴원이 무함(巫咸)이라는 신무(神巫)를 찾아가 또 다시 자신의 진로를 묻는다. 셋째 단락([12])은 변심을 일삼는 세태를 원망하고 자신을 알아주는 사람을 찾아 떠나기로 한다. 넷째 단락([13])은 세상을 떠나 하늘을 주유하다 고향을 보며 슬퍼한다. 네 번째 부분([14])은 전체의 결말부분으로 현실에 더 이상 미련을 두지 않고 멀리 떠나겠다는 결심을 보여준다.

 ≪이소≫를 읽으면 누군가에게 강렬하게 하소연 내지 원망하는 듯한 느낌을 받는다. 굴원은 어쩌면 충정을 다했는데도 조정에서 쫓겨났다는 사실을 받아들이지 못하는 것 같다. 황족으로서의 자부심을 갖고 조국을 위해 사심 없이 봉사하고자 했으나 도리어 세 번에 걸쳐 유배를 당한다. 이는 그를 어찌할 수 없는 나락으로 몰고 갔고 자신을 이렇게 만든 임금과 세태를 원망하게 만들었다. 혹자는 그가 조정에서 자신의 의견을 관철하려는 태도가 부족했다고 말한다. 상대방과 의견이 달라도 대화를 통해 적절한 타협점을 찾았어야 한다고 생각한다. 굴원의 누나로 나오는 여수도 굴원에게 "너는 어찌 직언을 잘하고 고결하게 행동하며, 이 아름다운 절개를 지키려 하느냐?"라고 질책한다. 그러나 굴원에게는 불의한 무리, 간사한 무리들과는 어떠한 타협의 여지가 없었다. 그의 눈에 그들은 나라를 위한 순수한 마음을 가진 것이 아닌 자신의 이익을 위한다는 것이 너무도 분명하게 보였다. 그렇기 때문에 그는 성격상 이들과 함께 할 수 없었던 것이다. 그에 대한 평가는 보는 이의 관점에 따라 양극단으로 갈리지만 ≪이소≫라는 작품이 중국문학상 가장 뛰어난 작품이라는 것에는 의견의 여지가 없는 듯하다. 그것은 한 개인의 처세가 어떠했는지를 떠나 작가 굴원의 처절한 고뇌와 자각이 문학으로 승화되었기 때문이 아닌가 싶다.

❀ 굴원과 그의 시대

 굴원이 살았던 전국 시기는 중국 역사상 가장 혼란했던 시기였다. 당시 제(齊)·초(楚)·연(燕)·한(韓)·조(趙)·위(魏)·진(秦)나라가 천하를 다투었다. 이중 진나라의 국력이 가장 강성했다. 초나라는 강성해지는 진나라를 막고

73

굴원을 모신 사당인 굴자사(屈子祠)

굴자사는 호남성(湖南省) 멱라현(汨羅縣) 멱라강(汨羅江) 가의 옥사산(玉司山) 위에 있다. 한나라 때 처음으로 건축되었다고 한다. 현존하는 것은 청나라 건륭(乾隆) 21년(1756)에 중건한 것이다. 사당 뒤에는 "소단(騷壇)"이라고 하는 사람 키 높이의 작은 흙 언덕이 조성되어 있다. 전설에 의하면, 굴원은 이곳에서 ≪이소≫를 지었다고 한다.

자 제나라와 군사동맹을 맺었다. 진나라는 초나라를 치기 위해 이 군사동맹을 와해시킬 필요가 있었다. 이에 진 혜왕(惠王)은 언변에 능한 장의(張儀)를 초나라로 보냈다. 장의는 초나라에게 제나라와 동맹을 끊는다면 그 대가로 상(商)·어(於) 땅 600리(里)를 돌려주겠다고 한다. 회왕은 마음이 동해 제나라와 동맹관계를 끊는다. 제나라와의 동맹을 끊은 후 초나라 왕은 사람을 보내 이 600리의 땅을 요구한다. 그러나 장의는 600리의 땅이 아니라 6리의 땅이라고 우긴다. 화가 난 회왕은 군사를 동원해 단양(丹陽)에서 진나라 군대를 공격하였다. 결과 진나라에 대패하고 한중(漢中) 지방까지 빼앗긴다.

위기감을 느낀 회왕은 제나라와 동맹관계를 회복하기 위해 굴원을 불러 사자로 보냈다. 회왕 18년(기원전 311), 진나라는 한중 지방을 돌려주겠다며 화친을 요구한다. 이때 회왕은 화친의 대가로 장의를 보내줄 것은 요구한다. 장의는 초나라에 와서 회왕의 총애를 받는 근상(斳尙)에게 뇌물을 주어 초나라 임금에게 좋은 말을 올려달라고 부탁한다. 이로써 장의는 석방된다. 회왕 24년(기원전 305), 초나라는 제나라와의 관계를 단절하고 진나라와 연합한다. 이때 진나라와 연합을 반대했던 굴원은 간언을 올렸다가 조정 신료들의 미움을 받아 한북(漢北)으로 유배를 당한다.

회왕 30년(기원전 300), 진나라는 초나라를 공격하여 8개의 성을 점령한다. 회왕은 굴원을 다시 불러들였으나 굴원은 끝까지 제나라와 연합하여 진나라에 대항할 것을 주장한다. 당시 진 소왕(昭王)은 초 회왕에게 편지를 써서 두 사람이 무관(武關)에서 만나 맹약을 체결하자고 제의했다. 회왕은 굴원의 강력한 반대에도 불구하고 무관으로 간다. 회왕은 무관에 들어서자 바로 연금되고 땅을 할양하라는 협박을 받는다. 초나라에서는 대신들이 태자 횡(橫)을 임금으로 세우는데 이가 경양왕(頃襄王)이다. 경양왕 3년(기원전 296), 회왕은 끝내 초나라로 돌아오지 못하고 진나라에서 사망한다. 굴원은 영윤 자란(子蘭)에게 회왕이 죽은 책임을 돌린다. 자란은 상관대부를 사주해 경양왕 앞에서 굴원을 비방하게 한다. 경양왕은 대노하여 굴원을 강남으로 유배를 보낸다. 결국 자신을 시기하는 신료들과 자신의 말을 들어주지 않는 임금에게 절망한다.

조정이 무능한 신료들에 의해 장악당하면서 초나라의 국세도 나날이 기울어져갔다. 경양왕 21년(기원전 278)에 진나라의 장수 백기(白起)가 초나라의 수도 영도(郢都)를 공격해 초나라는 결국 패망한다. 이에 절망한 굴원은 멱라강(汨羅江)에 뛰어들어 자살한다.

✿ 굴원과 초사(楚辭) 문학

《이소》는 초사문학의 대표작이다. 초사란 전국시대 후기 남방에 있던 초나라의 고유한 언어와 음악을 토대로 나타난 새로운 시체로, 굴원과 그 이후의 작가들이 이 새로운 시체를 이용해 지은 시가를 말한다. 초사는 문체가 화려하고 비유와 상징수법이 뛰어나며 초(楚)지방의 말과 음악을 사용한 것이 특징이다. 굴원이 활동하던 당시에는 이 "초사"라는 용어가 없었고 작가들의 단편 작품만 전해졌다. 한(漢) 성제(成帝) 때 유향(劉向)이 옛 문헌들을 정리하면서 초나라 사람 굴원과 송옥이 지은 소체시(騷體詩)와 한나라 사람 가의(賈誼)·회남소산(淮南小山)·동방삭(東方朔)·유향(劉向)·왕포(王褒)·엄기(嚴忌)가 지은 의소시(擬騷詩)를 모아 처음으로 "초사"라고 명명했다. 동한 안제

75

(安帝) 때 왕일(王逸)이 유향이 엮은 "초사"에 주석을 달고 ≪초사장구(楚辭章句)≫라고 이름 했다. 그런데 유향이 엮은 "초사"는 실전되고, 이 왕일의 ≪초사장구≫가 지금까지 전해온다. 우리가 초사의 면모를 알 수 있게 된 것은 전적으로 이 책 덕분이라고 할 수 있다. 이 책은 현존하는 가장 오래된 "초사" 주석본이다.

❀ 굴원의 작품

굴원의 작품은 ≪사기(史記)≫에는 ≪이소(離騷)≫·≪천문(天問)≫·≪초혼(招魂)≫·≪애영(哀郢)≫·≪회사(懷沙)≫ 5편을 기록하고 있고, ≪한서(漢書)·예문지(藝文志)≫에는 25편이 있다고 했다. ≪한서≫에서 말하는 "25편"은 왕일의 ≪초사장구≫와 주희(朱熹)의 ≪초사집주(楚辭集注)≫의 기록과도 일치한다. 이 25편은 ≪이소≫·≪구가(九歌)≫(총 11편)·≪천문≫·≪구장(九章)≫(총 9편)·≪원유(遠遊)≫·≪복고(卜居)≫·≪어부(漁夫)≫이다. 여기에 현대 학자들의 고증으로 굴원의 작품으로 보는 ≪대초(大招)≫까지 포함하면 총 26편이 된다.

≪구가≫는 민간에서 신에게 제사지내는 악곡에 개인의 정서를 넣어 만든 시이다. ≪구가≫에는 ≪동황태일(東皇太一)≫·≪운중군(雲中君)≫·≪상군(湘君)≫·≪상부인(湘夫人)≫·≪대사명(大司命)≫·≪소사명(少司命)≫·≪동군(東君)≫·≪하백(河伯)≫·≪산귀(山鬼)≫·≪국상(國殤)≫·≪예혼(禮魂)≫이 수록되어 있다. ≪구가≫는 제사지내는 신에 따라 하늘·땅·사람으로 나눌 수 있다. 천신을 찬미하는 것으로는 ≪동황태일≫·≪운중군≫·≪동군≫·≪대사명≫·≪소사명≫이 있고, 지신을 찬미하는 것으로는 ≪상군≫·≪상부인≫·≪하백≫·≪산귀≫가 있고, 사람귀신을 찬미하는 것으로는

≪국상≫이 있다. ≪천문≫은 ≪이소≫ 다음으로 긴 시이다. 시에는 170여 개의 질문을 하며, 천지의 생성과 일월성신의 운행에서 고대의 신화전설과 하·상·주나라의 역사적 흥망성쇠 그리고 초나라의 장래 등을 묻고 있다. ≪구장≫은 굴원이 지은 9편의 작품을 모은 것이다. ≪석송(惜誦)≫·≪섭강(涉江)≫·≪애영(哀郢)≫·≪추사(抽思)≫·≪회사(懷沙)≫·≪사미인(思美人)≫·≪석왕일(惜往日)≫·≪귤송(橘頌)≫·≪비회풍(悲回風)≫이 수록되어 있다. ≪귤송≫을 제외한 나머지 작품들은 굴원이 유배를 당한 곳이거나 유배를 가던 도중에 지은 것이다. 이들 작품 중 시기적으로 ≪석송≫이 가장 이르다. 그 다음이 ≪추사≫·≪사미인≫으로, 굴원이 한북(漢北)으로 유배당했을 때 지어졌다. ≪섭강≫·≪애영≫은 경양왕 때 강남으로 유배를 당했을 때 지어졌고, ≪비회풍≫·≪회사≫·≪석왕일≫은 굴원이 멱라강에 투신하기 전쯤에 지어졌다. ≪석왕일≫은 굴원의 절명사이다. 이 여덟 편은 자신의 불행한 운명을 하소연하며 나라의 장래를 걱정하는 마음을 읊고 있다. 이 외에 ≪원유≫·≪복거≫·≪어부≫ 등도 굴원이 유배를 당하게 된 이유와 자신의 처지 및 심정을 읊고 있다.

✿ 문학적인 의의

중국문학의 원류는 보통 산문은 ≪상서(尙書)≫에서, 운문은 ≪시경(詩經)≫에서 시작되었다고 말한다. ≪시경≫은 서주(西周) 초년(기원전 11세기)에서 춘추(春秋) 중엽에 이르는 약 500년간 동안 유행했다. ≪시경≫ 이후 또 300여 년 동안은 ≪좌전(左傳)≫·≪논어(論語)≫·≪장자(莊子)≫ 같은 역사 산문과 제자(諸子) 산문이 많이 지어졌다. 초사는 바로 이들의 뒤를 잇는 중국문학의 또 다른 거대한 수확이라고 할 수 있다. 초사는 중국 운문의 원류인 ≪시

77

경≫과 여러 가지 구별되는 자신만의 내용과 형식을 가지고 있기 때문이다.

첫째, 초사는 중국 문학의 또 다른 원류이다. ≪시경≫은 사언이 위주이고 한대 오언 고체시(古體詩)의 형성에 큰 영향을 끼쳤다. 초사의 육언(六言) 형식은 한대의 부(賦)와 정형화된 칠언시(七言詩)의 발전에 지대한 영향을 미쳤다. 또한 중국 소설과 희곡도 초사에 뿌리를 두고 있다. 이를테면 ≪복거≫와 ≪어부≫의 대화체 그리고 ≪초혼≫과 ≪대초≫ 등은 중국희곡의 원류가 되었다. 이로 보면, 비록 ≪시경≫보다 늦게 나타났지만 중국문학의 또 다른 원류라고 할 수 있다.

둘째, 초사는 민간의 집체창작에서 작가 개인이 창작하는 시대를 열었다. ≪시경≫에 수록된 시들은 서주 초기부터 민간에 유행한 시가들을 채집한 시들로 후인들이 정리하고 편집해 만들었다. 초사는 굴원과 그의 후학 송옥(宋玉)에 의해 만들어졌다. 그 내용 또한 ≪시경≫과 달리 개인의 정서를 집중적으로 표현하고 있다. 중국문학에서 이렇게 작가가 개인의 울분과 정서를 문학작품으로 승화한 것은 초사에서 시작되었다.

셋째, 초사는 중국 낭만주의 문학의 시초이다. 초사 이전의 중국문학은 중원의 북방문화 위주였다. ≪상서≫와 ≪시경≫을 봐도 황하유역의 문화가 집중적으로 구현되어있다. 작품의 내용도 현실적이고 사회적인 색채가 두드러진다. 초사는 남방 문학과 음악의 영향을 받아 낭만적이고 서정적인 색채가 강하다. 용(龍)과 함께 노닐며, 신들과 함께 구름 위를 달리는 꿈과 같은 이야기들이 펼쳐진다. 이런 낭만주의적 요소들은 중국문학을 더 풍요롭게 해주었다. 당나라의 대시인 이백(李白; 701~762)의 기상천외한 시, 명대 오승은(吳承恩; 1500?~1582?)의 ≪서유기(西遊記)≫ 등의 작품들에 영향을 줄 정도로 중국문학에 지대한 영향을 끼쳤다.

넷째, 풍부한 상상력과 섬세한 내심의 묘사는 중국문학의 표현력을 크게

78

향상시켰다. 굴원은 개인의 울분을 노래하면서 고대의 신화·전설과 역사를 넘나들고 천신과 용을 부렸고, 또 복잡한 내심의 변화를 섬세하게 표현했다. 이것은 전대의 작품에서는 도저히 볼 수 없는 것이었다. "근심을 빙둘러 띠로 만들고, 시름과 고통을 엮어 속옷으로 만드네(糺思心以爲纕兮, 編愁苦以爲膺)."(≪비회풍(悲回風)≫) 이 구절은 작가의 온 몸이 근심·시름·고통에 휩싸여 있음을 묘사한 것인데 그 감정묘사의 섬세함을 엿볼 수 있다. 초사의 뛰어난 점은 이렇게 작가의 굴곡진 인생경력에 뛰어난 문학적 상상력과 섬세한 감정묘사를 결합해서 보여주었다는 것이다.

다섯 째, 임금을 걱정하고 나라를 생각하는 마음은 역대 중국 문인들에게 본받아야 할 하나의 지침이 되었을 뿐만 아니라 어려움에 처했을 때 위로를 받는 정신적인 안식처가 되었다. 자신의 안위를 떠나 간곡하게 충언을 올리는 것, 몇 번이나 자신을 버린 임금을 도리어 걱정해주는 마음, 풍전등화에 빠진 조국의 현실에 고통스러워하는 마음은 후대 중국 문인들의 본보기가 되었다. 근대의 대학자인 곽말약(郭末若; 1892~1978)은 1937년 일본이 중국을 침공할 때 굴원의 일대기를 다룬 극을 만들어 민중들의 애국심을 고취했다고 한다.

끝으로 동한 사람 왕일은 초사를 다음과 같이 평했으니 그 문학적 가치를 충분히 짐작하고도 남음이 있다.

"굴원의 시들은 실로 넓고 아득하다. (굴원이) 강에 뛰어들어 죽은 후로, 이름난 유학자들과 해박한 사람들이 사부를 지었으나 그 모습을 모방하고, 그 규범을 따르고, 그 핵심을 취하고, 그 아름다운 문장을 훔친 것에 지나지 않았다. 문장의 형식과 내용이 뛰어나, 백세가 지나도 필적할 수 없을 것이다. 그 명성은 끝없이 전해질 것이니, 영원히 없어지지 않을 것이다(屈原之詞, 誠博遠矣. 自終沒以來, 名儒博達著造詞賦, 莫不擬則其儀表, 祖式其模範, 取其要妙, 竊其華藻, 所謂金相玉質, 百世無匹, 名垂罔極, 永不刊滅者矣)."

_____ 04 몸이 부서지더라도 변하지 않을 것이니

사람과 신의 길이 다름이 한스럽고

恨人神之道殊兮 05

[魏] 조식(曹植; 192~232)

　　위(魏) 문제(文帝) 황초(黃初) 3년(222), 나는 천자를 알현하러 경성에 갔다가, 돌아오는 길에 낙수(洛水)를 건넜다. 옛 사람들은 "낙수에 복비(宓妃)라는 신이 있다."고 전한다. 송옥(宋玉)이 초(楚)나라 왕에게 신녀(神女)의 이야기를 말해준 것에 느낌을 받아, 이 부(賦)를 지었다.

　　나는 낙양에서 동쪽의 봉지인 견성(甄城)으로 돌아갔다. 이궐산(伊闕山)을 뒤로 하고, 환원산(轘轅關)을 넘었다. 이어 통곡(通谷)을 지나, 경산(景山)을 올랐다. 해는 이미 저물고, 수레는 삐걱거리고 말은 지쳤다. 족두리풀이 자라는 강가에 수레를 대고, 영지가 자라는 밭에서 여물을 먹였다. 양림(陽林)을 천천히 둘러보다가, 낙천(洛川)을 바라보았다. 이때 큰 전율이 느껴지더니, 마음이 갑자기 심란해졌다. 아래를 보니 아무 것도 보이지 않았고, 위를 보니 기이한 광경이 나타났다. 한 아리따운 여인이 바위 가에 서있는 것이 아닌가! 이에 마부를 잡아당기며 말했다. "자네는 저 사람이 보이는가? 그녀는 누구라서 저토록 아름다운가?" 마부가 대답했다. "소인은 낙수에 복비라는 신이 있다고 들었습니다, 대왕께서 보신 분이 그 사람이 아니겠습니까? 그녀의 모습이 어떠한지 듣고 싶사옵니다." 내가 알려주었다.

81

말을 풀어 놓고 시종과 함께 신녀를 보는 그림

　　그녀의 모습은 날렵하기는 놀란 기러기 같고, 유연하기는 노니는 용과 같네. 화사하기는 가을국화 같고, 찬란하기는 봄철 소나무 같네. 은은하기는 가는 실구름이 해를 가린 듯하고, 하늘거리기는 바람에 날리는 눈 같다네. 멀리서 바라보면, 흰 것이 아침노을 위로 떠오르는 태양 같기도 하고, 다가가 살펴보면, 밝은 것이 연꽃이 맑은 물결을 헤쳐 나오는 것 같기도 하네. 몸매는 균형 있게 잘 잡혀있고, 신장은 크지도 작지도 않는 것이 아담하네. 어깨는 조각한 듯 선이 분명하고, 허리는 비단을 묶은 듯 가늘고 부드럽네. 긴 목과 수려한 목덜미 사이로, 백옥 같은 흰 살결이 드러나네. 향수도 뿌리지 않고, 분도 바르지 않았네. 쪽진 머리는 산처럼 높디높고, 가늘고 긴 눈썹은 아래로 굽어 있네. 붉은 입술은 선명하고, 하얀 치아는 투명하네. 맑은 눈동자 굴리니, 두 뺨에 보조개가 패네. 자태는 곱고 빼어나며, 풍채에는 여유로움이 묻어나네. 온화한 마음과 우아한 태도에 말소리도 다정하네. 기이한 의상은 세상 어디에도 없고, 몸매와 자태는 그림 같네. 찬란한 비단 옷 입고, 무늬 들어간 패옥을 찼네. 금 비취 머리장식을 하고, 반짝이는 명월주로 몸치장을 했네. 채색 무늬 들어간 신발을 신고, 안개처럼 얇은 비단치마를 끄네. 난의 향기를 살짝 뿜어내며, 산모퉁이에서 천천히 산책하네. 이에 문득 몸을 한번 펴더니, 여기저기 돌며 즐겁게 장난을 치네. 왼쪽은 채색 깃발에 기대고, 오른쪽은 계수나무 깃발에 가려졌네. 물가로 백옥 같은 손을 뻗어, 급류 중에서 검은 영지를 따네.

나는 그 정숙함과 아름다움을 흠모하네, 마음은 두근거리나 즐겁지만은 않네. 마음을 전해줄 좋은 매파가 없어, 살랑

〈낙신부도(洛神賦圖)〉에 나오는 신녀의 모습

거리는 물결에 의탁해 말을 전하네. 바라건대 간절한 내 마음 먼저 전달코자, 옥패 풀어 사랑의 징표로 삼고자 하네. 가인은 실로 아름다우며, 예(禮)를 알고 시(詩)에도 밝으시네. 아름다운 옥돌을 들어 나에게 화답하고, 깊은 강물을 가리키며 만날 것을 약속하네. 진실한 마음을 가지면서도, 이 낙수의 여신이 나를 속일까 두렵네. 정교보(鄭交甫)가 신녀에게 속은 일을 생각하니, 나도 모르게 마음이 서글퍼져 망설여지네. 온화한 얼굴을 하고 마음을 가라앉히고, 예법을 거듭 떠올려 자중하네.

이에 낙수의 여신이 감동하여, 언덕 위를 이리저리 서성이네. 광채가 나누어졌다 합쳐지고, 어두워졌다 밝아지네. 백학처럼 몸을 꼿꼿이 세워 솟아오르니, 날듯하면서도 비상하지 않는 듯하네. 산초나무 향내가 가득한 길을 가시고, 그윽한 향기 나는 족두리풀이 우거진 곳을 걸으시네. 길게 노래해 영원히 흠모함을 나타내니, 소리는 애절하고 처량해 끝없이 울리네.

이에 여신들이 잇따라 모이고, 각자의 짝을 부르네. 맑게 흐르는 물에서 노닐기도 하고, 모래톱 위를 비상하기도 하고, 반짝이는 진주를 따기도 하고, 비취빛 새 깃털을 줍기도 하네. 그중에는 상수(湘水)의 여신인 아황(娥皇)과 여영(女英)도 있고, 한수(漢水)의 여신인 유녀(遊女)도 있네. 포과성(匏瓜星)이 배필이 없음을 탄식하고, 견우성(牽牛星)이 외로이 있음을 애석해하네. 가벼

83

운 상의를 드니 바람에 날리고, 긴 옷매로 눈을 가리고 멀리 보네. 몸은 물오리처럼 민첩하여, 신처럼 변화무쌍하네. 수면 위를 사뿐히 밟고 지나가니, 비단 버선에 먼지가 이는 듯하네. 움직임에 일정한 규칙이 없어, 위태한 것 같기도 하고 안정된 것 같기도 하네. 진퇴를 헤아리기 어려워, 떠나는 것 같기도 하고 돌아오는 것 같기도 하네. 눈동자를 돌려 보는데 빛이 나고, 얼굴은 윤기 나고 보드라워 옥과 같네. 말을 하지도 않았는데, 난초가 그윽한 향기 뿜는 듯하고, 우아하고 아름다운 자태는, 밥 먹는 것조차 잊게 만든다네.

이에 바람의 신 병예(屛翳)가 바람을 잠재우고, 물의 신 천후(川后)가 파도를 가라앉히네. 풍이(馮夷)는 북을 치고, 여와(女媧)는 맑은 노래를 부르네. 문어(文魚)가 수면 위로 올라와 수레를 호위하고, 신들이 방울을 흔들며 함께 길을 가네. 여섯 용들이 장엄하게 줄을 지어 수레를 끄니, 운거(雲車)는 서서히 나아가네. 고래가 뛰어올라 수레 양쪽에서 호위하고, 물새는 하늘을 비상하며 호위하네. 이에 북쪽의 작은 섬을 넘고, 남쪽의 언덕을 지나가네. 새하얀 목을 돌리며, 맑은 눈빛으로 나를 바라보네. 붉은 입술을 천천히 움직여, 만남의 도리를 말하네. 사람과 신의 길이 다름이 한스럽고, 젊은 시절에 배필이 되지 못한 것이 원망스럽나이다. 비단 소매 들어 눈물을 가리나, 눈물은 흘러 옷깃을 적시네. 좋은 만남 영원히 끊어질 것 슬퍼하고, 이번에 가면 서로 먼 곳에 있어야 됨이 애달픕니다. 미미한 정으로 흠모의 마음을 나타낼 수 없어, 강남의 명주로 만든 귀고리를 바칩니다. 비록 선계의 깊은 곳에 있지만, 길이 군왕께 마음을 붙입니다. 문득 그 있는 곳이 보이지 않고, 그 모습과 광채가 사라지니 슬퍼지네.

이에 낮은 곳에서 높은 곳으로 올라갔는데, 발은 계속 움직이나 마음은 떠나지 않네. 남긴 정을 생각하며, 돌아보니 마음이 비통해지네. 낙신(洛神)이 다시 나타나면, 작은 배를 타고 강물을 거슬러 오르겠네. 낙수에 배 띄워 돌아갈 것을 잊고, 계속되는 생각에 그리움만 더해가네. 밤은 이슥한데 잠은 오지 않고, 함박 서리에 젖으며 새벽에 이르렀네. 마부에 명해 수레를 준비시켜, 나는 동쪽 길로 돌아가려네. 말

여섯 마리 용이 모는 운거(雲車)를 타고 떠나는 모습

신녀를 떠나기 아쉬워 머뭇거리며 뒤를 돌아보는 모습

고삐를 잡고 채찍을 들었으나, 아쉬워 차마 떠나지 못하겠네.

〈낙신부도(洛神賦圖)〉(故宮博物館소장)

❖ ≪낙신부(洛神賦)≫

원나라의 조맹부(趙孟頫)가 쓴
≪낙신부(洛神賦)≫의 앞부분

黃初三年, 余朝京師, 還濟洛川. 古人有言: "斯水之神, 名曰宓妃." 感宋玉對楚王說神女之事, 遂作斯賦. 其辭曰:

余從京域, 言歸東藩. 背伊闕, 越轘轅. 經通谷, 陵景山. 日旣西傾, 車殆馬煩. 爾酒稅駕乎蘅皋, 秣駟乎芝田. 容與乎陽林, 流眄乎洛川. 於是精移神駭, 忽焉思散. 俯則未察, 仰以殊觀. 覩一麗人, 于巖之畔. 酒援御者而告之曰: "爾有覿於彼者乎? 彼何人斯, 若此之艶也?" 御者對曰: "臣聞河洛之神, 名曰宓妃, 然則君王所見, 無酒是乎? 其狀若何, 臣願聞之."

余告之曰: 其形也, 翩若驚鴻, 婉若游龍. 榮曜秋菊, 華茂春松. 髣髴兮若輕雲之蔽月, 飄颻若流風之迴雪. 遠而望之, 皓若太陽升朝霞. 迫而察之, 灼若芙蕖出淥波. 襛纖得衷, 修短合度. 肩若削成, 腰如約素. 延頸秀項, 皓質呈露. 芳澤無加, 鉛華弗御. 雲髻峨峨, 修眉聯娟. 丹脣外朗, 皓齒內鮮. 明眸善睞, 靨輔承權. 瓌姿艶逸, 儀靜體閑. 柔情綽態, 媚於語言. 奇服曠世, 骨像應圖. 披羅衣之璀粲兮, 珥瑤碧之華琚. 戴金翠之首飾, 綴明珠以耀軀. 踐遠遊之文履, 曳霧綃之輕裾. 微幽蘭之芳藹兮, 步踟蹰於山隅. 於是忽焉縱體, 以遨以嬉. 左倚采旄, 右蔭桂旗. 攘皓腕於神滸兮, 采湍瀨之玄芝.

余情悅其淑美兮, 心振蕩而不怡. 無良媒以接懽兮, 託微波而通辭. 願誠素之先達兮, 解玉佩以要之. 嗟佳人之信脩, 羌習禮而明詩. 抗瓊珶以和予兮, 指潛淵而爲期. 執眷眷之款實兮, 懼斯靈之我欺. 感交甫之弃言兮, 悵猶豫而狐疑. 收和顏而靜志兮, 申禮防以自持.

於是洛靈感焉, 徙倚彷徨. 神光離合, 乍陰乍陽. 竦輕軀以鶴立, 若將飛而未翔. 踐椒塗之郁烈, 步蘅薄而流芳. 超長吟以永慕兮, 聲哀厲而彌長.

爾酒衆靈雜遝, 命儔嘯侶. 或戲淸流, 或翔神渚. 或采明珠, 或拾翠羽. 從南湘之二妃, 携漢濱之游女. 歎匏瓜之無匹兮, 詠牽牛之獨處. 揚輕袿之猗靡兮, 翳脩袖以延佇. 體迅飛息, 飄忽若神. 陵波微步, 羅韤生塵. 動無常則, 若危若安. 進止難期, 若往若還. 轉眄流精, 光潤玉顔. 含辭未吐, 氣若幽蘭. 華容婀娜, 令我忘飡.

於是屛翳收風, 川后靜波. 馮夷鳴鼓, 女媧淸歌. 騰文魚以警乘, 鳴玉鸞以偕逝. 六龍儼其齊首, 載雲車之容裔. 鯨鯢踊而夾轂, 水禽翔而爲衛. 於是越北沚, 過南岡. 紆素領, 廻淸陽. 動朱脣以徐言, 陳交接之大綱. 恨人神之道殊兮, 怨盛年之莫當. 抗羅袂以掩涕兮, 淚流襟之浪浪. 悼良會之永絶兮, 哀一逝而異鄕. 無微情以效愛兮, 獻江南之明璫. 雖潛處於大陰, 長寄心於君王. 忽不悟其所舍, 悵神宵而蔽光.

於是背下陵高, 足往神留. 遺情想像, 顧望懷愁. 冀靈體之復形, 御輕舟而上遡. 浮長川而忘反, 思緜緜而增慕. 夜耿耿而不寐, 霑繁霜而至曙. 命僕夫而就駕, 吾將歸乎東路. 攬騑轡以抗策, 悵盤桓而不能去.

조식(曹植)의 모습

삼국(三國)시기 위(魏)나라의 문학가이자 조조(曹操)의 셋째 아들이다. 자는 자건(子建), 초(譙)(지금의 安徽省 徽亳縣) 사람이다. 젊은 시절 뛰어난 문학적 재능과 공업을 이루려는 생각으로 태자의 자리에 올랐으나 자유로운 성격 때문에 후에 제위를 둘째 형인 조비(曹丕)에게 넘겨주었다. 이로 조비의 감시와 박해를 받다 41세의 나이로 사망했다. 문학사적으로 그는 건안(建安)시기 문학적 성취가 가장 높은 작가로, 시 80여수, 사부(辭賦)와 산문 40여 편을 남기고 있다. 특히 그의 사부는 전인들의 전통을 계승하면서 자신만의 독특한 풍격을 이루고 있어 사부문학의 최고수준을 보여준다.

✿ 당대 제일의 문학천재

조식(曹植; 192~232)은 조조(曹操; 155~220)의 셋째 아들이자 ≪칠보시(七步詩)≫의 작가로 잘 알려져 있다. 아버지 조조와 형 조비(曹丕; 187~226) 역시 문학사에서 중요한 자리를 차지하고 있다. 이렇게 삼부자가 문학사에서 나란히 거론되는 경우는 상당히 드물다고 하겠다(후에 북송시기 蘇洵・蘇軾・蘇轍 삼부자가 산문으로 이름을 떨친다). 이들 삼부자 중 조식의 문학적 성취가 가장 높다. 문학사에서는 그를 오언시(五言詩)의 완성자로 추종하고 있다. 또 남조(南朝) 송(宋)의 시인 사령운(謝靈運; 385~433)은 "세상의 재주가 한 말이라면, 여덟 되는 조식의 것이며, 한 되는 내 것이고, 나머지 한 되는 천하 사람들의 몫이다(天下才有一石, 曹子建獨占八斗, 我得一斗, 天下共分一斗)"라고 했을 정도로 그의 문재를 높이 평가했다.

✿ 조식의 일생

조식의 일생은 아버지 조조가 죽고 형 조비가 제위에 오른 220년 10월을 기점으로 두 시기로 나누어진다. 전기는 조조의 총애 속에서 귀공자로서 지낸 행복한 시기였다. 후기는 조비와 그의 아들 조예(曹睿)가 즉위하여 시기와 감시 속에서 박해를 받던 시기이다. ≪칠보시≫가 이때 지어졌다.

콩을 삶으며 콩깍지를 태우고,	煮豆燃豆萁,
콩을 걸러 먹을 즙을 만드네.	漉豉以爲汁.
콩깍지는 솥 아래서 불타고,	其在釜下燃,
콩은 솥 안에서 우는 구나.	豆在釜中泣.
본래 같은 뿌리에서 태어났건만,	本是同根生,
삶아댐이 어찌 그리 급한지.	相煎何太急!

조비가 문제(文帝)로 즉위한 황초(黃初) 원년(220) 모든 제후들은 자신의 봉지로 부임해야 했다. 업성(鄴城)을 떠나 임치(臨淄)로 간 조식은 조비가 보낸

감국알자(監國謁者; 조정을 대신해 감시하는 사자)의 철저한 감시를 받았다. 이 감국알자는 조식이 임치로 간지 얼마 안 되어 "술에 취해 예의에 어긋나고 거만하게 행동하며, 사자를 위협합니다(醉酒悖慢, 劫脅使者)."라고 조비에게 보고하였다. 조비는 조식을 낙양으로 불러들여 신하들에게 죄를 문책하도록 했다. 당시 조정에서는 그를 서민으로 강등시키자는 사람도 있었고, 사형에 처하자는 사람들도 있었다. 그러나 생모인 변태후(卞太后)가 처벌을 반대하는 바람에 조비는 조식을 안향후(安鄉侯; 지금의 河北省 正定縣)로 폄직시켜버렸다. 후에 조식은 다시 견성후(甄城侯; 지금의 山東省 濮縣)로 자리를 옮겼다. 그런데 견성(甄城)에 있을 때도 이와 유사한 일이 또 일어났다. 동군태수(東郡太守) 왕기(王機)와 방보리(防輔吏; "감국알자"와 유사한 직책을 수행하는 관리)가 조식을 무고한 것이다. 이 일로 조식은 또 조정에 불려가 신하들에게 문책을 당했다. 이 일로 조식은 업성(鄴城)에 있는 자신의 옛 집에 살아야 했다. 다행히 이번에는 사건이 원만하게 해결되어 얼마 후 다시 견성으로 돌아올 수 있었다. 이런 일이 있은 후 조식은 매사에 신중하고 조심스러워 했다. 이듬해 황초 3년(222) 3월에 식읍(食邑) 2,500호를 둔 견성왕(甄城王)이 되어 낙양으로 천도한 문제로 임금을 알현했다. 그리고 돌아가는 길에 낙수를 건너며 복희씨의 딸로 낙수에 빠져 수신이 되었다는 복비의 전설이 떠올라 ≪낙신부≫를 지었다.

✿ 낙신(洛神)은 누구를 말할까?

≪낙신부≫는 중국문학사에서 신녀를 묘사한 작품 중 가장 유명한 작품이다. 조식은 몽환적인 상상력과 치밀한 구성을 통해 신녀와 인간의 이루어질 수 없는 사랑을 그리고 있다. 신녀의 모습과 그녀에게 구애하는 과정

은 묘사가 구체적이고 생동적이어서 문학성이 뛰어나다. "낙신(洛神)"에 대해서는 역대로 이설이 분분하다. 정말로 아름다운 신녀를 노래했다는 설도 있고, 군왕(君王)에 대한 흠모와 재능이 있는데도 인정을 받지 못하는 것에 대한 원망을 노래했다는 설도 있고, 형수가 되는 견후(甄后)를 사모하다 뜻을 이루지 못한 일을 노래했다는 설도 있다. 이중 가장 회자인구 되는 것이 바로 세 번째 설이다.

❀ 형수를 사모한 동생

견 황후는 원래 원소(袁紹)의 아들 원희(袁熙)의 처인 견복(甄宓)이었다. 견복은 당시 민요에 "강남(江南)에는 이교(二喬)가 있고, 하북(河北)에는 견복이 있다"고 할 정도로 하북(河北) 제일의 미인이었다. 조조는 건안(建安) 5년 원소를 대파했다. 이어 건안 7년 원소가 피를 토하고 죽자, 건안 9년에 업성에 퇴거해 있던 두 아들 원담(袁譚)과 원상(袁尙)을 물리치고 업성을 함락시켰다. 이때 성 안에 있던 원소의 부인과 그 며느리가 되는 견복은 조조의 군사들에게 잡힌다. 당시 상황을 ≪삼국연의(三國演義)≫ 제32회와 제33회를 통해 감상해보자.

업성을 함락했을 무렵, 조비는 아버지를 따라 군중에 있었다. 먼저 자신을 따르는 군사를 이끌고 곧장 원소의 집으로 달려가 말에서 내려 검을 들고 들어갔다. 한 말단 장수가 제지하며 말했다. "누구도 소부에 들이지 말라는 승상의 명이 있었습니다." 조비는 말단 장수를 크게 호통쳐서 물리고는 검을 들고 후당으로 들어갔다. 유 부인이 한 여인을 안고 우는 것이 보였다. 조비는 나아가 베려했다. 조비가 검을 뽑아 베려 하는데 붉은 빛이 얼굴에 가득한 것이 보였다. 이에 검을 잡고 물었다. "그대는 누구인가?" 유씨가 말했다. "첩은 원 장군의 처입니다." 조비가 말했다. "품에 안고 있는 사람은 누구인가?" 유씨가 말했다. "이 사람은 차남 원희의 처입니다. 아들 희가 유주로 출정을 나가는데 견씨가 먼 길을 가려하지 않아 이곳에서 저와 함께 있게 되었습니다." 조비가 가까이 잡아당기니 산발한 머리와 지저분한 얼굴이 보였다. 조비가 소매로 그녀의 얼굴을 닦아 보니 옥 같은 피부에 꽃 같은 얼굴을 한 경국지색의 미모였다. 유씨에게 말했다. "나는 조 승상의 아들이오, 그대의 집안을 지켜주겠으니 걱정 마시오." 결국 검을 잡고 당상에 앉아 있으니 어떤 장수가 함부로 들어오겠는가! 장수들이 조조와 함께 성에 들어왔다. 조조는 말을 탔고 군세는 아주 위엄이 있었다. 그때 허유가 말 뒤에 있었다. 성문으로 들어오려고 할 때 허유는 말을 부려 앞으로 나아가 채찍으로 성문을 가리키며 말했다. "아만(조조의 어릴 적 이름), 그대가 나를 얻지 못했다면 기주를 얻을 수 없었을 걸세." 조조는 크게 웃으며 말했다. "그대의 말이 맞소." 조조는 원소의 저택 입구에 오자 물었다. "누가 이 문을 들어갔는가?" 말단 장수가 대답했다. "세자전하께서 안에 계십니다." 조조는 급히 불러내 죽이려고 했다. 순유와 곽가가 말했다. "세자전하가 아니었다면 이 저택을 진압할 수 없었습니다." 조조는 그때 용서해주었다. 유씨가 나와 절하며 말했다. "세자 전하가 아니었으면, 전 가족을 지킬 수 없었습니다! 바라건대 딸로서 보답하고자 하나이다." 조조가 그들을 불러내자 견씨는 앞에서 절했다. 조조가 그녀를 보고 말했다. "과연 우리 아들의 색시로다!" 드디어 조비에게 그녀를 거두라고 했다.(打破鄴城, 時曹丕隨父在軍中, 先領隨身軍徑投袁紹家下馬, 拔劍而入, 有末將當之曰: "丞相有命, 諸人不許入紹府." 丕叱退末將, 提劍而入後堂, 見劉夫人抱一女而哭, 丕向前欲殺之. 曹丕向前欲拔劍斬之, 見紅光滿目, 遂按劍而問曰: "汝何人也?" 劉氏曰: "妾乃袁將軍之妻也." 丕曰: "懷中所抱者何人?" 劉氏曰: "此是次男袁熙之妻甄氏也. 因熙出鎭幽州, 甄氏不肯遠行, 故留在此相伴." 丕拖近前, 見披髮垢面. 丕以衫袖拭其面觀之, 見甄氏玉肌花貌, 有傾國之色, 遂對劉氏曰: "吾乃曹丞相之子也. 願保汝家, 汝勿憂慮." 遂按劍坐於堂上, 衆將誰敢輒入. 衆將請曹操入城, 曹上馬, 擺布嚴整. 時有許攸在馬後, 將入城門, 攸縱馬近前, 以鞭指其城門曰: "阿瞞, 汝不得我, 不得冀州也." 曹大笑曰: "汝言是也."曹至紹府門下, 問曰: "誰曾入此門去來?" 末將對曰: "世子在內."曹急喚出, 欲殺之. 荀攸、郭嘉曰: "非世子,無以鎭壓此府也." 曹方免之. 劉氏出拜曰: "非世子, 無以保全家也! 願以女酬之." 曹教喚出, 甄氏拜於前. 曹視之, 曰: "眞吾兒婦也!" 遂令曹丕納之.)

91

견복은 이렇게 당시 18세였던 조비의 아내가 되었다. 그런데 아우 조식역시 하북 제일의 미인인 견씨(甄氏)를 무척이나 사모했다. 형수를 사모한것이 된다. 이 이야기는 이선(李善)의 ≪문선(文選)·낙신부≫ 주석에 보인다.

　　위나라의 동아왕(조식)은 한말에 견일의 여식을 사모했으나 결국 그 뜻을 이루지 못했다. 태조(조조)가 원정에서 돌아와 오관중랑장(조비)에게 주었다. 식은이를 몹시 불평했는데, 밤낮으로 그리워하여 침식을 폐했다(魏東阿王, 漢末求甄逸女, 旣不遂. 太祖回與五官中郎將. 植殊不平, 晝思夜想, 廢寢與食).

이선의 주석은 어디에서 근거했는지 분명치 않다. 어째든 형의 권세가아우보다 더 컸으니 조식으로서는 어찌할 수 없었다. 그러나 사랑의 기초없이 조비와 혼인한 견씨는 황후가 된 지 1년 만에 죽음을 맞이한다. 사서를 보면, 황초 원년(220)에 조비가 곽후(郭后)·이귀인(李貴人)·음귀인(陰貴人)을 총애하자 견후(甄后)는 실망한 나머지 조비를 원망하는 말을 했다고 한다. 이것이 빌미가 되어 황초 2년(221) 6월에 조비는 사자를 보내 견후에게죽음을 내렸다고 한다. 견후의 사망 소식을 접한 조식은 하염없이 눈물만흘렸다.

　　황초 연간에 입조하였을 때, 문제(조비)가 식에게 견 황후의 옥루금대침(베개이름)을 보여주었다. 식이 그것을 보더니 저도 몰래 눈물이 흘렸다. 당시 (견 황후는) 이미 곽 황후에게 참소를 받아 죽임을 당하였다. 문제도 갑자기 깨달은 바가 있어 태자로 하여금 연회에 머무르게 하고 식에게 금침을 하사였다. 식이 임지로 돌아가는 길에 환원관을 지난 지 얼마 되지 않았을 때 낙수에서 쉬면서 견후를 생각했다. 그때 갑자기 한 여인이 와서 말했다: 저는 본래 군왕에게 의지하려는 마음이 있었으나 이루지 못했습니다. 이 베개는 원래 제가 집에서 쓰던 것을 시집오며 가져온 것으로 오관중랑장에게 주었으나 지금은 군왕께 드립니다. 침석을 깔고 베시면 즐거운 정이 넘치리니 어찌 평범한 말로 일일이 말할 수 있겠습니까? 곽후가 겨로 제 입을 메워 죽였습니다. 지금 머리를 풀어헤친 모습을 군왕께 다시 보이려니 부끄러울 뿐입니다. 말을 마치자 그 모습은 다시 보이지 않았다. 사람을 보내 왕께 진주를 올리자 왕은 답례로 옥패를 하사했다. (조식은) 감정을 이길 수 없어 마침내 ≪감견부≫를 지었다. 후에 명제가 이를 보고나서 ≪낙신부≫로 바꾸었다(黃初中入朝, 帝示植甄后玉樓金帶枕, 植見之, 不覺泣. 時 已爲郭后讒死. 帝意亦尋悟, 因令太子留宴飮, 仍以枕賚植. 植還, 度轘轅, 少許時, 將息洛水上, 思甄后, 忽見女來, 自云: 我本託心君王, 其心不遂. 此枕是我在家時 從嫁前與五官中郞將, 今與君王. 遂用薦枕席, 懽情交集, 豈常辭能具. 爲郭后以糠 塞口, 今被髮, 羞將此形貌重覩君王爾! 言訖, 遂不復見所在. 遣人獻珠於王, 王答 以玉珮, 悲喜不能自勝, 遂作≪感甄賦≫. 後明帝見之, 改爲≪洛神賦≫).

조식은 결국 이를 애달파하며 ≪감견부≫, 즉 ≪낙신부≫를 지어 그녀를 추모했다. 재미있는 것은 역사적으로 조식과 견후는 나이차가 10살이나 났다는 것이다. 위의 이야기가 사실이라면 조식은 자신보다 10살이나 많은 형수를 흠모한 것이 된다. 조식은 후한(後漢) 초평(初平) 3년(192)에 태어났고, 견후는 후한 영제(靈帝) 광화(光和) 5년(182)에 태어났다. 원소의 아들 원희의 아내가 된 견후를 조비가 아내로 맞이한 때가 건안 19년(204)으로, 당시 견후의 나이는 23세였다. 반면 조식의 나이는 이제 겨우 13세에 불과했다. 13세에 불과한 소년이 이성을 느끼기에는 아직 이르다고 할 수 있다. 어쩌면 호사가들에게 당대의 문학천재와 하북 제일의 미인은 놓칠 수 없는 소재였으리라.

❈ 부(賦) 문학과 ≪낙신부≫의 문학사적 의의

문학사적으로 ≪낙신부≫는 한대 유행한 부(賦) 문학의 대미를 장식하는 작품이라고 할 수 있다. 부는 원래 굴원(屈原)의 ≪이소(離騷)≫에 발원하여

93

한대의 송옥(宋玉)·매승(枚乘)·사마상여(司馬相如) 같은 작가들에 의해 크게 유행하며 한대를 대표하는 문체로 자리매김한다. 그 특징은 객관적인 사물을 미사여구를 동원해 극도로 아름답게 표현하는 점, 자신의 문학적 재능을 유희적으로 표현하는 점 등을 들 수 있는데 이런 점 때문에 부 문학은 내용이 없는 공허한 문학으로 전락하게 된다. ≪낙신부≫의 경우, 굴원의 ≪구가(九歌)≫·송옥의 ≪고당부(高唐賦)≫·≪신녀부(神女賦)≫의 영향을 받았지만 사상성과 작품성이 강해 부 문학의 경지를 한 차원 높였다는 평가를 받는다. 이 때문에 역사상 많은 문인들이 이를 소재를 작품을 썼다. 진대(晉代)의 대서예가 왕희지(王羲之; 321~379)·왕헌지(王獻之; 348~388) 부자는 수 십 권의 ≪낙신부≫를 썼고, 화가 고개지(顧愷之)는 그 유명한 ≪낙신부도(洛神賦圖)≫를 그렸다. 또 송·원대의 희곡가들은 ≪낙신부≫를 소재로 한 극을 무대에 올리기도 했다.

이상향을 찾아서
桃花源記
06

[東晉] 도연명(陶淵明; 365~427)

진나라 태원(太元; 376~396) 연간에 무릉(武陵)에 물고기를 잡으며 살아가는 사람이 있었다. 하루는 시내를 따라 길을 가다 얼마나 왔는지 잊어버렸다. 어느 순간 복숭아꽃이 만발한 숲을 만났는데, 시내의 양 언덕 수백 보 되는 땅 안에 다른 나무는 없었다. 아름다운 향초들이 자라고, 바람에 꽃잎이 어지러이 흩날리고 있었다. 어부는 매우 이상하게 여겨 다시 앞으로 나아가며 그 숲 끝까지 가보려고 하였다. 숲은 시냇물의 발원지에서 끝났고 거기에는 산이 하나 있었다. 산에는 작은 동굴 입구가 있었는데 빛이 나오는 것 같았다. 곧 배를 버리고 입구로 들어갔다. 처음에는 매우 좁아 겨우 한 사람이 지나갈 만하였다. 다시 수 십 보를 가니 환하게 트여 밝아졌다. 토지는 평탄하고 넓었으며 가옥은 가지런하게 늘어서 있었다. 비옥한 밭과 아름다운 못에 뽕나무와 대나무 같은 것들이 있었다. 밭 사이의 길은 사방으로 통하고 닭과 개 소리가 곳곳에서 들렸다. 그 가운데에서 사람들이 왕래하면서 밭을 갈고 있었다. 남녀의 옷차림은 모두 바깥세상의 사람들과 같았다. 노인과 어린이 모두 기쁜 듯이 저마다 즐거워하고 있었다. 그들은 어부를 보자 크게 놀라면서 어디서 왔느냐고 물었다. 어부가 자세히 대답해

복숭아가 만발한 숲에서 배를 타고 가는
모습

주자 곧 그를 집으로 초대하여, 술자리를 벌이고 닭을 잡고 음식을 만들어 대접했다.

마을 사람들이 이런 사람이 와 있다는 것을 듣고는 모두 와서 바깥세상의 소식을 물었다. 그들은 "선조들께서 진(秦)나라의 난리를 피해 처자식과 마을 사람들을 이끌고 세상과 떨어진 이곳에 왔습니다. 이후로 다시 나가지 않아 결국 외부와 단절되었습니다."라고 했다. 그리고는 또 "지금이 어느 시대입니까?"라고 물었다. 한(漢)나라가 있는 줄조차 몰랐으니, 위진(魏晉)은 더 말할 것도 없었다. 이 어부가 자기가 들은 것을 그들에게 하나하나 자세히 말해주자, 모두가 탄식하고 놀라워했다. 나머지 사람들도 각자 어부를 자신들의 집으로 초청해 술과 밥을 내놓고 대접했다. 며칠 머물다 작별하고 돌아가려 하자, 마을 사람들이 "바깥세상 사람들에게 말하지 마시오."라고 했다. 어부가 나와서 배를 찾아, 지난번에 왔던 길을 따라 가면서 곳곳에 표시를 해두었다.

군(郡)에 이르러 태수를 만나 이런 일이 있었음을 아뢰었다. 태수가 곧 사람을 보내 그가 갔던 곳을 따라가 전에 표시한 곳을 찾게 하였다. 그러나 끝내 길을 잃고 더 이상 가는 길을 찾지 못했다.

남양(南陽) 유자기(劉子驥)는 고상한 선비다. 이 이야기를 듣고 기뻐하며 그곳을 찾아갈 계획을 세웠다. 그러나 실현하지 못하고 얼마 지나지 않아 병들어 죽었다. 그 후로 그곳을 찾는 사람이 없었다.

❖ ≪도화원기(桃花源記)≫

晉太元中, 武陵人捕漁爲業. 緣溪行, 忘路
之遠近. 忽逢桃花林, 夾岸數百步, 中無雜樹.
芳草鮮美, 落英繽紛. 漁人甚異之. 復前行,
欲窮其林, 林盡水源, 便得一山. 山有小口,
髣髴若有光. 便捨船從口入. 初極狹, 纔通人.
復行數十步, 豁然開朗. 土地平曠, 屋舍儼然.
有良田美池桑竹之屬. 阡陌交通, 鷄犬相聞.
其中往來種作, 男女衣著, 悉如外人. 黃髮垂
髫, 并怡然自樂. 見漁人, 乃大驚. 問所從來,
具答之. 便要還家, 設酒, 殺鷄作食.

이하곤의 ≪도원문진도(桃源問津圖)≫
(견본색채, 28.5×25.8, 간송미술관 소장)

村中聞有此人, 咸來問訊, 自云先世避秦時亂, 率妻子邑人來此絶境, 不復出焉. 遂與外
人間隔. 問今是何世. 乃不知有漢, 無論魏晉. 此人一一爲具言所聞, 皆歎惋. 餘人各復延
至其家, 皆出酒食. 停數日辭去. 此中人語云, 不足爲外人道也. 旣出, 得其船, 便扶向路,
處處誌之.

及郡下, 詣太守說如此. 太守卽遣人隨其往. 尋向所誌, 遂迷不復得路.

南陽劉子驥, 高尙士也. 聞之, 欣然規往, 未果. 尋病終, 後遂無問津者.

　　도연명(陶淵明; 365~427)은 산수와 전원의 아름다움을 노래한 시와 이상세
계를 그린 ≪도화원기≫로 잘 알려져 있다. 이름은 잠(潛)이고, 연명(淵明)은
그의 자이다. 동진(東晉) 애제(哀帝) 흥녕(興寧) 3년(365)에 태어나 유송(劉宋) 문
제(文帝) 원가(元嘉) 4년(427)에 63세의 나이로 사망했다. ≪도화원기≫는 원래
도연명이 전문적으로 지은 작품이 아니라 ≪도화원시(桃花源詩)≫의 제목 아
래 부기되어 시를 지은 배경을 설명하는 서문(序文)이었는데 후에 본 시(詩)
보다 더 유명해졌다.

97

🌸 짧았던 벼슬길

도연명(陶淵明)의 모습

동진(東晉)의 대시인. 이름은 잠(潛)이고, 연명(淵明)은 그의 자이다. 29세 때 처음으로 관직에 나아갔으나 뜻을 이루지 못하고 팽택령(彭澤令)을 끝으로 은거에 들어갔다. 산수 전원의 아름다움을 쉽고 자연스런 문체로 노래했다. 현재 사언시 9수, 오언시 120수 정도가 남아 있다. 대표작으로는 《귀거래사(歸去來辭)》와 《도화원기(桃花源記)》 등이 있다.

그는 29세 때 강주(江州) 좨주(州祭酒; 교육을 주관하는 우두머리)로 처음 벼슬길에 올랐지만 자신의 뜻을 펼칠 수 없는 자리라는 것을 알고 얼마 되지 않아 물러났다. 고향에 돌아와 5·6년간 농사를 짓다가 36세에 당시 형주자사(荊州刺史)로 있던 환현(桓玄)의 막부에서 참군(參軍)으로 일했다. 환현은 제위를 찬탈할 야심을 가졌던 환온(桓溫)의 작은 아들이었다. 도연명이 형주에 왔을 때, 환현은 장강(長江) 중상류 지역을 장악하고 동진(東晉)을 호시탐탐 노리고 있었다. 37세 때(401) 어머니가 돌아가자 귀향하여 거상하였다. 집으로 돌아온 다음 해 봄, 환현은 동진의 수도 건강(建康; 지금의 江蘇省 南京)을 함락하고 제위를 차지했다. 이때 정국이 급변하게 되는데, 404년 2월 하비태수(下邳太守) 유유(劉裕)와 하무기(何無忌) 등의 문무관원들이 경구(京口; 지금의 江蘇省 鎭江)에서 환현을 타도하기 위해 거병하는 일이 일어났다. 이로 환현은 패퇴하고, 유유는 진군장군(鎭軍將軍) 겸 도독팔주군사(都督八州軍事)로 추대된다. 도연명은 40세에 진군장군 유유의 참군이 되어 다시 벼슬길에 올랐다.

41세가 되던 3월에 건위장군(建威將軍) 유경선(劉敬宣)의 참군이 되고, 8월에 팽택령(彭澤令)이 되었다. 팽택령이 된 후 유명한 일화가 있다. 도연명이 팽택령이 된 지 80여일이 되었을 때, 군(郡)에서 지금의 감찰관에 해당하는 독우(督郵)를 보냈다. 그의 부하 관리가 먼저 와서 "필히 의관을 정제하고 맞으십시오."라고 했다. 도연명은 "내 어찌 다섯 말의 쌀 때문에 어린 아이

같은 사람에게 허리를 굽혀 섬길 수 있으리(我豈能爲五斗米, 拜腰向鄕里小兒)."라고 하고는 그날로 사직하고 고향으로 돌아갔다고 한다. 이로부터 다시는 벼슬길에 나오지 않고 전원에서 농사를 지으며 살았다.

✿ 이상세계를 그림

도연명의 50대는 진(晉)이 유송(劉宋)으로 교체된 시기여서 큰 사건들이 많이 일어났다. 54세(418) 때 유유(劉裕)가 상국(相國)이 되고 그해 12월 안제(安帝)를 시해하고 공제(恭帝)를 세웠고, 57세(421) 때 유유가 영릉왕(零陵王), 즉 공제를 살해했다. 도연명은 이런 현실에 실망한 나머지 58세가 되던 해(422)에 ≪도화원기≫에 자신의 이상세계를 그려냈다. 도화원 속의 사람들은 전쟁이 없는 평화로운 사회에서 생을 영위하고 있다. 그야말로 현실 속의 사람과 대조를 이룬다. 사실 이 "도화원"의 세계는 도연명이 막연하게 동경했던 이상세계가 아니라 현실세계를 토대로 그린 세계였다. 당시 많은 사람들이 한말(漢末) 전쟁의 소용돌이를 피해 높은 성을 쌓거나 깊은 산 속으로 들어가 세상과 격리된 채 그들만의 세계를 이루며 살았다. ≪삼국지(三國志)·위서(魏書)·전주전(田疇傳)≫을 보면 당시의 이러한 실태를 엿볼 수 있다.

서무산의 깊고 험준한 산 속으로 들어가 평탄하고 넓은 곳을 만들어 살 곳을 정하고 몸소 밭을 갈며 부모를 봉양하였다. 백성들이 속속 그에게 귀의하니 몇 년 사이에 5,000여 가구나 되었다(入徐無山中, 營深險平敞地而居, 躬耕以養父母. 百姓歸之, 數年間至五千餘家).

또한 중국은 영토가 넓어서 편벽한 지역은 외부세계와 교류가 적어 세상 물정을 이해하지 못하는 곳이 많았다. 이런 곳의 사람들은 그들 고유의 풍습을 그대로 유지하고 풍경도 빼어난 곳이 많았다. 이런 곳들이 우연히 발견되어 외부로 알려지는 경우가 있었다. 도연명은 당시의 이런 상황에 착안하여 《도화원》의 세계를 만든 것이라고 할 수 있다.

✿ 도연명 이전의 이상세계

도연명 이전에도 이상세계에 대한 묘사가 있었을까? 물론 있었다. 가장 먼저 《예기(禮記)·예운(禮運)》에 나오는 대동세계(大同世界)에 관한 기록을 보자.

큰 도가 행해지면 천하는 사람들의 것이 된다. 사람들은 어진 이와 능력 있는 이를 등용하여, 신의를 따지며 서로 화목하게 지낸다. 그래서 사람들은 자신의 가족만을 가족으로 여기지 않으며, 자신의 자식들만 자식으로 여기지 않는다. 노인들은 여생을 편안히 보내고, 젊은이들은 일할 곳이 있으며, 어린 아이들은 건강하게 자란다. 또 홀아비·과부·고아·자식 없는 늙은이 그리고 장애를 가지고 있거나 병든 사람들은 모두 부양을 받는다. 남자는 직업이 있고, 여자는 제때에 시집간다. 재물을 바닥에 버리는 것은 싫어하나 집에서만 간직하지 않는다. 힘이 자신의 몸에서 나오지 않는 것을 싫어하나 자신만을 위해서 쓰지 않는다. 이 때문에 혼란을 도모하는 일은 막혀 일어나지 않고, 도둑과 세상을 어지럽히는 자들이 나타나지 않는다. 그래서 바깥문이 있어도 닫지 않는다. 이를 일러 대동세계라 한다(大道之行也, 天下爲公, 選賢與能, 講信修睦. 故人不獨親其親, 不獨子其子, 使老有所終, 壯有所用, 幼有所長. 矜寡孤獨廢疾者, 皆有所養. 男有分, 女有歸. 貨, 惡其棄於地也, 不必藏於己; 力, 惡其不出於身也, 不必爲己. 是故謀閉而不興, 盜竊亂賊而不作. 故外戶而不閉. 是謂大同).

이곳의 "대동세계"는 "큰 도(道)"로 이루어질 수 있는 열린 세계, 즉 사람들의 노력으로 이루어질 수 있는 세계를 말한다. 상당히 현실적인 세계라고 할 수 있다. 역대로 "대동세계"는 유가에서 이룰 수 있는 최고의 이상적인 세계로 인식되어 왔다. 도화원의 세계가 닫힌 세계이자 무위로 돌아가는 세계라는 점에서 큰 차이가 있다. 또 하나의 이상세계로 유명한 것이 ≪노자(老子)·80장≫에 나오는 "작은 나라 적은 백성(小國寡民)"의 세계이다.

나라는 작고 백성은 적어야 한다. 여러 가지 기물이 있어도 사용하지 않는다. 백성들은 죽음을 중히 여기며, 멀리 이사 가지 않는다. 배와 수레가 있어도 타지 않고, 갑옷과 무기가 있어도 쓰지 않는다. 사람들이 다시 새끼를 묶어(의사표시의 도구) 사용한다. 그들의 음식은 달고, 그들의 의복은 아름답다. 또 그들의 거처는 편안하며, 자신들의 풍속을 즐긴다. 이웃나라가 서로 바라보이고, 닭과 개의 소리가 서로 들려도, 백성들은 늙어 죽을 때까지 서로 왕래하지 않는다(小國寡民. 使有什伯之器而不用. 使民重死, 而不遠徙. 雖有舟輿, 無所乘之. 雖有甲兵, 無所陳之. 使民復結繩而用之. 甘其食, 美其俗, 安其居, 樂其俗. 鄰國相望, 鷄犬之聲相聞, 民至老死, 不相往來).

"소국과민"의 세계는 원시사회로 돌아간 세계이다. 사람을 구속하는 국가와 통치의 개념을 버리고 원시사회의 소박한 모습으로 돌아갈 것을 주장한다. 이런 점에서 보면 도화원 사람들의 소박하고 자연스러운 모습과 유사하다. ≪도화원기≫의 이상세계가 폐쇄적이고 고립된 이상세계라는 점에서 상술한 유가와 도교의 이상세계와 차이가 있다. 그러나 모든 이상세계가 평화롭고 자연스러운 세계를 추구한다는 점에서는 같다고 할 수 있다. 결국 도연명은 상고시기부터 이어지던 중국인들의 이상세계를 종합하여 구체적이고 합리적이며 실현가능한 이상세계를 만들어냈다.

101

✿ 문학적 의의와 후세 영향

현전하는 도연명의 작품은 시가 126수(이중 4언이 9수, 5언이 117수), 사부(辭賦)가 3수, 운문 5편, 산문 5수이다. 이중 오언시의 성취가 가장 높다. 그의 시는 전원의 아름다움을 쉽고 소박하게 읊어 유미주의가 유행하던 위진(魏晉)시기에 전원시(田園詩)라는 새로운 영역을 개척하여 척박하던 위진 문학에 한 줄기 새로운 빛을 선사하였다. 그러나 당시로서는 참신한 소재를 노래했음에도 당시 문단의 평가는 그리 호의적이지 않았다. 그가 사망한지 70여년 뒤에 나온 ≪문심조룡(文心雕龍)≫은 그의 작품에 대해 한 글자도 언급하지 않았다. 또 양(梁)나라(502~557) 때 나온 ≪시품(詩品)≫은 그의 작품을 "중품(中品)"으로 분류했다. 그의 작품이 주목받기 시작한 것은 당나라 때였다. 이백(701~762) · 고적(高適; 702?~765) · 백거이(白居易; 766~826) 등이 그의 인품을 높이 평가했고, 왕유(王維; 699~759)와 맹호연(孟浩然; 689~740)은 그의 전원시를 이어 산수전원시라는 새로운 영역을 개척했다. 송대에 와서 소식(蘇軾; 1037~1101) · 육유(陸遊; 1125~1210) · 신기질(辛棄疾; 1140~1207) 같은 대시인들이 도연명 시의 영향을 받으면서 그는 중국문학에서 확고부동한 위치를 차지하게 된다. 원 · 명 이후로는 도연명의 시에 주석을 달거나 평론한 글이 많이 보인다.

우리나라에서도 고려(高麗) 말기 진화(陳澕)와 이인로(李仁老; 1152~1220)는 ≪도화원기≫를 모방하여 각각 ≪도원가(桃源歌)≫와 ≪청학동기(青鶴洞記)≫를 남겼다. 조선시대 화가 안견(安堅)이 그린 것으로 유명한 ≪몽유도원도(夢遊桃源圖)≫(1447) 역시 ≪도화원기≫의 영향을 받았다. 이 그림은 세종대왕의 셋째 아들인 안평대군(安平大君; 1418~1453)이 꿈에 무릉도원을 방문한 꿈을 꾸고 그 내용을 안견에게 설명하여 그리게 한 작품이다. 그림 속 배경이 ≪도화원기≫와 다른 점은 말을 타고 다닌 다는 것, 닭과 개 소리가 보이

102

안견(安堅)의 《몽유도원도(夢遊桃源圖)》

지 않는 것, 성삼문(成三問; 1418~1456)·정인지(鄭麟趾; 1396~1478) 같은 당대
의 대학자들을 대동하고 있다는 점이다. 외국에서는 제임스 힐튼(James
Hilton)이 쓴 소설 《잃어버린 지평선(Lost Horizon)》(1933)의 모태가 되었다.
소설이 출간되자 동양의 신비로운 유토피아의 세계를 서양에 널리 알리는
계기가 되었다. 힐튼은 소설에서 무릉도원을 "샹그릴라(Shangrila)"로 표현했
다. "샹그릴라"는 티벳어로 "푸른 달이 뜨는 언덕"이란 의미로 서양의 유
토피아를 이르는 말과 같은 의미라고 했다. 후에 1937년 프랭크 카프카
(Frank Kafka)가 영화로 만들어 또 한 번 화제가 되기도 했다.

여산 폭포를 바라보며

望廬山瀑布 **07**

[唐] 이백(李白; 702~765)

해가 향로봉을 비추니 붉은 구름 생기고,
멀리 폭포를 보니 앞에 냇물이 걸린 듯.
아래로 삼천 척이나 곧장 날아 흐르니,
은하수가 하늘에서 떨어지는 것은 아닌지.

여산(廬山) 폭포의 장관

❖ ≪망려산폭포(望廬山瀑布)≫

日照香爐生紫煙, 遙看瀑布掛前川.
飛流直下三千尺, 疑是銀河落九天.

105

❀ 두 수의 ≪여산폭포를 바라보며(望廬山瀑布)≫

이백(李白)의 모습

당(唐)나라의 대시인. 자는 태백(太白), 호는 청련거사(青蓮居士). 그의 시는 스케일이 크고 자유분방하여 "시선(詩仙)"으로 일컬어진다. 현재 1,000여 수의 시가 전한다.

이백(李白; 702~765)의 시는 풍부한 상상력과 웅장한 스케일로 잘 알려져 있다. 수많은 명작이 전하지만 그중에서 ≪여산의 폭포를 바라보며≫는 이백 시의 특징을 잘 보여준다. 현존하는 ≪여산의 폭포를 바라보며≫는 2수로 이루어져 있다. 첫 번째 시는 5언 고체시(古體詩)의 형식에 총 22구로 이루어진 장편이다. 여기서 소개할 두 번째 시는 7언 절구로 되어 있다. 첫 번째 시는 여산(廬山) 폭포의 웅장한 모습을 세밀하게 묘사하면서 선경(仙境)과도 같은 여산을 영원한 안식처로 삼아 은거하고픈 마음을 나타내고 있다. 두 번째 시는 첫 수에 대한 전체적인 개괄로, 웅장한 여산 폭포의 모습을 생동적으로 그리고 있다. 이백의 경우 여산을 소재로 지은 시가 10여 수 전한다. 그중에 이 두 번째 시가 가장 널리 알려져 있다.

❀ 여산(廬山)의 위치와 창작 시기

여산은 현재 중국 강서성(江西省) 구강시(九江市) 남쪽에 있다. "여(廬)"는 "오두막집"이라는 의미인데 여기에는 전해오는 이야기가 있다. 주(周)나라 때 이 산에 광속(匡俗)이라는 은자가 살고 있었다. 조정에서 사람을 보내 찾았지만 이미 신선이 되어 하늘로 올라가고 그가 머물던 빈 오두막집만 남았다고 한다. 그래서 산 이름을 "여산"이라고 했다. 여산은 중국의 오악(五岳), 즉 태산(泰山)·화산(華山)·형산(衡山)·항산(恒山)·숭산(崇山)과 함께 명산으로 꼽히는데 특히 폭포가 유명하다. 또한 도가(道家)의 성지로 유명해 예로부터 많은 시인묵객들이 이곳을 찾아와 주옥같은 작품들을 남겼다.

이 시(두 번째 시)는 현재 창작시기가 분명치 않다. 이백이 여산을 찾은 것은 그의 평생 3차례였다. 첫 번째는 개원(開元) 13년(725) 25세 때 백성들을 평안하게 하려는 뜻을 품고 촉(蜀) 땅을 떠나 장강(長江)을 따라 남하하며 동정호(洞庭湖)를 유랑하고 여산에 올랐다. 두 번째는 천보(天寶) 4년(745) 관직에서 물러나 남경(南京)에 들렀다가 여산을 찾았다. 세 번째는 756년 안사(安史)의 난을 피해 아내 종씨(宗氏)와 여산을 찾은 것이다. 따라서 이 시는 위의 세 시기 중의 어느 한 시기에 지어진 것이 된다.

❀ 남다른 공간적인 영감

제2구 "멀리 폭포를 보니 앞에 냇물이 걸린 듯(遙看瀑布掛前川)"은 음미할수록 시인의 관찰력과 상상력에 감탄하게 만든다. 보통 사람의 눈에는 폭포가 위에서 아래로만 흐르는 것으로 보이는데 이백은 강물이 서서 흐르는 것으로 보았으니 남다른 공간적인 영감을 볼 수 있다. 제3구의 "아래로 3,000척이나 곧장 날아 흐르니(飛流直下三千尺)"는 폭포수가 아래로 세차게 떨어지는 광경을 묘사한 것인데, 이 표현만 봐도 여산 폭

정선(鄭敾)의 《여산폭포도(廬山瀑布圖)》

포가 얼마나 웅장하게 흐르는지 짐작할 수 있다. 이 구절은 또 이백 시의

특징인 과장적인 수법을 잘 보여주고 있다. 일척(一尺)은 현재의 단위로 환산하면 33cm 정도인데 3,000척(三千尺)이라고 하면 990m 정도가 된다. 폭포의 길이가 이 정도라면 실로 어마어마한 길이라고 하겠다. 하지만 이는 실제 폭포의 높이가 990m가 아니라 여산의 폭포가 그만큼 길다는 것을 과장해서 한 말이다. 중국의 학자 임동해(林東海)의 ≪시사곡부명작감상대사전(詩詞曲賦名作鑑賞大辭典)≫(北岳文藝出版社, 563쪽)을 보면, 이백이 노래한 이 폭포는 수봉사(秀峰寺) 부근의 황애폭포(黃崖瀑布)가 아니면 마미폭포(馬尾瀑布)라고 한다.

✿ "3,000척"과 "3,000장"

여기서 "3,000척"과 관련된 재미난 추측을 하나 해보자. 이백의 또 다른 명작 ≪추포가(秋浦歌)≫제15수에는 "백발이 3,000장이라, 근심으로 이렇게 길어졌겠지(白髮三千丈, 緣愁似箇長.)."라는 구절이 있다. 장(丈)은 척(尺)의 10배에 해당하는 길이 단위로, 1장은 지금의 단위로 환산하면 3.3m 정도가 된다. 그러니까 3,000장(三千丈)이라고 하면 9,900m가 된다. 그런데 이백은 왜 백발(白髮)은 "3,000장(9,900m)"이라 하고, 백발보다 훨씬 더 긴 폭포는 "3,000척(990m)"이라고 했을까? 당연히 백발보다 폭포가 더 기니까 폭포를 "3,000장"이라고 해야 하지 않을까? 여기에서 "3,000장"은 완전히 과장적인 수법이라고 할 수 있다. 이것은 근심 때문에 백발이 많이 자랐음을 상징적으로 나타내는 것인데 그의 근심이 얼마나 깊었는지를 말해준다. "3,000척"은 이백이 다른 사람의 시 구절을 참고했기 때문이다. ≪태평어람(太平御覽)≫(권71)에 수록된 주경식(周景式)의 ≪여산기(廬山記)≫에는 "그 물은 산허리에서 나와, 3·400장 아래로 걸려 흐른다(其水出山腹, 掛流三四百丈)."라는 구절이 있다. 이곳에서는 "3·400장"이라고 했는데 이백은 이 구절을 더욱 과장해 자신의 시에 넣었기 때문에 "3,000척"이라고 했던 것이다. 또 하나 추측이 가능한 것은 "근심"은 보이지 않는 개념이고, "폭포"는 눈에 보이는 실물이라는 점이다. 따라서 보이지 않은 개념은 얼마든지 큰 숫자로 그 깊이를 나타낼 수 있다. 볼 수 없어 헤아릴 수 없기 때문이다. 반면 실물은 보여지고 정해져 있기 때문에 그 표현의 폭이 상대적으로 제한될 수밖에 없다는 점이다. 이런 점 때문에 이백의 시에서 "3,000척"과 "3,000장"의 차이가 생겼지 않았나 싶다.

❀ 소식(蘇軾)도 감탄한 기상천외한 상상력

제4구에서 이백은 상상력을 더욱 발휘하여 시의 경계를 우주공간으로까지 확대하고 있다. 폭포수를 "은하(銀河)"에, 폭포를 "구천(九天)"에 비유하여, 마치 은하수(폭포수)가 하늘(구천)에서 흘러내리는 것처럼 묘사하고 있다. 참으로 기상천외한 상상력이 아닐 수 없다. 나의 짧은 소견으로 중국고전 시 중에 이렇게 상상력이 잘 표현된 작품을 찾기 어렵지 않을까 싶다. 북송의 대문호 소식(蘇軾; 1037~1101)도 ≪서응의 폭포시를 즐기며(戲徐凝瀑布詩)≫에서 제4구를 "천제가 은하수를 인간 세상에 내려놓았는데, 이제까지 이백의 시에서만 전하네(帝遣銀河一派垂, 古來惟有謫仙辭)."라고 칭찬했을 정도였으니 중국문인들의 추앙정도를 알 수 있다.

❀ 이백 시의 특징

이 시에서는 이백 시의 한 가지 중요한 특징을 볼 수 있다. 제3구의 "삼천(三千)"과 제4구의 "구(九)" 같은 큰 숫자를 이용해 문장의 기세를 강화하

109

는 점이다. 독자들은 이곳에서 폭포의 규모를 머릿속에 떠올리고 그 규모에 매료될 것이다. 이런 부분들이 독자들에게 이백의 시는 스케일이 웅장하다는 느낌을 준다. 우리가 잘 알고 있는 ≪아침에 백제성을 떠나며(早發白帝城)≫(759)에서도 이런 점들이 잘 나타난다.

아침에 채색 구름 속의 백제성을 떠나,	早辭白帝彩雲間,
천리나 되는 강릉을 하루 만에 돌아왔네.	千里江陵一日還,
양쪽 언덕엔 원숭이 울음소리 끊이질 않고,	兩岸猿聲啼不盡,
가벼운 배는 이미 수많은 첩첩 산을 지났네.	輕舟已過萬重山.

제2구에서는 "천리(千里)"와 "일일(一日)"이, 제3구와 제4구에서는 "양안(兩岸)"과 "만중(萬重)"이 숫자상의 대비로 시의 분위기를 절묘하게 연출해내고 있다. 또 사용된 숫자를 보면 낮은 숫자인 "일(一)"·"양(兩)"과 높은 숫자인 "천(千)"·"만(萬)"이 교묘하게 골고루 운용되고 있다.

✿ 이백의 상상력

현실적 사유를 하는 중국문인들에게 이백의 시에서 보이는 이런 자유분방한 상상력은 어디에서 오는 것일까? 필자는 원래 고대 중국인들은 상상력이 약하다고 생각했는데 이 구절을 보면서 이런 생각이 많이 바뀌게 되었다. 원래 기질적으로 도가(道家) 성향이 강했고 회재불우한 면이 많아서일까? 아니면 얽매이기 싫어하는 자유로운 성격 탓이었을까? 이백이 살아있다면 한번 물어보고 싶은 질문이다. 그의 시가 없었더라면 중국고전문학은 무척이나 단조로웠을 것이다.

동정호를 바라보며

望洞庭 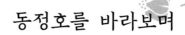 08

[唐] 유우석(劉禹錫; 772~842)

호수의 물빛과 가을 달 서로 어우러지고,
고요한 수면은 갈지 않은 거울과 같네.
멀리 푸르른 동정호의 산수를 보노라니,
흰 은쟁반에 푸른 고둥이 놓여있는 듯하네.

동정호에 떠있는 군산(君山)의 모습

❖ ≪망동정(望洞庭)≫

湖光秋月兩相和, 潭面無風鏡未磨.
遙望洞庭山水翠, 白銀盤里一靑螺.

✿ "시호(詩豪)" 유우석(劉禹錫)

유우석(劉禹錫)의 모습

자는 몽득(夢得), 낙양 사람이다. 당대 유명한 정치가이자 문학가이다. 정치적으로 왕숙문(王叔文)이 주도하는 개혁파에 참가하였다가 연주사마(連州司馬)·낭주사마(朗州司馬) 등으로 좌천된다. 7언 율시와 절구에 뛰어났다. "시호(詩豪)"라는 칭호가 있다.

시의 작가 유우석(772~842)은 중국문학 전공자가 아닌 사람에게는 낯설게 느껴질 것이다. 그는 당대(唐代) 고문운동(古文運動)의 대가인 유종원(柳宗元;773~819)의 절친한 친구이자 정치적 동지로 "영정혁신(永貞革新)"에 참여했으며, 산문과 시에서 주옥같은 명작을 남긴 대작가이다. 같은 시기에 활동한 시인 백거이(白居易;766~826)가 《유백창화집해(劉白唱和集解)》에서 그를 "시호(詩豪)"로 칭송한 것만 봐도 그의 문학적 위상을 충분히 짐작할 수 있다.

✿ 험난한 정치역정

유우석은 덕종(德宗) 정원(貞元) 9년(793)에 진사에 급제하고, 32세 때 감찰어사(監察御史)가 되어 중앙정계로 진출했다. 그는 당시 태자시독(太子侍讀)으로 있던 왕숙문(王叔文; 753~806)의 눈에 들어 중용된다. 정원 21년(805) 정월 덕종이 사망하고 순종이 즉위하자 왕숙문은 개혁정책을 펼친다. 이때 유우석은 그와 함께 각종 사회문제에 대한 개혁을 진행하게 된다. 그러나 불행히도 그해 8월 개혁을 지지한 순종(順宗)이 환관들에게 연금되고 헌종(憲宗)이 즉위하자 왕숙문이 주도했던 개혁에 참가한 인사들이 숙청되기 시작했다. 개혁을 주도한 왕숙문은 8월에 유주사호(渝州司戶)로 좌천되었다. 유우석은 9

월 13일에 연주자사(連州刺史: 지금의 廣東省 連縣)로 좌천되었다가, 11월 14일에
다시 낭주사마(朗州司馬: 지금의 湖南省 常德市)로 좌천되었다. 이를 시작으로 유
우석은 23년간 중앙정계로 돌아가지 못하고 지방을 전전한다. 이때 그의
나이 겨우 34세였다.

> 四川과 湖北의 처량한 산수 속에서 23년간이나 이 몸을 내버려두었네(巴山楚
> 水凄涼地, 二十三年棄置身). ≪수낙천양주초봉석상견증(酬樂天揚州初逢席上見
> 贈)≫

유우석은 806년에서 814까지 8년 동안 낭주사마로 재직하는데 이 시는
바로 이때 지어진 것이다. 그러니까 그의 첫 번째 폄적지에서 지어진 시인
셈이다.

✿ 시의 무대가 된 동정호(洞庭湖)

제목에 나오는 "동정"은 중국 호북성(湖北省) 북쪽에 있는 거대 호수 동정
호(洞庭湖)를 말한다. 총면적은 2820㎢, 호면(湖面)의 해발고도는 34.1m, 수심
은 34m에 달한다. 호수 안에 크고 작은 섬들이 있는데 이중 군산(君山)이 가
장 유명하다. 동정호를 기준으로 이북을 호북성, 이남을 호남성(湖南省)이라
고 한다. 동정호는 예로부터 물자가 풍부하고 풍경이 빼어나 시인묵객들의
발길이 끊이질 않았다. 그들이 남긴 작품 중 북송 시기의 정치가인 범중엄
(范仲淹; 989~1052)이 ≪악양루에 올라(登岳陽樓記)≫에서 동정호를 읊은 것이
가장 유명하다.

113

> 내가 보건대 파릉의 빼어난 경치는 동정이라는 호수에 있다. 먼 산을 머금고,

긴 강을 삼켜, 넓고 넓어 막힘이 없다. 옆으로 끝이 없어, 아침햇살과 저녁 어스름이 되면, 기상이 만 갈래 천 갈래이다. 이것은 곧 악양루의 큰 볼거리이다……(予觀夫巴陵勝狀, 在洞庭一湖, 銜遠山, 呑長江, 浩浩蕩蕩, 橫無際涯, 朝暉夕陰, 氣象萬千, 此則岳陽樓之大觀也……).

❀ 은쟁반 위의 푸른 고둥

이 시는 작가가 가을날 동정호를 바라보며 읊은 시이다. 유우석은 일생동안 동정호를 다섯 번이나 지나간 적이 있는데 가을에 지나 간 것은 이때가 유일하다. 제1구는 동정호의 수면에 달빛이 비추면서 서로 멋들어지게 어울리고 있음을 말하고 있다. 호수의 정적인 분위기를 느낄 수 있다. 제2구는 시간이 지나자 수면에 달이 더 이상 비추지 않음을 갈지 않아 윤기가 나지 않는 거울에 비유하고 있다. 이 부분을 이해하려면 원문의 "경미마(鏡未磨)"에 대해 이해할 필요가 있다. 옛날에는 지금과 같은 규소로 만든 거울이 아니라 동(銅)의 표면을 갈아 윤기를 내어 거울로 삼았다. 그래서 이를 "동경(銅鏡)"이라고도 한다. 시의 "경미마"는 갈리지 않은 거울, 즉 윤기가 없는 상태의 거울을 말하는데, 작가는 이로 호수표면에 달빛이 분명하지 않고 어렴풋함을 나타냈다. 그 비유가 상당히 절묘하다. 제3구는 호수 안에 보이는 군산(君山)의 모습을 읊고 있다. 악양루(岳陽樓) 아래의 선착장에서 유람선을 타면 군산까지 30분정도 걸린다고 하니 육지에서는 꽤 먼 거리임을 알 수 있다. 당시 작가의 눈에 달에 비친 군산의 모습이 어렴풋이 들어왔음을 짐작할 수 있다. 제4구는 이 시의 결정판이다. 호수와 군산이 어우러진 모습을 읊고 있다. 호수표면을 "은쟁반"에, 군산을 "푸른 고둥"에 비유하고 "백(白)"과 "청(靑)"의 색채대비까지 가미함으로써 달빛 아래 동정호의 모습을 눈앞에 선명하게 보여주고 있다. 특히 군산의 모양을 역삼각형 형태의 고둥에 비유한 것은 멋진 표현이라는 생각이 든다.

❀ 쟁반 같이 둥근달

여담이지만 제4구의 "백은반(白銀盤)"은 이백(李白)의 시 ≪고랑월행(古朗月行)≫에 나오는 "백옥반(白玉盤)"을 연상시킨다.

어렸을 때 달을 몰라,	小時不識月,
흰 옥쟁반이라 불렀지.	呼作白玉盤.
또 신선의 거울이라 여겨,	又疑瑤臺鏡,
구름 사이로 난다고 여겼지.	飛在青雲端.

"백은반(白銀盤)"과 "백옥반(白玉盤)"은 재질(백은과 백옥)은 다르지만 모두 눈같이 흰 둥근 쟁반을 말한다. 그런데 이백은 달에 비유하고, 유우석은 호수 표면에 비유한 것이 상당히 흥미롭다. 곰곰이 들여다보면, 이백은 쟁반의 둥근 형태를 강조했고, 유우석은 쟁반의 색깔을 강조했음을 알 수 있다. 혹시 두 구절 사이에 어떤 관계가 있는 것은 아닐까? 우리나라의 동요 중에 "달달 무슨 달 쟁반 같이 둥근달……"이라는 구절이 있는데 이곳에서도 달을 쟁반에 비유하고 있다. 중국이든 한국이든 예로부터 쟁반을 달에 비유했는데 유우석의 경우 호수표면에 비유했으니 그의 기상천외한 상상력이 부러울 따름이다.

구리 낙타는 밤이면 흐느껴 운다
銅駝夜來哭
[唐] 이하(李賀; 790~817)

실의에 빠진 채 삼월은 가는데,
꽃 찾아 동쪽의 옛 집에 간다.
누가 봄을 보내는 곡을 타나,
낙수가의 구리 낙타는 슬퍼한다.
다리 남쪽에는 말 탄 이들 많고,
북망산에는 고인들 무덤 가득하다.
상춘객들 잔속의 술을 마실 제,
낙타는 천만번의 봄을 슬퍼한다.
세상에 나와 헛된 일 하지 말지니,
바람이 접시 위의 촛불을 분다.
만개한 복사꽃 지겹도록 보았기에,
구리 낙타는 밤이면 흐느껴 운다.

낙타상(駱駝像)

117

✤ ≪동타비(銅駝悲)≫

　　落魄三月罷, 尋花去東家. 誰作送春曲, 洛岸悲銅駝. 橋南多馬客, 北山饒古人.

　　客飲杯中酒, 駝悲千萬春. 生世莫徒勞, 風吹盤上燭. 厭見桃株笑, 銅駝夜來哭.

❀ "시귀(詩鬼)" 이하(李賀)

　　시의 작가 이하(790~817)는 중당(中唐)시기 27세의 나이로 요절한 천재시
인이다. 후인들은 그의 시를 높이 평가하여 "시귀(詩鬼)"라고 부르기도 하고,
이백(李白; 701~762)·이상은(李商隱; 812~858)과 더불어 "삼이(三李)"라고 부르
기도 한다.

이하(李賀)의 모습

　　자는 장길(長吉)이고, 창곡(昌谷; 지금의 河南省 宜陽) 사람
이다. 당나라 황실의 후손이었지만 그의 성장기에는 가문
이 이미 몰락한 후였다. 어려서 신동으로 이름을 떨치다가
7세 때 당시 문단의 거두 한유(韓愈)와 황보식(黃甫湜) 앞에
서 즉흥적으로 시를 짓기도 하였다. 관운이 좋지 않아 봉
례랑(奉禮郎)이라는 종구품(從九品)의 말단관직을 3년간 지
냈을 뿐이다. 그의 시는 불우한 삶에서 오는 인생에 대한
회의와 염세적 태도가 농후하게 스며들어 있다. 저작으로
사후에 편찬된 ≪이장길시가(李長吉詩歌)≫가 있다.

❀ 불행했던 젊은 시절

　　이하는 선천적 후천적으로 여러 가지 불행한 환경에서 성장하였다. 그는
어려서 체격이 마르고 왜소하여 병을 많이 앓아 그의 집에는 약 달이는 냄
새가 가시지 않았다고 한다. 그의 시에 나이 17세에 벌써 백발이 되었다고

하는 표현이 자주 등장하는 것을 보면 그의 병이 매우 심각했음을 알 수 있다. 또 외모도 특이하여 코가 크고 눈썹이 길게 이어져 있고 손톱이 길었다고 한다. 이러한 신체적 약점 때문에 이하는 사람들과의 왕래를 기피하며 자신의 내면세계에 집착하게 된다. 여기에다 20세 때 유일한 희망이었던 과거시험에 응시할 기회조차 박탈당함으로써 그는 더욱 좌절하게 된다. 감수성이 예민한 시기에 좌절을 맛본 이하는 시작에 집착하며 울분을 토했다. 만당(晩唐)의 시인 이상은(李商隱)이 쓴 ≪이장길소전(李長吉小傳)≫에 의하면, 그는 나귀를 타고 다니다가 좋은 시상이 떠오르면 종이에 적어 비단주머니에 넣어두고 저녁에 이를 가다듬어 시를 완성했다고 한다. 이렇게 완성한 시가 지금 총 242수가 전한다. 이 시들은 철저한 좌절과 고통 속에서 자신의 내면세계를 그려낸 기록으로, 아름다움과 기괴함, 신비로움과 슬픔, 차가움과 황폐함이 교차하는 그만의 독특한 시세계를 보여준다.

나귀를 타고 시를 짓는 이하(李賀) (그림 권미영)

❀ 한유(韓愈)의 변호

시는 대략 원화(元和) 4년(809) 봄, 과거시험에서 낙방한 이하가 장안을 떠나 낙양에 도착한 이후에 지어졌다(錢仲聯의 ≪李賀年譜會箋≫ 참고). 그러니까 그의 나이 19세 이후에 지어진 것이 된다. 사실 이하가 과거시험에 낙방한 것에는 까닭이 있었다. 이하는 18세 때 결혼과 동시에 하남부(河南府)에서 주관하는 향시(鄕試)에 응시했다. 그가 써낸 문장들은 당시 낙양에 머물고 있던 대 문장가인 황보식(黃甫湜)과 한유(韓愈; 768~824)의 칭찬을 받았다. 대문호들의 칭찬을 받아 한층 고무된 그는 장안에 가서 진사시험에 응시했다. 그러나 그의 재능을 시기한 사람들은 이하의 아버지 이진숙(李晉肅)의 "진(晉)"자가 진사(進士)의 "진(進)"자와 발음이 같다는 이유로 그가 과거시험에 응시하는 것은 부적절하다고 주장하였다. 당시 한유가 "아버지의 이름이 인(仁)이라면 아들은 사람(人)이 될 수 없다는 것인가?(若父名'仁', 子不得爲人乎?)"로 유명한 ≪휘변(諱辯)≫을 지어 그를 적극 변호해주었음에도 뿌리 깊은 사회적 편견을 극복할 수 없었다. 이 때문에 이하는 과거시험을 보기도 전에 탈락하고 말았다. 그의 울분을 짐작할 수 있다. 이후 그는 개원(開元) 6년(811) 장안에서 종구품(從九品)의 말단관직인 "봉례랑(奉禮郞)"에 3년간 재직하는데 월급도 적고 자신의 포부를 실현할 수 없는 자리라는 것을 알고 사직하고 낙양으로 돌아오게 된다. 그러나 이하의 문학에서 장안에서의 이 3년은 아주 중요한 시기였다. 그는 장안에서 당대의 문학가들과 교류하며 생각을 보는 안목을 넓혔기 때문이다. 현전하는 이하 시의 절반 이상이 이 시기에 지어졌다.

❁ 구리낙타의 슬픔

시는 낙양의 거리에서 묵묵히 세월의 변화를 보며 서있는 구리 낙타를 통해 인생의 부질없음을 표현하고 있다. ≪낙양기(洛陽記)≫에 의하면, 한나라 궁궐 남쪽 네거리에 높이가 아홉 자 되는 구리 낙타 두 마리를 주조해 마주 보게 세워두었다고 한다. 그 모양이 머리는 양과 같고, 목은 말을 닮았다고 했다. 시에서 구리 낙타가 느끼는 슬픔이 바로 이하 개인이 느끼는 슬픔이라고도 할 수 있다. 그 슬픔이란 어릴 때부터 자신을 괴롭히던 신체적 약점과 더 이상 관직에 나갈 수 없다는 것에 대한 절망과 괴로움이었을 것이다. 전체적으로 봤을 때, 이 시는 홀수 구와 짝수 구가 댓구를 이루고 있다. 홀수 구는 일반사람들이 자연의 변화에 느끼는 모습과 심경을, 짝수 구는 구리 낙타를 통해 작가 개인의 처절한 심정을 나타내고 있다. 가장 인상에 남는 구절을 한번 살펴보자.

제7구 "상춘객들은 잔속의 술을 마시고(客飮杯中酒)"는 사람들이 봄날의 경치를 즐기며 흥겹게 술을 마시는 것을 노래했다. 제8구 "낙타는 천만번의 봄을 슬퍼한다(駝悲千萬春)."는 앞 구절과 반대로 오랜 세월 한 자리에 있던 구리 낙타가 묵묵히 계절의 변화를 보고 세월의 무상함을 슬퍼하고 있음을 노래했다. 사람들과 구리 낙타가 느끼는 마음이 교묘하게 대비를 이루고 있다. 원래 사람들이 계절의 변화를 감지하고 세월의 무상함을 슬퍼해야 하는 법인데 오히려 그들은 이에 무관심한 듯 즐겁게 봄을 감상하고 있고, 세월의 변화에 무관심할 것 같은 구리 낙타는 무수한 계절의 변화를 겪으면서 세월의 무상함을 슬퍼하고 있음을 말하고 있다.

제11구 "만개한 복사꽃 지겹도록 보았기에(厭見桃株笑)"에서 복사꽃은 생명을 상징한다고 할 수 있다. 복사꽃이 피는 것을 지겹게 봤다는 것은 복사꽃이 피고 지기를 반복하는 것을 무수히 봤다는 의미로, 생명의 덧없음 내지 인생의 무상함을 나타낸다. 그렇기 때문에 이하는 제12구에서 이러한 인생무상 속에서 자신의 불행한 삶을 잊으려고 혹은 해소하기 위해 밤이면 울었던 것(夜來哭)은 아니었을까? 이곳에서 또 하나 지적하고 싶은 것은 이 두 구절(제11구와 제12구)은 시각적 청각적 효과가 아주 뛰어나다는 점이다. 시

121

각적으로는 "복사꽃(桃花)"과 "구리낙타(銅駝)"가, 청각적으로는 "웃음(笑)"과 "울음(哭)"이 댓구가 되어 시에 생동감을 부여하고 있다.

❀ 이하 시의 또 다른 특징

이 시는 구리 낙타에 사람이 갖는 감정을 이입하여 슬픔을 표현한 것이 압권이다. 주위 사물에서 적절한 대상을 찾아 감정을 이입하는 표현기교는 이하 시의 중요한 특징이라고 할 수 있다. ≪금동선인이 한나라를 떠나며(金銅仙人辭漢歌)≫ 제7구와 제8구에도 이런 점이 잘 나타나 있다.

한나라의 달만 선인 따라 궁문 나서니,　　空將漢月出宮門,
군주 그리워 눈물은 녹은 납처럼 흐르네.　　憶君淸淚如鉛水.

위(魏)나라 명제(明帝) 청룡(靑龍) 1년(233) 8월, 한나라 때 만든 이슬을 받는 쟁반을 든 신선을 전전(前殿)으로 옮길 때 내관들이 쟁반을 깨뜨리자 구리로 만든 신선이 눈물을 흘렸다는 것인데 사람의 감정이 이입되어 있다. 또 ≪괴로워라 낮의 짧음이여(苦晝短)≫ 제1구와 제2구에도 다음과 같은 구절이 있다.

날아가는 빛이여, 날아가는 빛이여,　　飛光, 飛光,
술 한 잔 받으시게나.　　勸爾一杯酒.

이곳에서는 빛, 즉 세월 내지 시간에게 함께 술을 마시자고 권하고 있다. 이 역시 빛에게 사람의 감정을 이입한 것이라고 볼 수 있다. 시간을 대하는 중국 문인들의 일반적인 태도는 자신의 이상을 펴지 못함을 한탄하거나 친구의 죽음을 슬퍼하는 것으로 나타나는데 이런 방식과는 사뭇 다르다.

종래 중국문인들의 시는 산수전원이나 아름다운 자연풍경에 자신의 심경을 기탁하는 경우가 많았는데 이하의 시는 내면세계에 대한 심도 깊은 천착을 보여준다. 또한 그의 시는 귀신과 신선의 빈번한 등장, 사물에의 감정이입, 색채의 시각·청각화[1] 등과 같은 기존 시에서 볼 수 없는 파격적인 변화를 보여준다. 이것은 그 이전에 누구도 시도해보지 않은 영역이었다. 이것이 바로 이하 시만의 특징이고 그가 중국문학사에서 중요한 시인으로 거론되는 이유일 것이다.

---

[1] "희미한 등불 아래 귀뚜라미 차가운 울음 하얗게 울리고⋯⋯찬비에 혼령들은 이 가엾은 서생을 조문한다(衰燈絡緯啼寒素⋯⋯雨冷香魂弔書客)." (≪秋來≫) 이곳에서 "소(素)"자는 원래 "하얗다"는 말인데, 하얀 색은 찬 겨울에 하얗게 내린 서리를 연상하기 때문에 독자들에게 "서늘함" 내지 "쌀쌀함"이라는 이미지를 준다. 이처럼 어떤 색채가 가지고 있는 이미지로 다른 이미지를 구체화해내는 것을 말한다.

그대는 얼마나 많은 근심을 할 수 있소?

問君能有幾多愁? **10**

[南唐] 이욱(李煜; 937~978)

봄꽃과 가을 달은 언제 끝이 날까?

지나간 일을 얼마나 알겠으며!

어젯밤 작은 누각엔 또 동풍이 불었으니,

달 밝은 날에는 차마 고국으로 머리 돌리지 못하겠네.

조각된 난간과 옥 같은 섬돌은 그대로이건만,

붉은 얼굴만 바뀌었네.

그대는 얼마나 많은 근심을 할 수 있소?

동쪽으로 흐르는 봄날의 강물만큼 이라오!

❖ ≪우미인(虞美人)≫

春花秋月何時了? 往事知多少! 小樓昨夜又東風, 故國不堪回首月明中.

雕欄玉砌應猶在, 只是朱顔改. 問君能有幾多愁? 恰似一江春水向東流!

🌸 황제 사인(詞人) 이욱(李煜)

이욱(李煜)의 모습

남당(南唐)의 마지막 임금이자 대사인(大詞人). 어려서부터 문학과 예술에 뛰어난 재주를 보였다. 특히 사(詞)에서 큰 성취를 거두었다. 그의 사는 남당의 패망을 기준으로 상반된 경향을 보인다. 패망 이전에는 궁중생활을 노래한 사가 많고, 패망 이후에는 나라를 잃은 것에 대한 자책과 비통한 심정을 노래한 사들이 많이 보인다. 그는 사의 내용을 한층 더 확대했다는 평가를 받는다.

남당(南唐; 937~975) 후주(後主) 이욱(937~978)의 ≪우미인(虞美人)≫이라는 사(詞)이다. 남당은 당나라가 멸망하고 일어난 오대십국(五代十國) 중의 하나로, 오(吳)나라의 실권자인 이변(李昪)이 제위를 찬탈해 세운 국가이다. "후주"는 세 번째 임금의 의미이다. 남당의 개국임금이자 그의 조부인 이변이 선주(先主)가 되고, 이변의 장자인 이경(李璟)이 뒤를 이어 중주(中主)가 된다. 또 이경의 아들인 이욱이 뒤를 이어 후주가 된다. 이욱은 남당의 임금으로 15년간(961~975) 재위에 있었다. 이욱은 음률과 그림에 심취하여 민생을 돌보지 않다가 나라를 패망시킨 망국의 군주가 되었다. 이 ≪우미인≫은 사(詞)의 형식으로 망국의 군주로서의 심정을 통절하게 노래하고 있다.

🌸 사(詞)와 ≪우미인≫

원문을 보면 시의 형식과 상당히 다름을 알 수 있다. 시는 다섯 글자 내지 일곱 글자로 상당히 규격화 되어 있는데, 이 작품은 일곱 글자·다섯 글자, 심지어 아홉 글자로 된 구절이 있다. 시보다는 격률이 느슨하고 글자수가 상대적으로 자유로운데 이런 형식을 사(詞)라고 한다. 한마디로 노래할 수 있는 시라고 할 수 있겠다. 사는 당나라 중기부터 지어지기 시작하여 송대에 크게 유행하여 한 시대를 대표하는 문학으로 자리매김한다.

이 사의 제목은 ≪우미인≫이다. 그런데 "우미인"은 항우(項羽)의 첩으로 알려져 있다. 항우의 첩이 이 작품과 무슨 관련이 있을까? 실제적으로는 아무런 관계가 없다. 여기서 "우미인"이란 사패(詞牌)이기 때문이다. "사패"란 사를 지을 때는 음률이 지정된 악보를 말한다. 고대에는 노래를 지을 때 지금처럼 악기를 연주하며 음을 매기는 것이 아니라 율시(律詩)처럼 평측과 운자를 지정해놓은 격식대로 사를 지어야 했다. 이 격식을 벗어나면 사율(詞律)에서 벗어나는 것이 된다. 물론 음악의 고저(高低)와 장단(長短)에 따라 많은 사패로 분류해놓았다. 사패에는 기쁨·경사 같은 밝은 분위기를 내는 사패도 있고, 슬픔·상심 같은 침울한 분위기를 내는 사패도 있다. 현전하는 사패는 대략 1,000여 개가 된다. 이런 사패들을 묶어놓은 것을 사보(詞譜)라고 한다. 이 사처럼 침울한 분위기를 표현해내고 싶다면 침울한 음악을 나타내는 사패를 골라 곡을 지으면 되었다. "우미인"은 바로 침울한 정서를 나타내는 사패의 하나이기 때문에 이욱은 이를 이용해 곡을 지은 것이다. 사패명은 고악부(古樂府)나 시사(詩詞)의 구절을 인용한 것, 사람이나 사물 명칭에서 딴 것, 제재에 따라 명명한 것, 곡조의 글자 수에 따라 명명한 것 다양하다. 이때 작품의 제목은 따로 붙이지 않는다. 후대로 가면 사패 밑에 작품을 쓰게 된 배경 등을 적은 부제(附題)를 달기도 한다.

❀ 창작시기와 독살된 이욱

975년 11월, 송나라는 조빈(曹彬)을 대장군으로 삼아 남당의 수도 금릉(金陵; 지금의 南京)을 함락시켰다. 이욱이 투항함으로써 남당은 패망했다. 패망 당시 이욱은 정거사(靜居寺)에서 불경을 읽다가 윗옷을 벗어 항복했다고 한다. 다음 해 정월에 송나라의 수도인 변량(汴梁; 지금의 河南省 開封)으로 압송되었다. 송 태조(太祖; 960~976)는 명덕루(明德樓)에서 이욱에게 흰 옷을 입고 오사모(烏紗帽) 쓰게 하고 죄를 청하도록 한 다음 조서를 내려 사면해주었다. 태조는 그를 우천우위상장군위명후(右千牛衛上將軍違命侯)에 봉했다. 10월에 송 태조가 죽고 태종(太宗; 976~997)이 즉위하자 이욱을 농서공(隴西公)에 봉했다. 이 사는 이욱이 남당이 패망하고 변량으로 압송된 지 3년째 되던 해(978)의 봄날에 지어졌다. 불행히도 이욱은 이 사를 짓고 오래지 않아 독살된다. 이욱은 7월 7일 자신의 생일날 저녁에 가기(歌妓)들을 불러 이 사를 연주하게 했다고 한다. 이 소식을 듣고 태종은 대노하며 그에게 독약을 하사했다. 그리고 다음날 새벽에 이욱은 사망했다. 이 사건을 ≪오대시화(五代詩話)≫(권1)에서는 ≪용사려설(蓉槎蠡說)≫을 인용하여 다음과 같이 말하고 있다.

"어젯밤 작은 누각엔 또 동풍이 불었으니"의 노래 소리가 끝나기 전에, 독약이 왔다("小樓昨夜又東風", 歌聲未畢, 牽機隨至).

이욱이 죽자 송나라는 그를 오왕(吳王)에 봉하고 낙양에 있는 북망산(北邙山)에 묻어주었다. 당시 이욱의 황후였던 소주후(小周后)도 이 소식을 듣고 크게 통곡했다고 한다. 소주후는 크게 상심한 나머지 오래지 않아 사망했다.

✿ 근심과 봄날의 강물

첫째 구절 "봄꽃과 가을 달 언제 다하는가?"는 봄꽃과 가을 달을 더 이상 생각하기 싫거나 보기 싫다는 의미를 반어적으로 읊고 있다. 사실 황제로서의 봄꽃과 가을 달은 아름다운 것이고 즐거웠던 추억을 상징한다. 지금 망국의 군주가 된 이욱은 이런 아름다운 것을 더 이상 떠올리고 싶지 않는 괴로운 심정을 보여준다. 셋째 구절과 넷째 구절은 동풍이 부는 봄날에 밝은 달까지 떠서 망국의 군주로서의 자책감과 비통함을 더욱 극명하게 보여준다. 다섯째 구절과 여섯 째 구절은 궁궐은 그대로 인데 자신의 붉었던 얼굴이 노쇠했음을 보여준다. 청나라 사람 왕개운(王闓運)은 "'붉은 얼굴'은 원래 산하이다. 송나라에 귀순했기 때문에 함부로 말하지 않았을 따름이다. 그대로 '산하'로 고쳐 말했더라면, 도리어 천박해졌을 것이다(朱顔本是山河, 因歸宋不敢言耳. 若直說山河改, 反又淺也)."라고 평했다. 일곱째 구절과 여덟째 구절은 이 사에게 가장 흥미로운 부분이다. 작자가 느끼는 근심(愁)의 깊이를 봄날의 강물에 비유하여 생동적으로 보여주고 있기 때문이다. 근심을 왜 하필 봄날의 강물에 비유했을까? 두 가지로 생각해볼 수 있다. 첫째는 봄날의 강물은 겨우내 얼었던 얼음이 녹아내리는 물이라서 유량이 대단히 풍부하다는 것이다. 이것은 이욱의 근심이 그만큼 많음을 보여준다. 또 하나는 강물은 쉬지 않고 끝없이 흐른다는 것이다. 이것은 이욱의 근심이 끝없음을 보여준다. 이처럼 이욱은 자신의 근심을 봄날의 강물에 절묘하게 비유하여 사의 맛을 극도로 표현해내고 있다.

그런데 재미있는 것은 "근심"을 "강물"에 비유한 것이 이욱이 처음이 아니라는 점이다. 유우석(劉禹錫; 772~842)의 ≪죽지사(竹枝詞)≫에는 "촉 강의 봄물은 산을 치고 흐르고, 끝없이 흐르는 물은 내 근심과 같네(蜀江春水拍山流, 水流無限似儂愁)."라고 했다. 이곳에서도 "춘수(春水)", 즉 "봄날의 강물"을 자신의 근심에 비유했음을 알 수 있다. 그 표현이 이욱의 사와 비슷하다. 다만 두 사람의 처지가 달랐다. 유우석의 시는 여인이 떠난 임을 그리워하며 근심에 빠진 것을 읊은 것이고, 이욱의 사는 나라를 잃어버린 것을 괴로워하며 근심에 빠진 것이다.

129

_____ 10 그대는 얼마나 많은 근심을 할 수 있소?

✿ 이욱의 사와 문학적인 의의

　이욱은 황제로서는 실패한 인물이었지만 그의 문학적 성취는 이백에 견
주어질 정도로 상당히 높다. 유육반(劉毓盤)은 ≪사사(詞史)≫에서 "사를 말하
는 사람은 세 명의 이씨를 첫 손에 꼽아야 한다. 당나라의 이백, 남당의 이
경과 이욱, 송나라의 이청조이다(言詞者必首數三李, 謂唐之太白, 南唐之二主及宋之易安
也)."라고 했다.

　이욱의 사는 망국을 기점으로 전·후기로 나누어진다. 전기의 사는 황제
로서 궁중에서 누리는 호화스런 생활을 묘사한 내용들이 대부분이다. 정치
적 야심을 가진 임금으로서의 면모가 아니라 다정다감한 임금으로서의 모
습이 두드러지게 나타난다. 후기의 사는 망국의 군주로서 느끼는 자책감과
부끄러움 그리고 이런 것들로 인한 고통스런 심정을 노래하고 있다. 그의
대표작들은 대부분이 이 시기에 지어졌다. 중국의 사학자(詞學者) 유영제(劉永
濟)는 ≪당오대양송사간석(唐五代兩宋詞簡析)≫에서 이욱의 사를 이렇게 평했다.

　　　옛 사람은 나라가 망한 후에 지어진 이후주의 사는 피로 쓰였다고 했다. 이것
　　은 말마다 진실되고 간절해서 폐부에서 나오고 있음을 말하는 것이다(昔人謂後
　　主亡國後之詞, 乃以血寫成者, 言其語語眞切出于肺腑也).

　이욱의 사는 규방 여인들의 연정과 이별을 노래한 것에 국한되었던 것을
개인의 상심을 노래해 사의 내용을 한층 더 확대했다는 평가를 받는다. 또
왕국유(王國維; 1877～1927)가 ≪인간사화(人間詞話)≫에서 "악공들의 사가 변하
여 문인 사대부의 사가 되었다(遂變伶工之詞而爲士大夫之士)."라고 했듯이, 이전
악공들이 사를 짓는 것에서 사대부들이 본격적으로 사를 창작하는 시대를
열었다는 점에서도 큰 의미를 갖는다. 문인들의 참여로 사는 내용과 형식
이 완비되면서 크게 성행하게 된다.

6월 27일 망호루에서 취해 짓다

六月二十七日望湖樓醉書 **11**

[北宋] 소식(蘇軾; 1037~1101)

먹 쏟은 듯한 검은 구름 산을 채 덮기도 전에,
하얀 비가 진주되어 어지러이 배에 떨어지네.
땅을 쓸며 불어온 바람 순식간에 날려버리니,
망호루 아래의 호수는 하늘처럼 푸르구나.

서호(西湖)에 있는 망호루(望湖樓)

❖ 《육월이십칠일망호루취서(六月二十七日望湖樓醉書)》

黑雲翻墨未遮山, 白雨跳珠亂入船.
卷地風來忽吹散, 望湖樓下水如天.

❀ 중국 제일의 대문호 소식(蘇軾)

소식(蘇軾)의 모습

북송의 대문호. 자는 자첨(子瞻), 호는 동파거사(東坡居士)이며, 미주(眉州) 미산(眉山) 사람이다. 인종(仁宗) 가우(嘉祐) 연간에 진사(進士)가 되어 중앙정계로 진출했다. 정치적으로 여러 차례 좌절을 겪었으나 문학적으로 큰 성취를 거두었다. 특히 산문은 당송팔대가(唐宋八大家)의 한 사람으로 추앙받고, 사(詞)는 호방사(豪放詞)를 개척했다는 평가를 받는다. 작품으로는 ≪동파칠집(東坡七集)≫·≪동파역전(東坡易傳)≫·≪동파악부(東坡樂府)≫ 등이 있다.

2000년 여름, 프랑스의 일간지 르몽드(Le Monde)는 천년을 빛낸 인물을 선정했다. 정치·군사·문화·종교 등 각 분야에서 탁월한 성취를 거둔 인물 12명을 삶을 조명했다. 여기에 중국인으로는 유일하게 뽑힌 인물이 바로 소식(1037~1101)이다. 소식은 북송(北宋) 시기의 문학가로서 뿐만 아니라 예술가나 학자로서 발군의 재능을 발휘한 인물이다. 문학가로서 당송팔대가(唐宋八大家)의 한 사람으로 손꼽히는 문호(文豪)이자, 시사(詩詞)에서 독특한 기풍을 확립한 대시인이었다. 예술가로서 북송사대가(北宋四大家)에 손꼽힐 만큼 상당한 위상을 가진 서예가였고, 문호주죽파(文湖州竹派)의 핵심멤버로 중국 문인화풍(文人畵風)을 확립한 화가였다. 학자로서 촉파(蜀派)의 영수로 추앙받았으며 사후에 공자의 사당에 합사(合祀)되는 영예를 누렸다.

❀ 항주(杭州)와의 인연

소식의 시는 지금 2,700여 수 전하는데, 이 시는 그의 문학적 상상력이 잘 발휘된 작품이다. 시는 북송(北宋) 희녕(熙寧) 5년(1072), 소식이 항주통판(杭

州通判)으로 있을 때 지어졌다. 이때 소식의 나이 37세였다. 소식은 신법(新法)에 반대하는 글을 올렸다가 재상으로 있던 왕안석(王安石; 1021~1086)의 미움을 받았다. 신법파(新法派)들이 득세하는 상황에서 자신의 한계를 절감하고 신변의 불안의 느낀 소식은 지방관으로의 발령을 자청했다. 소식이 다른 지역이 아닌 항주(杭州)의 관리로 오게 된 것은 신종(神宗)의 깊은 배려가 있었다고 한다. 신종은 소식의 재능과 인품을 잘 알고 그를 요직에 발탁하려고 했으나 신법파의 강력한 반대로 뜻을 이루지 못했다. 이에 신종은 그를 배려하는 차원에서 풍요롭고 아름다운 고장 항주의 통판(通判)으로 결정했던 것이다.

소식은 희녕 4년(1071) 6월에 항주통판을 임명받고, 7월에 수도 개봉(開封)을 떠나 항주로 향했

남송 하규(夏珪)의 서호유정도(西湖柳艇圖)

다. 가는 길에 동생 소철(蘇徹; 1039~1112)이 진주교수(陳州敎授)로 재직하던 진주(陳州)(지금의 河南省 淮陽)에 들러 70여일을 머물다가 9월에 동생과 함께 당시 관직에서 물러나 영주(穎州)(지금의 安徽省 阜陽)에 살고 있던 구양수(歐陽修; 1007~1072)를 예방한 뒤 11월 28일에 항주에 도착했다. 그러니까 이 시는 소식이 항주에 부임한 두 번째 해에 지어진 셈이다. 조정에서 관리로 재직하던 시절 소식은 당쟁의 엄한 분위기 때문인지 시인으로써의 면모를 발휘하지 못했다. 그러나 항주통판으로 부임하면서 그는 본격적으로 문학적 자질을 발휘하기 시작했다. 정무의 압박에서 벗어났다는 홀가분함과 아름다운 항주의 경치가 그 기회를 준 것이다.

133

_____ 11 6월 27일 망호루에서 취해 짓다

✿ 진주 알갱이

시가 지어진 "6월 27일"은 아주 무더운 날이라고 할 수 있다. 항주는 위도상으로 남쪽인데다 양쯔강의 지류인 전당강(錢塘江)을 끼고 있어 여름에 무덥고 습하기로 유명하다. 이런 날이면 항주 사람들은 서호(西湖)로 나와 뱃놀이를 하거나 정자에 앉아서 더위를 식힌다고 한다. 시는 여름에 서호에 갑자기 소나기가 퍼붓다가 거센 바람이 불면서 하늘이 개이는 과정을 그리고 있다. 먼저 "검은 구름(黑雲)"을 "먹을 쏟은 것(翻墨)"에 비유한 것을 보자. 이 표현은 단순히 "검은 구름"을 "먹"에 비유한 것이 아니라 푸른 하늘에 먹구름이 빠르게 몰려오는 모습을 먹이 종이 위에 쏟아져 빠르게 번져나가는 것에 비유한 것이다. 비유가 아주 적절하고 생동적이다. 또 "하얀 비(白雨)"가 바닥에 떨어지는 것을 "진주 알갱이가 튀는 것(跳珠)" 같다고 한 부분도 뛰어나다. 소식은 빗방울이 떨어졌다 튕겨져 오르는 찰나의 변화를 기민하게 포착해 물방울의 모습을 진주알갱이에 비유한 것이다. 순식간에 일어나는 자연의 변화를 이렇게 멋진 언어로 표현한다는 것은 분명 쉽지 않았을 것인데(더군다나 취기에서) 정치적 부담에서 벗어나 지방관이라는 홀가분한 마음에서 시를 노래했기 때문이 아닌가 싶다.

소식은 유난히 이 시를 아꼈다고 한다. 그가 50세가 되어 다시 항주를 찾았을 때 "돌아와 취하니 서호에는 비가 내리고, 비가 튀는 것을 보지 못한 지 15년이 되었네(還來一醉西湖雨, 不見跳珠十五年)."라고 노래했다. 그리고 항주통판 시기 그의 시에 항주 일대의 아름다운 풍경과 그곳의 정취를 마음껏 즐기면서 그 감회를 노래한 작품이 많이 보이는 것도 이러한 소식의 심경과 연관이 있지 않나 싶다.

134

❀ 또 다른 명작

이 시기 지어진 또 다른 명작으로는 희녕 6년(1073)에 지어진 ≪호수에서 술 마시노라니 처음엔 맑다가 나중엔 비가 오네(飮湖上初晴後雨)≫가 있다. 이 시 역시 소식의 문학적 상상력이 잘 발휘되어있다.

수면이 반짝반짝 맑을 때가 좋더니,　水光瀲灩晴方好,
산 빛이 어둑어둑 비가 와도 멋지네.　山色空濛雨亦奇.
서호는 월나라의 미인 서시,　若把西湖比西子,
옅은 화장 짙은 분 아무래도 어울리네.　淡粧濃抹總相宜.

서호를 월(越)나라의 미인인 서시(西施)에 비유하며 어떻게 화장을 해도(날씨가 어떻게 변해 다른 모습을 보여주어도) 모두 아름답다는 것을 노래하고 있다. 소식 이전에 서호는 원래 전당호(錢塘湖)·금우호(金牛湖)·명성호(明聖湖)·상호(上湖) 등으로 불리다가 소식의 이 시가 나오면서 지금까지 "서호"라는 이름으로 불린다. 지금도 서호에는 소식의 발자취를 찾고자 하는 사람들이 끊이질 않는다고 한다.

❀ 사의 창작

또 이 시기가 문학사적으로 의미가 있는 것은 처음으로 사(詞)를 짓기 시작했다는 점이다. 현존하는 소식의 사는 약 320수 정도인데 이 가운데 연도를 알 수 있는 것은 약 270수 정도이다. 이중 50여 수가 항주통판으로 재직할 무렵에 지어졌다. 이때 소식의 나이는 이제 36~39세였으니 중년에 접어들 무렵에 사의 창작에도 크게 흥미를 느낀 것으로 보인다. 사의 내용은 대부분이 이별하는 순간의 슬픔과 이별하고 난 뒤의 그리움을 노래한 것

135

이다. 이 시기 지어진 대표적인 사가 바로 문학사에서 자주 언급되는 ≪낭도사(浪淘沙)≫(희녕 5년에 창작)이다. 이런 사의 창작은 후에 호방사(豪放詞)라는 장르를 개척하는 출발점이 되었다.

애타는 사람
저 먼 곳의 애타는 사람을 생각하네 **12**

斷腸人憶斷腸人

[元] 왕실보(王實甫; 1260?~1336?)

이별 후로 먼 산은 희미하기만 하고,

멀리 물결은 출렁대니 더더욱 견딜 수 없네.

두둥실 떠다니는 버들개지 보고,

술에 취한 듯 붉은 복숭아꽃 마주하네.

이따금씩 향기로운 바람 규방으로 스며들고,

저녁엔 중문을 닫아도 세찬 빗소리 들리네.

저녁 오기 두려운데 어느새 또 저녁이고,

넋 나가지 않으려 해도 어찌 넋이 나가지 않으리.

새 눈물 자국이 옛 눈물 자국을 누르고,

애타는 사람이 애타는 사람을 생각하네.

올봄엔,

몸이 얼마나 마를지,

허리끈이 벌써 세 마디나 헐렁해졌네.

137

❖【십이월대요민가(十二月帶堯民歌)】별정(別情)

自別後遙山隱隱, 更那堪遠水粼粼.

見楊柳飛綿滾滾, 對桃花醉臉醺醺.

透內閣香風陣陣, 掩重門暮雨紛紛.

怕黃昏不覺又黃昏, 不消魂怎地不消魂.

新啼痕壓舊啼痕, 斷腸人憶斷腸人.

今春, 香肌瘦幾分, 摟帶寬三寸.

❀ ≪서상기(西廂記)≫의 작가 왕실보(王實甫)

왕실보의 모습

원나라의 극작가. 이름은 덕신(德信), 대도(大都: 지금의 북경) 사람이다. 생졸연대는 분명치 않다. 원 성종(成宗) 원정(元貞)에서 대덕(大德) 연간에 활동하였다. 잡극(雜劇)으로는 14편이 있다고 기록되어 있으나 지금 ≪서상기(西廂記)≫·≪파요기(破窯記)≫·≪여춘당(麗春堂)≫이 전한다. 산곡(散曲) 작품으로는 2수가 전한다. 이중 ≪서상기≫는 중국 희곡 사상 가장 뛰어난 작품으로 평가받는다.

원나라의 문학가 왕실보(1260?~1336?)의 ≪이별의 아픔(別情)≫이다. 떠나간 이를 애절하게 그리는 내용이다. 왕실보는 이름이 덕신(德信)이고, 대도(大都: 지금의 北京) 사람이다. "실보(實甫)"는 그의 자이다. 그의 사적은 기록이 적어 자세히 알 수 없으나 대략 원나라 성종(成宗) 원정(元貞)·대덕(大德) 연간에 활동한 것으로 추정하고 있다. 그는 평생 잡극(雜劇; 원나라 때 유행한 연극 양식) 14편(현전하는 것은 3편)과 산곡(散曲) 4수를 남겼다. 이중 최앵앵(崔鶯鶯)과 장생(張生)의 사랑을 노래한 잡극 ≪서상기(西廂記)≫가 가장 유명하다.

본편은 그의 몇 수 안 되는 산곡 작품이다.

❀ 원곡(元曲)과 산곡(散曲)

중국문학에서는 보통 시가문학을 개괄할 때 당시(唐詩)・송사(宋詞)・원곡(元曲)으로 말한다. 여기서 "원곡"이라함은 원나라 때에 발생하고 성행한 문학양식을 말한다. 이 원곡은 다시 산곡과 잡극으로 나누어진다. 그러니까 산곡은 원곡의 한 갈래라고 할 수 있다. 산곡과 잡극의 차이는 전자는 대사와 동작 없이 노래만 하고, 후자는 무대에서 공연을 목적으로 하는 희곡(戲曲)이어서 노래뿐만 아니라 대사와 동작까지 포함하고 있는 점이다. 또한 산곡은 노래만 한다는 점에서 사(詞)와 유사하나 사보다 운율이 더 관대하고 시가문학에서 사용을 금기시했던 속어・의성어・첩자(疊字) 등을 대량으로 운용했다는 점에서 또 달랐다. 이를 왕국유(王國維)는 이렇게 설명한다.

> 고대 문학에서 사물을 형용할 때는 대체로 고어를 사용했고, 속어를 사용한 경우는 거의 없었다……그래서 빈번히 많은 속어나 자연의 소리로 형용했다. 이는 예로부터 문학에는 없었던 것이다(古代文學之形容事物也, 率用古語, 其用俗語者絶無……故輒以許多俗語或以自然之聲形容之. 此自古文學上所未有也).

산곡의 체재는 소령(小令)과 투수(套數)로 나눌 수 있다. 소령은 가장 짧은 형식으로, 시의 한 수(首)에 해당한다. 그런데 짧은 소령으로는 작가가 생각하는 내용을 다 노래할 수 없어 2~3곡을 합해 한 곡으로 노래한 형식이 생겨났는데 이를 대과곡(帶過曲)이라고 한다. 본편이 바로 대과곡의 형식으로 지어졌다. 제목을 보면 "십이월과요민가(十二月過堯民歌)"이라고 되어 있는데 이는 "십이월(十二月)"이라는 곡에 "요민가(堯民歌)"를 연결하여 만든 곡임을 의미한다. 중간에 있는 "과(過)"는 "넘어 간다"는 의미로 이곳에서는 "십이월"에서 "요민가"로 넘어간다는 의미이다. 투수는 몇 수의 소령을 일정한 규칙에 따라 조합한 형식이다. 투수는 짧게는 3~4개의 소령이 합쳐진 작품도 있고 많게는 34개의 소령이 합쳐진 작품도 있다. 투수는 동일한 궁조(宮調)에 속하는 곡으로 연결해야 하고 처음부터 끝까지 같은 운(韻)을 사용해야 한다는 등의 규칙이 있다. 투수는 편폭이 길기 때문에 복잡한 내용이나 이야기를 노래하기에 적합한 형식이라고 할 수 있다. 산곡은 현재 200여 명의 작가에 소령 3,800여 수와 투수 470여 곡이 전한다.

❀ 산곡의 성행

산곡의 성행에는 여러 가지 요소가 있으나 가장 중요하게 거론되는 것이 문인들의 참여이다. 문인들은 왜 이런 통속적인 양식을 짓는데 참여했을까? 이것은 당시의 시대적 상황과 밀접한 연관이 있다. 원나라는 중국을 통일한 후 한인(漢人)에 대해 가혹한 신분제를 실시하는데 "아홉 번째가 유생이고 열 번째가 거지다(九儒十丐)"라는 말이 있을 정도로 한족(漢族) 문인들의 지위는 낮았다. 게다가 원나라는 개국 초기부터 80여 년간 과거시험을 중단했다. 문인들의 이상은 열심히 공부해 과거에 급제하고 임금을 도와 세상을 다스리는 것인데 하루아침에 필생의 목표가 사라졌으니 그들의 충격과 실망은 실로 엄청났다. 그들은 이전과 달리 백성들과 함께 고난을 겪는 처지로 전락했다. 문인들은 민간에서 유행하던 곡이라는 새로운 시가를 이용해 마음속의 답답함과 울분을 해소했던 것이다. 높은 학문적 지식을 갖고 있던 문인들의 참여로 산곡은 그 나름의 문학성과 예술성을 가지면서 한 시대를 대표하는 문학양식으로 자리매김하였다.

✿ 치밀한 구성

본편은 한 여인이 사랑하는 이를 간절히 그리워하는 내용이다. 총 2절로 이루어져있는데 문장 곳곳에서 이별의 아픔을 나타내는 기발한 수법이 들어가 있다. 제1절은 사랑한 이를 떠나보내고 경물을 대하면서 느끼는 이별의 아픔을 노래했다. 제1구는 먼 산을 바라보며 사랑하는 이가 빨리 돌아오길 기다리고 있다. 그런데 산은 희미하여 그녀에게 사랑하는 이를 볼 수도 사랑하는 이에게 가까이 갈 수도 없게 하여 그녀의 기다림을 더욱 애타게 만든다. 제2구에서 그녀는 시선을 강물 쪽으로 돌리나 출렁이는 물결이 그녀의 마음을 더욱 아프게 한다. 출렁이는 물결은 이별로 출렁이는 그녀의 마음을 나타내는 듯하다. 제3구와 제4구는 버들개지와 복숭아꽃으로 자신의 신세를 노래했다. 예로부터 버들과 복숭아꽃은 이별을 상징하는 꽃이었다. 버들개지가 허공에 정처 없이 날리는 것은 사랑한 이를 이별하고 의지할 곳 없는 그녀의 신세와 교묘하게 결합하고 있다. 붉게 핀 복숭아꽃은 사랑하는 이를 기다리느라 지친 그녀의 모습과 대비를 이룬다. 제5구와 제6구는 눈에 보이는 것마다 이별을 느끼게 하는 경물 때문에 그녀는 이를 애써 외면하고자 방으로 들어간다. 그런데 이번에는 향기로운 바람과 세찬 비가 그녀를 계속 자극한다. 제1절은 거리적으로 먼 곳에 있는 경물에서 가까운 곳에 있는 경물로 옮겨가고, 또 시각적인 것(제1·2·3·4구)에서 후각·청각적인 것(제5·6구)으로 옮겨간다. 구성이 치밀하고 여인이 느끼는 이별의 아픔이 경물에서 경물로 옮겨가며 계속 이어지고 있어 그 아픔과 슬픔의 정도를 짐작할 수 있다. 또 형식적으로 매 구의 끝에 은은(隱隱)·린린(粼粼)·곤곤(滾滾)·훈훈(醺醺)·진진(陣陣)·분분(紛紛) 같은 첩자(疊字)를 운용하여 운율미도 뛰어나다. 이렇게 첩자를 대량으로 사용 것은 산곡의 특징이라고 할 수 있다.

141

_____ 12 애타는 사람 저 먼 곳의 애타는 사람을 생각하네

❀ 끝나지 않는 이별의 슬픔

경물을 보고 이별의 아픔을 노래한 1절과 달리 제2절은 그녀의 마음속 슬픈 심정을 노래했다. 제1구와 제2구는 오늘도 혼자 또 긴 밤을 보내야 하는 두려움 때문에 마음이 지친 것을 노래했다. 제3구는 돌아오지 않는 사람 때문에 눈물을 계속 흘리는 것을 노래했다. "압(壓)"자를 사용한 것이 기발하다. "압"의 원의는 "누르다"이다. "누르다"는 것은 무거운 물건이 위에서 아래로 힘을 가하는 것을 말한다. 이곳에서는 눈물이 피부를 누르는 것을 말하는데 이는 눈물의 양이 그만큼 많다는 의미이다. 눈물이 양이 많다는 것은 여인의 슬픔이 그만큼 크고 깊음을 말한다. 제4구는 자신도 애타고 떠난 이도 애타는 서로를 그리는 마음을 노래했다. 좌우로 같은 말을 사용해 표현한 것이 아주 교묘하다. 제5·6·7구에서는 봄이 오면 사랑하는 사람이 더 많이 생각나기에 몸이 많이 야위어 질 것이라고 노래했다. 제2절은 전체적으로 봤을 때 제1·2·3·4구는 마음 속 감정의 변화를 나타내고 제5·6·7구는 외형상의 변화를 나타낸다. 또한 내심의 감정과 외형상의 변화를 노래하면서 제1·2·3·4구에서 앞뒤로 같은 말을 사용한 것이 아주 절묘하다. 작품의 후반부를 보자.

怕黃昏不覺又黃昏,
不消魂怎地不消魂.
新啼痕壓舊啼痕,
斷腸人憶斷腸人.

운율미도 뛰어나지만 사랑하는 이를 그리는 여인의 끊어지지 않은 사랑을 계속 이어나가는 듯한 느낌을 준다. 원나라 사람 주덕청(朱德淸)은 본편을

≪중원음운(中原音韻)≫(1324)에서 이렇게 평했다.

  "대우·음률·평측·어구 모두 절묘하다(對偶、音律、平仄、語句皆妙)."

✿ 왕실보의 산곡 작품과 그 의의

  현전하는 왕실보의 산곡으로는 소령 1수(본편)와 투수 2편 그리고【쌍조(雙調)】에 속하나 곡패명(曲牌名)과 제목을 알 수 없는 일부분이 전한다. 명나라 사람 주권(朱權)은 ≪태화정음보(太和正音譜)≫(1398)에서 그의 산곡을 이렇게 평했다.

  "왕실보의 작품은 꽃 사이에 있는 미인 같다. 묘사가 섬세하고 완곡하여, 문인들의 큰 관심을 끌었다(王實甫之詞, 如花間美人. 鋪敍委婉, 深得騷人之趣)."

  초기의 산곡 작가들은 통속적이고 생동감이 넘치는 필치로 참혹한 사회 현실과 개인의 신세를 많이 토로했는데 왕실보의 경우는 이와 달리 섬세하고 세련된 필치로 남녀의 사랑과 이별을 노래했다는데 의미가 있다.

활활 타오르는 불길은
구름바다를 비췄으니 13

烈火初張照雲海

[明] 나관중(羅貫中; 1330?∼1400)

오나라와 위나라가 천하를 놓고 자웅을 겨루니,

적벽을 채운 전함들 모조리 허공에 쓸어버렸네.

활활 타오르는 불길은 구름바다를 비췄으니,

주유가 일찍이 이곳에서 조조를 격파하였다네.

❖ 《삼국연의(三國演義)》(제50회) 〈조조가 화용도로 패주하다(曹操敗走華容道)〉에서

　　吳魏爭鬪決雌雄, 赤壁樓船一掃空.

　　烈火初張照雲海, 周郎曾此破曹公.

　　《삼국연의(三國演義)》 제50회 〈조조가 화용도로 패주하다(曹操敗走華容道)〉의 제일 첫머리에 나오는 시이다. 7언 절구로 중국 역사상 가장 치열했던 거대한 전쟁을 상징적으로 개괄하고 있다. 적벽대전(赤壁大戰)은 《삼국연의》에서 스토리의 구성·인물의 심리묘사·전쟁 장면 등에서 작가적 상상력이 잘 발휘되어 있다.

원말명초(元末明初)의 소설가이자 희곡가. 이름은 본(本), 호는 호해산인(湖海散人)이며, 산서성(山西省) 태원(太原) 사람이다. 그의 작품은 역사적 사실과 자신의 이상을 결합하여 창작한 것이 특징이다. 소설로는 우리에게 ≪삼국지≫로 알려진 ≪삼국지통속연의(三國志通俗演義)≫와 ≪삼수평요전(三邃平妖傳)≫ 등이 있고, 희곡으로는 ≪풍운회(風雲會)≫가 있다.

나관중(羅貫中) 상(像)

❀ ≪삼국지(三國志)≫와 ≪삼국연의≫의 차이

우선 책이름에 대해 이야기를 좀 해야 할 것 같다. ≪삼국연의≫는 우리가 흔히 말하는 소설 ≪삼국지≫를 말한다. 중국에서 ≪삼국지≫라 함은 정사(正史)라고 할 수 있는 25사(史)의 하나이기 때문에 소설의 명칭으로는 쓸 수 없다. 그렇다면 왜 "삼국연의(三國演義)"라고 했을까? 이를 알기 위해서는 "연의(演義)"라는 명칭을 이해할 필요가 있다. "연의"의 문자적 의미는 "의리를 이야기 하는" 것이다. "삼국연의"라고 하면 삼국 시기의 의리에 관한 이야기를 만담꾼이 관객들에게 재미나게 들려주는 것을 말한다. 이런 형식은 북송 때부터 발달한다. 이야기들이 대중의 흥미를 끌며 점차 책의 형태로 발전했는데 이 과정에서 "연의"의 개념은 사라지지 않고 소설에 그대로 남아 쓰이게 된 것이다. 사실 명·청대 소설을 보면 초기의 이야기를 들려주는 듯한 형식들이 그대로 남아있는 것을 볼 수 있는데 이 역시 이런 형식의 잔재라고 할 수 있다. 그 대표적인 예가 지금도 우리가 쓰는 "각설(却說)하고"이다. 이 말은 바로 만담꾼이 이야기를 하면서 화제를 전환할 때 사용하는 말로, ≪삼국연의≫에서도 그대로 사용되고 있다.

146

🌸 정사 ≪삼국지≫와 소설 ≪삼국연의≫ 속의 적벽대전

서기 208년 겨울, 북방의 패자 원소(袁紹; ?~202)를 제압하고 화북(華北)을 평정한 조조(182~252)는 중국 전역을 통일하고자 80만 대군을 이끌고 남하하게 되는데 이때 유비(221~264)와 손권이 이끄는 오・촉 연합군을 적벽(赤壁; 지금의 湖北省 嘉魚縣)에서 만나게 된다. 우선 정사 ≪삼국지≫에 보이는 적벽대전의 기록을 살펴보자.

안견(安堅)의 적벽도(赤壁圖)

손권은 주유・정보 등 수군 수만을 보내 선주(유비)와 힘을 합쳐 조공과 적벽에서 싸워 크게 이겨 그들의 배를 불태웠다(孫權遣周瑜、程普等水軍數萬, 與先主幷力, 與曹公於赤壁, 大破之, 焚其舟船). (≪삼국지(三國志)・선주전(先主傳)≫)

손권은 크게 기뻐하며 즉시 주유・정보・노숙 등 수군 삼만을 보내, 제갈량을 따라 선주를 뵙고 힘을 합해 조공(조조)에 대항하였다. 조공은 적벽에서 패해 군대를 이끌고 업 땅으로 돌아갔다(孫權大悅, 卽遣周瑜、程普、魯肅等水軍三萬, 隨亮詣先主, 幷力拒曹公. 曹公敗於赤壁, 引軍歸鄴). (≪삼국지(三國志)・제갈량전(諸葛亮傳)≫)

거대한 전쟁의 기록이 의외로 매우 간략하다. "조공과 적벽에서 싸워 크게 이겨 그들의 배를 불태웠다"와 "조공은 적벽에서 패해 군대를 이끌고 업 땅으로 돌아갔다"라고 한 것이 전부이다. 이 기록으로 봐서는 자세한 전

147

_____ 13 활활 타오르는 불길은 구름바다를 비췄으니

황을 알기 어렵다. 반면 소설 《삼국연의》에서는 제49회와 제50회에서 집중적으로 그려지고 있다. 제49회에는 제갈공명(諸葛孔明)이 칠성단(七星壇)을 세워 동남풍을 불러오는 장면과 주유(周瑜)가 장수들을 배치하는 모습, 제갈량이 관우(關羽)·장비(張飛)·조자룡(趙子龍) 등에게 조조가 도망갈 길을 지키도록 명하는 장면, 화공(火攻)으로 적벽에 주둔하고 있던 조조의 군함들이 불에 타고 조조의 군사들이 혼란이 빠지는 장면이 나오고 있다. 제49회에 묘사된 적벽대전의 실제상황을 한번 감상해보자.

남쪽의 배들이 조조의 수상기지에서 2리 떨어진 지점까지 왔다. 황개가 칼을 한번 휘두르자 앞쪽의 배들이 일제히 불을 발사했다. 불은 바람의 위세를 타고 바람은 불의 위세를 탔다. 배들이 화살을 쏘자 화염이 하늘을 덮었다. 20척의 화선들이 수상기지로 돌진했다. 돌진하는 곳마다 모두 못으로 고정되어 있었다. 강 건너에서 대포소리가 울리고 사방에서 화선들이 일제히 도착했다. 강에는 불이 바람을 따라 날아가서 온통 붉은 기운들이 하늘과 땅을 비추는 것만 보였다(南船隔操寨二里水面, 黃蓋用刀一招, 前船一齊發火. 火趁風威, 風趁火勢, 船如箭發, 煙火漲天. 二十只火船撞入水寨, 所撞之處, 盡皆釘住. 隔江炮響, 四下火船齊到, 但見三江面上, 火逐風飛, 一派通紅, 映天徹地).

정사 《삼국지》와는 비교가 되지 않을 정도로 묘사가 생동적이고 구체적이다. 또 제50회는 조조의 필사적인 도주와 관우가 화용도(華容道)에서 조조를 놓아준 것 그리고 제갈공명이 관우를 처벌하는 것으로 끝이 나는데, 이로써 적벽대전은 막을 내리게 된다. 이중 관우가 화용도에서 조조를 놓아주는 것이 적벽대전의 마지막 하이라이트가 아닌가 싶다. 이 부분을 한번 감상해보자.

조조가 몸을 굽혀 관우에게 말했다. "장군 그동안 잘 계셨소?" 관우도 몸을 굽혀 답했다. "관 아무개가 군사의 명을 받고 승상을 기다린 지 오래되었습니다." 조조가 말했다. "이 조조가 병사를 모두 잃어버리고 이곳에 오니 길도 없구려, 장군께서는 옛날 하신 말을 중히 여겨 주기 바라오." 관우가 대답했다. "옛날 제가 승상의 큰 은혜를 입었다고 하나 일찍이 (顔良을 베고 文醜를 죽여) 백마에서의 위기를 벗어나게 해준 것으로 보답했나이다. 오늘 명을 받듦에 어찌 사사로운 정을 내세우겠습니까?" 조조가 말했다. "다섯 관문을 통과하며 장수를 벨 때를 기억하고 계시오? 옛날의 대장부는 신의를 중히 여겼소, 장군은 ≪춘추≫에도 밝으시니 어찌 유공지사가 자탁유자를 쫓은 일을 모르시오?" 관우는 듣고서 말없이 고개를 떨구었다……이에 말머리를 돌려 병사들에게 말했다. "사방으로 모두 물러나라."(曹操欠身與雲長曰: "將軍別來無恙?" 雲長亦欠身答曰: "關某奉軍師將令, 等候丞相多時." 操曰: "曹操兵敗勢危, 到此無路, 望將軍以昔日之言爲重." 雲長答曰: "昔日關某雖蒙丞相厚恩, 曾解白馬之危以報之矣. 今日奉命, 豈敢爲私乎?" 操曰: "五關斬將之時, 還能記否? 古之大丈夫處世, 必以信義爲重, 將軍深明≪春秋≫, 豈不知庾公之斯追子濯孺子乎?" 雲長聞知, 低首不語……於是把馬頭勒回, 與衆軍曰: "四散擺開.")

인용문의 "유공지사(庾公之斯)가 자탁유자(子濯孺子)를 쫓은 일"은 ≪맹자(孟子)・이루하(離婁下)≫에 보인다. 내용은 이렇다: 춘추(春秋) 시기, 정(鄭)나라는 자탁유자를 앞세워 위(衛)나라를 침공했다. 위나라는 유공지사를 보내 그를 막게 했다. 이 두 사람은 모두 활을 잘 쏘았다. 그러나 자탁유자는 병이 들어 활을 잡을 수 없었다. 이에 유공지사는 "나는 윤공지타(尹公之他)에게 활을 배웠고, 윤공지타는 또 당신에게 활을 배웠소. 그러니 나는 당신의 기술로 당신을 해칠 수 없소."라고 말하고는 4개의 화살을 꺼내 쇠테를 풀고 화살촉을 빼낸 뒤 이를 쏘고 돌아갔다.

이 구절을 읽으면 누구나가 관우의 의리에 감탄하면서도 조조를 놓아준 것에 많은 아쉬움을 갖는다. 또 한편으로는 관우의 약점을 파고든 조조의 심리전술도 대단하다는 생각이 든다. 이로써 오・촉 연합군은 전쟁에서는

149

승리했지만 다잡은 조조를 놓침으로써 그에게 권토중래할 수 있는 기회를 주었다. 만일 관우가 아닌 조자룡이나 장비였다면 조조의 목은 분명 달아났을 것이고, 그랬다면 극적인 요소는 반감되었을 것이다. 여기에서 우리는 작가의 스토리 구성능력과 상상력을 엿볼 수 있다. 작가는 거대 전쟁이 끝나고 또 하나의 흥미진진한 스토리를 배치하여 독자들에게 한시도 눈을 다른 곳으로 돌릴 틈을 주지 않았으니 말이다.

✿ 영화 속 ≪적벽대전≫

몇 년 전에 상영된 영화 ≪적벽대전≫이 조조의 패주로 끝이 나고 화용도에서 관우가 조조를 놓아주는 장면이 없었던 것에 필자는 상당히 아쉬워했던 기억이 있다. 왜냐하면 적벽대전은 실제적으로 화용도에서 관우가 조조를 놓아주는 것으로 끝이 난다고 볼 수 있는데, 이때 관우가 과연 조조의 목을 벨 수 있는가라는 문제는 영화에서도 사람들의 흥미를 충분히 끌 수 있는 소재라고 생각했기 때문이었다.

우리가 알고 있는 적벽대전의 이야기는 소설 속의 이야기에 기인한다. 또 그것을 실제 일어난 역사로 생각한다. 소설이 우리에게 준 착시현상이 아닌가 싶다. 다만 분명한 것은 ≪삼국연의≫는 정사 속의 짧은 기록들을 단서로 삼아 작가가 풍부한 상상력을 동원해 독자에게 서술하고 있다는 점이다. 독자로서는 행운이다. 이렇게 방대하고 정교한 스토리를 엮는 힘은 어디에서 나오는 것일까?

붉은 꽃 자주 꽃 한가득 피었어도

姹紫嫣紅開遍

14

[明] 탕현조(湯顯祖; 1550-1616)

등장인물

생(生): 남자주인공, 유몽매(劉夢梅)

단(旦): 여자주인공, 두여낭(杜麗娘)

첩(貼): 두여낭의 시녀. 춘향(春香)

노단(老旦): 두여낭의 어머니

말(末): 화신(花神)

두여낭　　(노래한다)

【요지유(遶池遊)】 꿈을 깨니 꾀꼬리 꾀꼴꾀꼴,

　　　　　　　　눈부신 봄 햇살 도처에 가득,

　　　　　　　　작고 깊은 정원에 서있으니.

춘향　　　(노래한다)

　　　　　　　　침향(沈香) 타고 연기 사라지고,

　　　　　　　　남은 꽃 실은 아무렇게 내버려졌네,

　　　　　　　　올 봄은 어찌하여 작년보다 더 설레일까?

두여낭　　(읊는다)

〔오야제(烏夜啼)〕동트니 매화관(梅花關) 어렴풋하고,

　　　　　　　　화장은 밤사이 엉망이 되었네.

151

춘향   (이어서 읊는다)

　　　　　아씨 올린 쪽머리도 난간에 기댄 듯 삐뚜름해요.

두여낭   (읊는다)

　　　　　잘라도 잘리지 않고,

　　　　　빗고 빗어도 헝클어지니,

　　　　　이 답답함 끝이 없구나.

춘향   (이어서 읊는다)

　　　　　꽃과 새들에게 봄 구경 가라고 벌써 이야기해뒀죠.

두여낭   향아, 꽃길은 쓸라고 했니?

춘향   예, 아씨.

두여낭   경대와 옷을 가져다줄래.

(춘향이 경대와 옷을 들고 등장한다)

　　　　　구름머리 단장 끝내고 또 거울질,

　　　　　비단 옷 갈아입으니 향내 더욱 물씬.

춘향   경대와 옷 여기 있어요.

두려낭

　　【보보교(步步嬌)】 한적한 정원엔 아지랑이 살랑살랑,

　　　　　봄은 실처럼 하늘거리네.

　　　　　한참을 있다,

　　　　　꽃 비녀 매만지고.

　　　　　뜻밖에 능화(菱花) 거울이,

　　　　　이 사람의 반쪽 얼굴을 훔쳐보니,

　　　　　수줍어 오색구름 같은 머리 삐뚤어졌네.

(걷는다)

　　　　　규방을 맴도는 사람이 어찌 온전한 모습 보이리!

춘향   오늘 참으로 예쁘세요.

두여낭

【취부귀(醉扶歸)】네가 말했지,
　　　　　진홍색 치마저고리 선명하고,
　　　　　팔보(八寶) 박힌 꽃 비녀 영롱하다고.
　　　　　그래서 안다고 했지,
　　　　　아씬 날 때부터 천연의 아름다움을 좋아하는 것이
　　　　　라고.
　　　　　춘삼월 좋은 시절인데 봐주는 이 없어.
　　　　　(내 아름다움에) 물고기 숨고 기러기 내려오며 새들
　　　　　놀라 시끄러운데.
　　　　　꽃은 부끄러워하고 달도 숨으며,
　　　　　근심에 떨고 있는 꽃도 있지.

춘향　　아침 차 드실 시간이에요, 가시지요. (걸으며) 이것 좀 보세요.

　　　　　화랑(畵廊)은 칠이 반쯤 떨어졌고,
　　　　　연못가 누각엔 이끼들로 가득해요.
　　　　　풀 밟자니 꽃버선 더러워질까 두렵고,
　　　　　꽃 귀히 여겨 쇠 방울 소리만 아프도록 울려대요.

두여낭　　정원에 안 오면, 누가 이런 봄 경치를 알까!

【조라포(皂羅袍)】붉은 꽃 자주 꽃 이렇게 한가득 피었어도,
　　　　　마른 우물과 허물어진 담장 가에 있구나.
　　　　　이리 좋은 날과 이리 아름다운 경치를 어떡하며,
　　　　　즐거운 일 가득한 이곳은 누구네 정원인가!
　　　　　이런 곳이 있다고 아버지와 어머니는 한 번도 말씀하신 적이
　　　　　없어.

(합창)

　　　　　아침에 구름 날리고 저녁에 빗물 밀려드는,
　　　　　누대 저 높이 오색구름 걸렸네.
　　　　　가랑비는 봄바람에 실려 날리고,

_____ 14 붉은 꽃 자주 꽃 한가득 피었어도

오색배 위로 물안개 피어오르건만.

규방의 여인들은 이 봄빛을 너무 외면하는구나!

춘향　　　꽃들 다 피었는데, 저 모란은 아직 이네요.

두여낭

　　　【호저저(好姐姐)】 푸른 산은 두견화 울어 온통 붉고,

　　　　　　　　찔레나무 너머로 아지랑이 취한들 하늘거려.

　　　춘향아,

　　　　　　모란이 꽃 중에 제일이라지만,

　　　　　　봄에 늦게 피고 다른 꽃과 함께 지니 어찌 제일이겠니?

춘향　　　제비랑 꾀꼬리가 쌍쌍이에요.

(합창)

　　　　　넋 나간 듯 한참을 보네,

　　　　　제비는 지지배배 맑게 노래하고,

　　　　　꾀꼬리는 꾀꼴꾀꼴 옥구슬을 굴리네.

두여낭　　돌아가야겠어.

춘향　　　이 정원은 정말 봐도 봐도 끝이 없어요.

두여낭　　그래봤자 뭔 소용 있어! (가는 동작을 한다)

　　　【격미(隔尾)】 끝이 없다하여 미련 두고,

　　　　　　　　열두 정자 다 도는 건 부질없는 일이지.

　　　　　　　　정신 차리고 돌아가 쉬어야겠어.

(도착하는 동작을 한다)

춘향

　　　　　서쪽 누각의 문을 열고,

　　　　　동쪽 누각의 침대를 펴네.

　　　　　꽃병에 영산홍을 꽂고,

　　　　　향로에 침향(沈香)을 더 넣네.

　　　아가씨, 잠깐 쉬세요, 저는 마님 좀 뵙고 올게요. (퇴장한다)

두여낭   (탄식한다)

　　　　살그머니 봄 구경 가면서,
　　　　살짝 쪽진 머리 해보았네.

봄아, 너와 둘이 함께 거닐었지, 네가 가버리면 나는 어떻게
지내란 말이니? 휴우, 이런 날엔 졸음도 잘 와. 춘향이는 어디
있담? (좌우를 둘러본다) (또 고개를 떨구고 중얼거린다) 세상에, 봄이
사람의 마음을 흔들어 놓는다더니, 정말이었어! 시(詩)며 사(詞)
며 악부(樂府)를 보면, 옛 여인들은 봄에 정을 느끼고, 가을에
한이 서린 다 했는데, 정말 틀린 말이 아니었어. 내 나이 올해
열여섯인데, 훌륭한 낭군님 아직 만나지 못했어. 갑자기 춘정
이 일어났으니, 어떡하면 장원급제한 이를 만날 수 있을까? 옛
날 한부인(韓夫人)은 우(于) 도령을 만났고, 장생(張生)은 최앵앵(崔
鶯鶯)을 만나, ≪제홍기(題紅記)≫와 ≪최휘전(崔徽傳)≫이라는 책
이 나왔지. 이 네 분의 재자가인들은 몰래 밀애를 즐기다가,
후에 부부가 되었다지. (길게 탄식한다) 나는 고관대작의 명문가
에서 나고 자랐는데. 머리 올릴 나이는 이미 지났건만, 아직
혼례조차 치루지 못했으니, 정말이지 청춘을 허비하고 있는
것 같아. 시간은 순식간에 가버리는데 말이야. (눈물을 흘린다) 얼
굴은 꽃과 같건만, 신세가 나뭇잎처럼 이렇게 박복할 줄이야!

【산파양(山坡羊)】십란해 춘정 삭이기 어려운데,
　　　　　　　불현 듯 가슴엔 원망이 샘솟네.
　　　　　　　내 아리따운 소녀로 태어나,
　　　　　　　신선 같은 명문가에 점지되었지.
　　　　　　　무슨 좋은 인연 맺으려고,
　　　　　　　청춘을 저렇게 멀리 내팽개치나!

155

꿈속의 내 마음 누가 알아줄지?

그저 머뭇머뭇 수줍어할 뿐이네.

그 누구 곁에서 은근한 꿈꾸며,

남몰래 봄빛을 만끽할까?

서성거리네,

이 마음 어디에 말할 지!

고달프네,

이 박복한 인생,

하늘에 물어 보리!

몸이 노곤하니, 잠시 탁자에 기대 눈 좀 부쳐야겠어. (자는 동작을 한다) (유몽매를 꿈꾸는 동작을 한다) (유몽매가 버들가지를 들고 등장한다)

유몽매

따사로운 날 꾀꼬리 노래 소리 감칠 나고,

풍정(風情)을 만난 사람 즐겁게 웃네.

꽃길 지나고 물 따라 들어와,

오늘 아침 완조(阮肇)처럼 천태산(天台山)에 오르네.

소생 지나가는 길에 두씨 낭자를 따라 왔는데, 어찌 보이지 않죠? (돌아본다)

아! 낭자, 낭자!

(두여낭이 놀라 일어난다) (서로 인사한다)

유몽매 소생이 낭자를 찾아 도처를 헤맸습니다, 여기 계셨군요! (두려낭이 말하지 않고 힐끔 쳐다본다) 마침 정원에서 수양버들 가지 하나를 꺾었습니다. 낭자, 낭자께서는 서책에 통달하셨으니, 이 버들가지를 두고 시를 한 수 지어보시지 않겠소?

(두려낭은 기뻐하면서도 놀라 말하려다 그만둔다)

두여낭 (생각한다) 이 선비님은 지금껏 본 적이 없는데, 무슨 일로 여기

156

까지 왔을까?

유몽매　　(웃으며) 낭자, 제가 낭자를 무척 사모한답니다.

　　【산도홍(山桃紅)】꽃 같이 어여쁜 낭자여,

　　　　　　세월은 흐르는 강물이라오.

　　　　　　여기저기 찾았소만,

　　　　　　규방에서 신세한탄 하고 있었네요.

　　낭자, 저쪽에 가서 이야기 좀 나누지 않겠소.

(두려낭은 미소만 머금은 채 발을 떼지 못한다) (유몽매가 옷을 잡아끄는 동작을 한다)

두여낭　　(나지막하게) 어디로요?

유몽매

　　　　　　여기 작약 꽃 난간 앞을 돌아서,

　　　　　　태호석(太湖石) 가로요.

두여낭　　(나지막하게) 선비님, 뭐하시게요?

유몽매　　(나지막하게)

　　　　　　낭자와 옷자락 끄르고,

　　　　　　허리띠 풀며,

　　　　　　입으로 소매 자락 물어 가리고,

　　　　　　수줍음 참고 잠시 달콤하게 자려구요.

(두려낭이 부끄러워한다) (유몽매가 두려낭을 안는다) (두려낭이 살짝 밀쳐낸다)

(합창)

　　　　　　어디선가 만난 적 있어,

　　　　　　서로 조심스럽게 쳐다보네.

　　　　　　이 좋은 곳에서 만났건만 말 한마디 못하려나?

(유몽매가 두려낭을 꽉 끌어안고 퇴장한다) (말(末)이 화신(花神)으로 분장해 속발관(束髮冠)을 쓰고, 붉은 옷에 꽃을 꽂고 등장한다)

화신

　　　　　　최화어사(催花御史; 전설에 나오는 화신)로 꽃을 아끼며,

_____ 14 붉은 꽃 자주 꽃 한가득 피었어도

봄의 조화를 살핀 지 어언 일 년이라네.

떨어지는 꽃잎을 맞은 나그네 상념에 잠기면,

오색구름 가에서 부질없는 꿈꾸게 한다네.

저는 남안부(南安府) 뒤뜰을 다스리는 화신입니다. 두 태수 댁의 두려낭 아가씨는 유몽매 선비와 훗날 부부가 될 인연이지요. 두씨 아가씨는 봄 구경 갔다가 이성(異性)을 생각하며, 유 선비를 꿈속으로 불러들였습니다. 저 화신은 꽃을 아끼는 직책을 맡아 그녀를 지키러 왔습니다. 이들의 밀회를 감미롭게 해주어야겠습니다.

【포노최(鮑老催)】 순전히 천지조화로고,

　　　　　　　벌레가 꿈틀거리듯 사랑의 기운이 일어나군,

　　　　　　　수줍으면서도 못이기는 척 정신이 흔들리네.

　　　　　　　이것은 보이지 않는 사랑,

　　　　　　　상상 속에서나 이루어 질 법한 이야기,

　　　　　　　인연대로 이루어지지.

　　　　　　　아!

　　　　　　　사랑 놀음에 화대전(花臺殿)이 더러워졌어.

　　　　　　　떨어진 꽃잎으로 깨워야겠군.

(귀문(鬼門)을 향해 꽃을 뿌리는 동작을 한다)

　　　　　　　꿈에 푹 빠져 봄을 실컷 만끽했으니 무슨 미련 있겠나?

　　　　　　　붉은 꽃잎 흩뿌리네.

선비는 긴가민가할 겁니다. 꿈에서 깰 즈음, 두여낭 아가씨를 방까지 잘 데려다 주세요. 저는 갑니다. (퇴장한다)

(유몽매와 두려낭이 손을 잡고 등장한다)

유몽매

　【산도홍(山桃紅)】 한순간 하늘이 도우시어,

　　　　　　　　풀을 이불 삼고 꽃을 베개 삼았죠.

낭자, 괜찮으시오? (두여낭이 고개를 떨군다)

구름 같은 쪽머리 끄덕이니,
붉고 푸른 머리장식 삐뚜름해졌네.

낭자 잊지 마시오.

그댈 만나 무척이나 가까워져,
서서히 사랑으로 이어졌소.
한 몸처럼 함께 하지 못한 것이 한스러울 뿐이오.
햇빛 아래 운우지정(雲雨之情)의 붉은 연지 자국
선명하군요.

두여낭   선비님, 가시는 거예요?

(합창)

어디선가 만난 적 있어,
서로 조심스럽게 쳐다보네.
이 좋은 곳에서 만났건만 말 한마디 못하려나?

유몽매   낭자, 피곤할거요, 쉬어요, 쉬어. (두려낭이 아까처럼 잠을 자게 한다)
(가볍게 두여낭을 다독인다) 낭자, 저는 이제 가보겠소. (돌아보며) 낭
자, 푹 쉬시오, 다시 보러 올 것이오.

봄비 보슬보슬 내릴 때 왔다가,
무산(巫山)에 한 조각 구름 걸릴 때 자고 가네.

(퇴장한다)

두여낭   (놀라 깨며, 낮은 소리로 부른다) 선비님, 선비님, 가시는 건가요? (또
다시 잠에 푹 빠져드는 동작을 한다)

(두여낭의 어머니가 등장한다)

남편은 관아에 앉아있고,
딸은 수놓은 창가에 서있네.
이상하네 딸의 옷섶과 치마에,
쌍쌍이 수놓인 꽃과 새들이.

_____ 14 붉은 꽃 자주 꽃 한가득 피었어도

애야, 애야, 왜 여기서 졸고 있느냐?

두여낭 (잠에서 깨어나 선비를 부른다) 이봐요.

어머니 애야, 왜 그러느냐?

두여낭 (놀라 일어난다) 어머니께서 오시다니!

어머니 딸아, 자수를 놓거나 책을 읽을 것이지, 대낮에 왜 여기서 잠을 자고 있는 게냐?

두여낭 소녀 정원에서 놀다가 그만 봄을 만나 마음이 심란해서 방으로 돌아왔습니다.

마땅히 할 일도 없고, 어느새 몸도 나른해 잠시 쉬던 참이었는데, 오시는 것도 몰랐습니다. 딸의 잘못을 용서해주세요.

어머니 딸아, 이 뒤뜰은 한적하니, 가급적 발길하지 말거라.

두여낭 어머니 말씀을 따르겠습니다.

어머니 딸아, 서재에 가서 책을 읽으려무나.

두여낭 스승님이 안 계셔서, 잠시 쉬고 있는 중이었어요.

어머니 (한숨 쉰다) 어린 것이 다 커서, 자기 생각이 있겠지. 하고 싶은 대로 잠시 놔두자.

정말이지 "고분고분 자식들 따라주면, 부모 노릇하기 여간 쉽지 않다니까."

(퇴장한다)

두여낭 (길게 한숨 쉰다) (어머니가 퇴장하는 것을 보는 동작을 한다) 휴우, 살았네. 오늘 이 두여낭이 십년감수 했네요. 우연히 뒤뜰에 갔는데, 갖은 꽃들이 만발해 있었죠. 경치를 보다 그만 이성을 생각하게 되었어요. 맥이 빠져 돌아와 규방에서 낮잠을 잤죠. 그런데 한 선비를 만났는데, 약관(弱冠)의 나이에 풍채 있고 잘 생긴 분이었어요. 정원에서 버드나무 가지 하나를 꺾어, 웃으며 저에게 이렇게 말했죠. "낭자께서는 서책에 통달하셨으니, 이 버드나무 가지를 두고 시 한 수 지어보지 않으시겠소?" 그때 대답하려는데, 문득 "한 번도 만난 적도 없고, 성도 이름도 모르는데, 이렇게 가벼이 말을 주고받아도 되는 건가"라는 생각이 떠오르는 거예요. 이렇게 생각하고 있는데, 그 선비님이 앞으로 와서 가슴 시린 말을 몇 마디 하시더니, 나를 보듬어 안고 모란정(牡丹亭) 가로 갔죠. 우린 작약 난간 옆에서 운우지정을 나누었지요. 두 사람의 마음이 합해지니, 아끼는 마음 가득, 따뜻한 마음 넘쳤지요. 즐거움이 끝나고, 또 저를 재우더니, 몇 번이나 "쉬어요."라고 했어요. 막 그 선비를 배웅하러 문을 나서는데, 별안간 어머님이 오셔서 깨우지 뭐예요. 그땐 정말 식은 땀이 온 몸에 줄줄 흐르는 것 같았다니까요. 알고 보니 한바탕 꿈이었어요. 얼른 어머니께서 몸을 숙여 예를 올렸지만, 어머니에게 또 한소리를 들었지요. 소녀가 대꾸는 못했지만, 꿈속 일을 어찌 잊을 수 있겠어요? 앉으나 서나 안절부절, 뭔가 빠진 듯이 허전해요. 어머니께서는 서재에 가서 책을 읽으라고 하셨지만 어떤 책을 읽어야 이 갑갑함을 풀 수 있을까요?

(눈물을 닦는다)

【면탑서(綿搭絮)】 운우지정의 비구름,
　　　　　　비로소 꿈결에 이르렀네.
　　　　　　어찌하리 어머니가,
　　　　　　비단 창문 옆에게 잠을 깨우신 것을.
　　　　　　식은 땀 물 뿌린 듯 나고,
　　　　　　마음은 허전 걸음걸이는 비틀비틀,

의욕은 떨어지고 쪽머리는 삐뚜름해졌네.
혼을 다 뺏으니,
앉으나 서나 무엇이 기쁘리?
가서 잠이나 잘 수밖에.

춘향　　(등장하다)

저녁이니 분첩을 닫고,
촉촉한 봄밤에 향을 피우네.
아가씨, 이불에 향을 좀 쏘였으니 주무세요.

두여낭

【미성(尾聲)】봄나들이에 곤해진 이 마음,
향기 쏘인 자수 이불도 필요 없네.
하늘이시여,
마음이 있다면 저 꿈이 멀리 있진 않겠죠.

자유롭게 노니며 봄 경치 보고자 화당(畵堂)을 나서니,
막고 막아도 누를 수 없는 매화 버들의 향기.
유신(劉晨)과 완조(阮肇)가 선녀를 만난 곳을 아시오?
머리 돌리니 봄바람 불어와 애간장 녹이네.

❖ ≪모란정(牡丹亭)·경몽(驚夢)≫(제10출)

【繞池遊】(旦上) 夢回鶯囀, 亂煞年光遍. 人立小庭深院. (貼) 炷盡沈煙, 抛殘繡線, 恁今春關情似去年? 〔烏夜啼〕"曉來望斷梅關, 宿妝殘. (貼) 你側著宜春髻子恰凭闌. (旦) 翦不斷, 理還亂, 悶無端. (貼) 已分付催花鶯燕借春看." (旦) 春香, 可曾叫人掃除花徑? (貼) 分付了. (旦) 取鏡臺衣服來. (貼取鏡臺衣服上) "雲髻罷梳還對鏡, 羅衣欲換更添香." 鏡臺衣服在此.

【步步嬌】(旦) 裊晴絲吹來閒庭院, 搖漾春如線. 停半晌、整花鈿. 沒揣菱花, 偸人半面, 迤逗的彩雲偏. (行介) 步香閨怎便把全身現! (貼) 今日穿揷的好.

【醉扶歸】(旦) 你道翠生生出落的裙衫兒茜, 豔晶晶花簪八寶塡, 可知我常一生兒愛好是天然. 恰三春好處無人見. 不提防沉魚落雁鳥驚諠, 則怕的羞花閉月花愁顫. (貼) 早茶時了, 請行. (行介) 你看: "畫廊金粉半零星, 池館蒼苔一片靑. 踏草怕泥新繡襪, 惜花疼煞小金鈴." (旦) 不到園林, 怎知春色如許!

【皂羅袍】原來姹紫嫣紅開遍, 似這般都付與斷井頹垣. 良天美景奈何天, 賞心樂事誰家院. 恁景致, 我老爺和奶奶再不提起. (合) 朝飛暮卷, 雲霞翠軒; 雨絲風片, 煙波畫船. 錦屏人忒看的這韶光賤! (貼) 是花都放了, 那牡丹還早.

【好姐姐】(旦) 遍靑山啼紅了杜鵑, 荼蘼外煙絲醉軟. 春香呵, 牡丹雖好, 他春歸怎占的先? (貼) 成對兒鶯燕呵. (合) 閑凝眄, 生生燕語明如翦, 嚦嚦鶯歌溜的圓. (旦) 去罷. (貼) 這院子委是觀之不足也. (旦) 提他怎的! (行介)

【隔尾】觀之不足由他繾, 便賞遍了十二亭臺是枉然. 到不如興盡回家閒過遣. (作到介) (貼) "開我西閣門, 展我東閣床. 瓶揷映山紫, 爐添沈水香." 小姐, 你歇息片時, 俺瞧老夫人去也. (下) (旦歎介) "默地遊春轉, 小試宜春面." 春呵, 得和你兩留連, 春去如何遣? 咳, 恁般天氣, 好困人也. 春香那里? (作左右瞧介) (又低首沈吟介) 天呵, 春色惱人, 信有之乎! 常觀詩詞樂府, 古之女子, 因春感情, 遇秋成恨, 誠不謬矣. 吾今年已二八, 未逢折桂之夫; 忽慕春情, 怎得蟾宮之客? 昔日韓夫人得遇于郎, 張生偶逢崔氏, 曾有≪題紅記≫、≪崔徽傳≫二書. 此佳人才子, 前以密約偸期, 後皆得成秦晉. (長歎介) 吾生于宦族, 長在名門. 年已及筓, 不得早成佳配, 誠爲虛度靑春. 光陰如過隙耳. (淚介) 可惜妾身

_____ 14 붉은 꽃 자주 꽃 한가득 피었어도

顔色如花, 豈料命如一葉乎!

【山坡羊】沒亂里春情難遣, 驀地里懷人幽怨. 則爲俺生小嬋娟, 揀名門一例、一例里神仙眷. 甚良緣, 把青春抛的遠! 俺的睡情誰見? 則索因循腼腆. 想幽夢誰邊, 和春光暗流轉? 遷延, 這衷懷那處言! 淹煎, 潑殘 生, 除問天! 身子困乏了, 且自隱几而眠. (睡介) (夢生介) (生持柳枝上)"鶯逢日暖歌聲滑, 人遇風情笑口開. 一徑落花隨水入, 今朝阮肇到天台." 小生順路兒跟着杜小姐回來, 怎生不見? (回看介) 呀, 小姐, 小姐!(旦作驚起介) (相見介) (生) 小生那一處不尋訪小姐來, 却在這里! (旦作斜視不語介) (生) 恰好花園內, 折取垂柳半枝. 姐姐, 你旣淹通書史, 可作詩以賞此柳枝乎? (旦作驚喜, 欲言又止介) (背想) 這生素昧平生, 何因到此? (生笑介) 小姐, 咱愛殺你哩!

【山桃紅】則爲你如花美眷, 似水流年. 是答兒閑尋遍. 在幽閨自憐. 小姐, 和你那答兒講話去. (旦作含笑不行) (生作牽衣介) (旦低問) 那邊去? (生) 轉過這芍藥欄前, 緊靠着湖山石邊. (旦低問) 秀才, 去怎的? (生低答) 和你把領扣松, 衣帶寬, 袖梢兒搵着牙兒苫, 則待你忍耐溫存一晌眠. (旦作羞) (生前抱) (旦推介) (合) 是那處曾相見, 相看儼然, 早難道這好處相逢無一言? (生强抱旦下) (末扮花神束髮冠, 紅衣挿花上) "催花御史惜花天, 檢點春工又一年. 蘸客傷心紅雨下, 勾人懸夢彩雲邊." 吾乃掌管南安府後花園花神是也. 因杜知府小姐麗娘, 與柳夢梅秀才, 後日有姻緣之分. 杜小姐遊春感傷, 致使柳秀才入夢. 咱花神專掌惜玉憐香, 竟來保護他, 要他雲雨十分歡幸也.

【鮑老催】(末) 單則是混陽烝變, 看他似蟲兒般蠢動把風情搧. 一般兒嬌凝翠綻魂兒顫. 這是景上緣, 想內成, 因中見. 呀, 淫邪展汚了花臺殿. 咱待拈片落花兒驚醒他. (向鬼門丟花介) 他夢酣春透了怎留連? 拈花閃碎的紅如片. 秀才才到的半夢兒; 夢畢之時, 好送杜小姐仍歸香閣. 吾神去也. (下)

【山桃紅】(生、旦携手上) (生) 這一霎天留人便, 草藉花眠. 小姐可好? (旦低頭介) (生)則把雲鬟點, 紅松翠偏. 小姐休忘了呀, 見了你緊相偎, 慢廝連, 恨不得肉兒般團成片也, 逗的個日下胭脂雨上鮮. (旦) 秀才, 你可去呵? (合) 是那處曾相見, 相看儼然, 早難道這好處相逢無一言? (生) 姐姐, 你身子乏了, 將息, 將息. (送旦依前作睡介) (輕拍旦介) 姐姐, 俺去了. (作回顧介) 姐姐, 你可十分將息, 我再來瞧你那. "行來春色三分雨, 睡去巫

山一片雲." (下) (旦作驚醒, 低叫介) 秀才, 秀才, 你去了也? (又作痴睡介) (老旦上)
"夫婿坐黃堂, 嬌娃立繡窗. 怪他裙衩上, 花鳥繡雙雙." 孩兒, 孩兒, 你為甚瞌睡在此?
(旦作醒, 叫秀才介) 咳也. (老旦) 孩兒怎的來? (旦作驚起介) 奶奶到此! (老旦) 我兒, 何
不做些針指, 或觀玩書史, 舒展情懷? 因何晝寢於此? (旦) 孩兒適花園中閑玩, 忽值春暄
惱人, 故此回房. 無可消遣, 不覺困倦少息. 有失迎接, 望母親恕兒之罪. (老旦) 孩兒, 這
後花園中冷靜, 少去閑行. (旦) 領母親嚴命. (老旦) 孩兒, 學堂看書去. (旦) 先生不在,
且自消停. (老旦歎介) 女孩兒長成, 自有許多情態, 且自由他. 正是: "宛轉隨兒女, 辛勤
做老娘." (下) (旦長歎介) (看老旦下介) 哎也, 天那, 今日杜麗娘有些僥倖也. 偶到後花
園中, 百花開遍, 睹景傷情. 沒興而回, 晝眠香閣. 忽見一生, 年可弱冠, 豐姿俊妍. 于園
中折得柳絲一枝, 笑對奴家說: "姐姐既淹通書史, 何不將柳枝題賞一篇?" 那時待要應他
一聲, 心中自忖, 素昧平生, 不知名姓, 何得輕與交言. 正如此想間, 只見那生向前說了幾
句傷心話兒, 將奴摟抱去牡丹亭畔, 芍藥闌邊, 共成雲雨之歡. 兩情和合, 真個是千般愛
惜, 萬種溫存. 歡畢之時, 又送我睡眠, 幾聲"將息". 正待自送那生出門, 忽值母親來到,
喚醒將來. 我一身冷汗, 乃是南柯一夢. 忙身參禮母親, 又被母親絮了許多閑話. 奴家口
雖無言答應, 心內思想夢中之事, 何曾放懷. 行坐不寧, 自覺有所失. 娘呵, 你教我學堂
看書去, 知他看那一種書消悶也. (作掩淚介)

【綿搭絮】雨香雲片, 才到夢兒邊. 無奈高堂, 喚醒紗窗睡不便. 潑新鮮冷汗粘煎, 閃的俺
心悠步躭, 意軟鬌偏. 不爭多費盡神情, 坐起誰忺? 則待去眠. (貼上) "晚妝鎖粉印, 春潤
費香篝." 小姐, 薰了被窩睡罷.

【尾聲】(旦) 困春心遊賞倦, 也不索香薰繡被眠. 天呵, 有心情那夢兒還去不遠.

春望逍遙出畫堂, 間梅遮柳不勝芳.

可知劉阮逢人處? 回首東風一斷腸.

명말(明末)의 유명한 희곡가(戲曲家). 강서성(江西省) 임천(臨川) 사람으로, 자는 의잉(義仍), 호는 해약(海若)・약사(若士)이다. 어려서 경사 외에 천문・지리・의학・점술・병법・점술 등에 정통했다고 한다. 33세가 되던 만력(萬曆) 11년(1583)에 과거에 급제하였다. 남경예부주사(南京禮部主事)로 있을 때 당시 정치를 비판하고 재상 신시행(申時行)을 탄핵할 것을 상소했다가 황제의 분노를 야기해 광동성(廣東省) 서문현(徐聞縣) 전리(典吏)로 좌천당했다가 후에 절강성(浙江省) 수창현(遂昌縣) 지현(知縣)으로 다시 발령받았다. 만력 26년(1598) 관직을 버리고 고향에 돌아왔다. 이로부터 8년 동안 집에 거주하며 희곡창작에 몰두하였다. 《모란정》은 바로 그가 고향에 돌아온 첫 해에 지어진 작품이다. 《모란정》 외에 《남가기(南柯記)》와 《한단기(邯鄲記)》 등의 희곡을 남겼다. 67세의 나이로 세상을 떠났다.

탕현조(湯顯祖)의 모습

위의 작품은 《모란정(牡丹亭)》 제10출 <꿈속의 사랑(驚夢)>이다. 《모란정》은 명나라 사람 탕현조(湯顯祖; 1550~1616)가 49세(1598) 때 관직을 버리고 고향에 돌아와서 쓴 첫 번째 희곡작품이다. 이 작품은 총 55출(出; "출"은 중국희곡에서 幕을 세는 단위)로 되어 있는 장편희곡이다. 원제는 《모란정에서 혼이 돌아온 이야기(牡丹亭還魂記)》이다.

❀ 《꿈속의 사랑》과 《모란정》의 유행

꽃이 만발한 봄날, 공부만 하던 여주인공 두여낭(杜麗娘)은 몸종인 춘향이와 함께 아버지 몰래 후원으로 들어선다. 아름다운 봄 날씨와 꽃에 감탄하며 그녀는 아름다운 노래를 부른다. 봄 날씨와 꽃은 새로운 이상 내지 꿈의 시작을 의미한다. 그녀는 꽃다운 나이에 낭군이 없음을 탄식하며 세월을 원망한다. 그 속에는 명대의 부녀자 더 나아가 중국의 부녀자들이 받은 고통과 자유로운 연애를 바라는 간절한 열망이 담겨있다. 또한 현실에서 이루지 못한 사랑을 꿈에서 이루는 장면은 당시 많은 청춘남녀들의 말 못할 마음속 염원을 풀어준 것이었다. ≪꿈속의 사랑≫은 이 뿐만 아니라 곡문(曲文)과 선율도 아름다워 ≪모란정≫에서 가장 뛰어난 구절로 인식되어 왔다.

≪모란정≫ 공연 포스터

　≪모란정≫은 당시 공연되자 "집집마다 읽고 암송하여 ≪서상기≫의 가치를 절반으로 떨어뜨렸다(家傳戶誦, 幾令≪西廂記≫減價)."(沈德符의 ≪顧曲雜言≫)라고 할 정도로 많은 사람들의 호평을 받았다. 특히 억압적인 예교(禮敎) 속에서 자유로운 연애를 갈망하던 많은 여성들은 이 작품을 읽고 감동하지 않음이 없었다. 그 중 누강(婁江)의 유이고(兪二姑)라는 여인은 ≪모란정≫에 심취하여 그 곡문(曲文)을 한 글자도 틀리지 않고 외웠다고 한다. 또 내강(內江)의 김(金)씨 성을 가진 한 소녀는 ≪모란정≫을 읽고 탕현조야말로 소녀의 마음을 가장 잘 이해해주는 사람이라 여겨 그에게 시집가길 원했다. 그녀는 탕현조가 백발이 성성한 노인인 것을 알고는 실망한 나머지 강에 투신자살하였다. 탕현조는 이 소식을 듣고 그녀를 추모하는 시 한 수를 썼다고 한다. 또한 명·청대 많은 극단과 문인들은 이 작품을 무대에 올려 공연하기도 했고 자신들의 문학작품에 그대로 인용하기도 했다. 특히 청대 문학을 대표하는 ≪홍루몽(紅樓夢)≫(제23회)과 ≪도화선(桃花扇)≫(제2회)에도 언급될 정도였으니 당시 얼마나 성행했는지 짐작할 수 있다.

167

_____ 14 붉은 꽃 자주 꽃 한가득 피었어도

❀ ≪모란정≫의 줄거리

남안태수(南安太守) 두보(杜寶)에게 두여낭이라는 16살이 된 딸이 하나 있었다. 어느 봄날 글공부에 지친 두여낭은 시녀 춘향(春香)을 데리고 평소 여인들이 출입할 수 없었던 후원의 정원에 들어간다. 뜻밖에도 정원에는 갖은 꽃들이 만발해 그녀의 마음을 자극했다. 정원을 둘러본 두여낭은 피곤해서인지 모란정 가에 앉아 잠이 들었다. 꿈에 유몽매(柳夢梅)라는 한 청년이 그녀에게 버드나무를 하나 꺾어 주며 사랑을 고백했다. 두 사람은 정원을 이리저리 거닐며 사랑을 나누었다. 꿈에서 깬 후 방으로 돌아온 두여낭은 이일을 잊을 수 없었다. 그녀는 다시 정원으로 가서 꿈에서 본 광경을 찾으려고 했으나 찾을 수 없었다. 이로 두여낭은 유몽매를 그리워하며 시름시름 앓게 된다. 죽기 전에 두여낭은 관을 정원 내의 매화나무 아래에 묻어주고 자신이 직접 그린 초상화를 태호석(太湖石) 아래에 놓아달라고 유언을 한다.

두여낭이 죽은 지 얼마 되지 않아 두보는 회양안무사(淮陽按撫使)로 발령받아 가족들을 데리고 임지로 떠나고 집은 두여낭의 글공부 선생이었던 진최량(陳最良)이 관리하도록 했다.

3년 후, 꿈에서 두여낭과 사랑을 나누었던 유몽매는 과거를 보러 가는 길에 두보의 집을 지나가다 하룻밤을 묵게 된다. 그날 밤 유몽매는 밤에 잠이 오지 않아 후원을 거닐다가 두여낭의 초상화를 보게 된다. 어디선가 본 얼굴 같지만 누구인지 생각이 나지 않았다. 두여낭의 혼백은 염라대왕의 허락을 받아 하계로 내려온다. 꿈속에 만난 사람이 유몽매인 것을 알고 그에게 관을 열어주면 다시 살아날 것이라고 말한다. 유몽매가 두여낭의 관을 열자 옛 모습 그대로의 아름다운 두여낭이 일어나기 시작했다.

두 사람은 그날 밤 바로 과거 시험을 보러 임안(臨安)으로 향했다. 진최량은 두여낭의 무덤이 파헤쳐진 것을 보고 유몽매의 소생이라 여겨 두보에게 사실을 알린다. 두여낭은 마침 아버지가 회안(淮安)에 있다는 말을 듣고 유 몽매와 함께 부친을 찾으러 간다. 두보는 유몽매가 딸의 무덤을 파헤친 사 람임을 알고 그를 임안부(臨安府)로 압송해 모질게 심문한다. 이때 유몽매가 장원에 급제했다는 소식이 알려지면서 그는 목숨을 건지게 된다. 두보는 딸과 사위를 계속 인정하지 않았다. 어쩔 수 없어 황제에게 가서 이 일을 최종적으로 밝히고자 하였다. 두여낭이 황제에게 자초지종을 말하자 황제 는 그들 사이가 사실임을 인정하였다. 이때서야 두보도 자신의 딸과 사위 를 인정하였다.

❀ 사랑은 산 자도 죽일 수 있고 죽은 자도 살릴 수 있다

극에서 두여낭은 애정 때문에 병이 나고, 애정 때문에 죽고, 애정 때문에 살아난다. 죽으면 다시 살아날 수 없는 법인데 그녀는 다시 살아났다. 진정 한 사랑을 했기 때문이다. 탕현조가 그린 것은 물질을 추구하는 사랑이나 목적을 가지고 있는 사랑이 아닌 마음에 우러나오는 진정한 사랑이었다. ≪모란정·서문≫을 보자.

천하의 여자들이 정이 있다하나 어찌 두여낭만 하겠는가? 두여낭은 꿈에서 한 남자를 만나 병이 들었고, 병이 들어 낫지 않자 자신의 모습을 그려 세상에 전한 후 죽고 말았다. 죽은 지 3년이 되었는데 다시 막막한 어둠 속에서 꿈에 본 이를 만나 살아날 수 있었으니 두여낭 같은 이를 일러 비로소 사랑이 있는 사람이라 한다. 어디서 생겨났는지 모르나 갈수록 깊어져가기만 하는 것이 사랑이니, 산 자도 죽을 수 있고 죽은 자도 살아날 수 있다. 살아서 죽어보지 못하고 죽어서 다시 살아나지 못한다면 이 모두가 극진한 사랑이라 할 수 없다. 꿈속의 사랑이 라 해서 어찌 진실이 아니라는 법만 있겠는가?(天下女子有情, 寧有如杜麗娘者 乎! 夢其人卽病, 病卽彌連, 至手畵形容, 傳於世而後死. 死三年矣, 復能溟莫中求

得其所夢者而生. 如麗娘者, 乃可謂之有情人耳. 情不知所起, 一往而深. 生者可以死, 死可以生. 生而不可與死, 死而不可復生者, 皆非情之至也. 夢中之情, 何必非眞?).

부녀자에 대한 규제가 가장 심했던 16세기 중국에서 이런 작품이 출현했다는 것이 그저 놀라울 따름이다. 당시 봉건적 관습 때문에 사랑에 대해 입밖에도 내지 못하고 숨죽여 지내던 수많은 여성들에게 얼마나 큰 위안을 주었을까? 문학이 주는 힘은 이런 것이 아닐까 싶다.

❀ ≪모란정≫를 통해본 중국희곡의 특징

≪모란정≫은 곤곡(崑曲)의 창법으로 지어진 장편희곡이다. 곤곡은 우리가 알고 있는 경극(京劇)과는 확연히 다른 창법이다. 곤곡은 명대 가정(嘉靖; 1522~1567)·융경(隆慶; 1567~1573) 연간 강소성(江蘇省)의 소주(蘇州)와 곤산(崑山) 일대에서 유행한 창법인데 오(吳) 방언에 기초하고 있다. "오"는 중국의 강남지방, 즉 지금의 강소성(江蘇省) 남부지방과 절강성(浙江省) 북부지방을 줄여서 부르는 말이다. 그 창법은 소리가 느리고 완곡한 특징을 갖고 있으며 창(唱)에 대한 상당한 내공을 필요로 한다. 사용 악기는 피리·생황·비파 등이다. 반면 경극의 경우는 청대 중엽 북경에서 형성된 극으로 북경어를 기초로 하며 빠르고 경쾌한 특징을 갖고 있다. 곤곡과 경극은 중국의 남방문화와 북방문화의 차이를 전형적으로 잘 보여준다.

중국희곡은 노래(唱)·대사(賓白)·동작(介)이라는 3대 요소로 구성된다. 아래에서 ≪꿈속의 사랑≫의 일부분을 통해서 살펴보자.

170

두여낭 향아, 꽃길은 쓸라고 했니?
춘향 예, 아씨.
두여낭 경대와 옷을 좀 가져다줄래.
(춘향이 경대와 옷을 들고 등장한다)
　　　　　구름머리 단장 끝내고 또 거울질,
　　　　　비단 옷 갈아입으니 향내 더욱 물씬.
춘향 경대와 옷 여기 있사옵니다.
두려낭
　　【보보교(步步嬌)】 한적한 정원엔 아지랑이 살랑살랑,
　　　　　　봄은 실처럼 하늘거리네.
　　　　　　한참을 있다,
　　　　　　꽃 비녀 매만지고.
　　　　　　뜻밖에 능화(菱花) 거울이,
　　　　　　이 사람의 반쪽 얼굴을 흠쳐보니,
　　　　　　수줍어 오색구름 같은 머리 삐뚤어졌네.
(걷는다)
　　　　　　규방을 맴도는 사람이 어찌 온전한 모습 보이리!
춘향 오늘 참으로 예쁘세요

위에서 "【보보교】"로 되어 있는 것이 곡패(曲牌)라는 것인데, 해당배역이 노래하는 부분이다. 곡패는 중국희곡을 이해하는 데 아주 중요한 개념이다. 곡패란 곡의 음악적 성질을 정해주는 일종의 간판이다. 희곡작품에서 보통 "【 】"형태로 표시된다. 곡패는 시처럼 평측(平仄)과 운자(韻字)가 지정되어 있어 다양한 상황을 나타내 줄 수 있다. 때문에 작가는 상황에 맞는 곡패를 골라 쓸 수 있다. 예를 들어, 【A】라는 곡패는 슬픔을 표현하고, 【B】라는 곡패는 기쁨을 표현한다고 하자. 만일 작곡가가 슬픔을 나타내는 장면을 연출하려면 【A】 곡패를 사용해 작곡을 하게 된다. 이때 작곡가는 반드시 【A】 곡패의 평측과 운자 규정을 준수해야 한다. 중국희곡의 운율미가 뛰어난 점이 여기에 있다. 원문에 나오는 "【조라포(皂羅袍)】"와 "【호저저(好姐

171

姐】"는 상심이나 탄식을 나타내는 곡패인데, 두려낭이 봄날의 경치를 보고 마음을 아파해하는 부분에 사용되고 있다. 중국희곡은 보통 곡패를 여러 개 나열하여 한 출(出; 연극의 "막"에 해당)을 이룬다. 각 출에 나오는 곡패는 짧게는 3~4개, 많게는 10여개 되는 것도 있다. 연기자는 이 곡패들을 연결해 창을 한다. 이곳에서는 두려낭이 창을 하고 있다. 두여낭과 춘향이 사이에 오가는 말이 대사가 된다. 그리고 "( )"의 내용들은 등장인물들이 행하는 동작을 의미한다. "구름머리~더욱 물씬"이라고 된 것은 시(詩) 혹은 사(詞)로 이루어지며 해당 인물이 낭송하는 부분이다.

❈ 세계에서 가장 긴 장편희곡

≪모란정≫은 중국희곡 중 보기 드문 장편희곡이다. 총 55출이나 된다. 이렇게 긴 희곡은 세계적으로도 유례를 찾기 어려울 정도이다. 굳이 예를 든다면 19세기 후반 독일의 바그너가 소위 악극(樂劇)이라는 형식으로 연작 장편 오페라를 만들어 바이로이트에서 공연한 ≪니벨룽겐의 반지≫ 정도이다. 때문에 ≪모란정≫ 전편(全篇)을 무대에 올리려면 며칠씩 소요되었다. 그래서 보통 가장 뛰어난 부분인 제10출 <경몽(驚夢)>, 제12출 <심몽(尋夢)>, 제14출 <사진(寫眞)>, 제20출 <뇨상(鬧殤)>, 제23출 <명판(冥判)>, 제24출 <습화(拾畵)> 등을 뽑아 공연했다. 근래 중국에서 ≪모란정≫ 전편을 공연하는 시도가 있었다. 중국대륙에서는 1999년 건국 50주년을 기념하여 총 34출을 세 부분으로 나누어 7시간에 걸쳐 공연한 바 있다. 20세기 최초의 전편 공연은 중국대륙이 아닌 미국에서 이루어졌다. 1999년 2월 6일부터 9일까지 총 19시간이 소요되는 무대를 뉴욕 링컨 컨티넨탈 센터에서 중국인 감독과 배우들이 공연한 것이다. 그리고 동일한 연출작품이 2003년 2

월에 무려 4일간 총 24시간에 걸쳐 싱가포르에서 공연되었다.

🌸 탕현조와 셰익스피어의 놀라울 정도의 유사성

16세기 중반 중국과 영국에서 세계적인 희곡작가들이 태어났다. 한 사람은 ≪모란정≫을 쓴 탕현조이고, 한 사람은 ≪로미오와 줄리엣≫을 쓴 셰익스피어이다. 그런데 두 사람 사이에는 놀랄만한 공통점이 몇 가지 있다. 첫째, 두 사람의 사망시기가 같다. 탕현조는 1550년생으로 1616년에 사망했고, 셰익스피어는 1564년생으로, 역시 1616년에 사망했다. 탕현조가 셰익스피어보다 14살이 많으나 사망 시기는 똑같다. 둘째, ≪모란정≫과 ≪로미오와 줄리엣≫의 창작시기가 거의 일치한다. ≪모란정≫은 1598년에 지어졌고, ≪로미오와 줄리엣≫은 대략 1595년에서 1597년 사이에 지어졌다. 약 1~3년의 시간차가 있다. 셋째, 장르가 일치한다. 두 작품 모두 무대에서 공연된 연극이라는 점이다. 전자는 곤곡(崑曲)으로, 후자는 연극으로 공연되었다. 넷째, 모두 이전에 나온 작품을 토대로 창작되었다. ≪모란정≫은 송나라의 화본소설(話本小說) ≪두려낭모색환혼기(杜麗娘慕色還魂記)≫을 토대로 지어졌고, ≪로미오와 줄리엣≫은 이탈리아의 소설가 마테오 반델로의 작품을 아서 브루크가 번역한 ≪로미오와 줄리엣의 비화≫라는 책을 토대로 지어진 극이다.

두 사람은 이처럼 놀라울 정도의 유사성을 지닌 극이 각기 다른 세계에서 공연되고 있었음을 알고 있었을까?

🌸 ≪모란정≫과 ≪로미오와 줄리엣≫

앞서 탕현조와 셰익스피어 간의 놀라울 정도의 유사성을 지적했다. 또 하나 흥미로운 것은 이런 유사성에도 서로 상반되는 사상경향이 나타난다는 것이다. 한 가지 예를 든다. ≪모란정≫에서 가장 중요한 부분은 두여낭이 죽었다가 다시 살아나는 장면이라고 할 수 있다. 두여낭은 진정한 사랑을 했기 때문에 죽었다가 살아나 사랑을 이룬 것이다. ≪로미오와 줄리엣≫에서 가장 극적인 부분은 로미오가 줄리엣이 죽은 줄 알고 독약을 마시고 죽고 수면에서 깬 줄리엣이 로미오가 죽은 것을 보고 자결하는 장면일 것이다. 줄리엣도 진정한 사랑을 했지만 그녀는 살아나지 못하고 죽어 사랑을 이루었다. 죽음에서 사랑이냐 사랑에서 죽음이냐의 차이이다. 두여낭과 줄리엣의 사랑이 어쩌면 이렇게 정반대일까? 독자 여러분이라면 어떤 식의 사랑에 더 감동받겠는가?

물론 개인에 따라 느낌이 다를 것이다. 중요한 것은 모두 죽음을 통해 불멸의 사랑을 거두었다는 것이다. 봉건시대에 사랑의 한계를 뛰어넘을 수 있었던 것은 죽음뿐이지 않았을까? 공교롭게도 두 극에는 아버지가 딸의 혼사를 개입하거나 결정하고 있다. 딸의 입장에서 아버지의 결정을 따라야 했지만 그녀들은 하나같이 꿈과 현실에서 이상향을 만나면서 이룰 수 없는 사랑을 하게 된다. 진정한 사랑을 하고자 죽음을 택했던 것이다. 사랑을 위해 죽을 수 있는 사람이 얼마나 될까? 사랑하고 이별하는 것으로 전개되었다면 극적 효과가 이처럼 강렬했을까? 어쨌든 탕현조와 셰익스피어는 불멸의 사랑을 통해 수많은 청춘남녀의 마음을 대변하고 위로했다. 이것이 문학의 힘이고 상상력의 힘이 아닌가 싶다.

174

귀신과 서생의 사랑

聶小倩 15

[淸] 포송령(蒲松齡; 1640~1715)

절강(浙江) 사람 영채신(寧采臣)은 성격이 시원하고 예의도 바르며 자신에게
엄격한 사람이었다. 사람들을 만나면 "나는 평생 두 여인을 두지 않을 것이
오."라고 말했다. 마침 금화(金華)에 갔다가 성 밖 북쪽의 어느 절에 여장을
풀었다. 절 안의 법당과 탑들은 크고 아름다웠지만 뜰에는 사람이 묻힐 정
도의 잡초들이 무성했다. 오랫동안 인적이 끊긴 것 같았다. 동쪽과 서쪽의
승방은 문만 닫혀 있고, 남쪽의 조그마한 승방에만 자물쇠가 새로이 채워
져 있었다. 법당의 동쪽 모퉁이에는 굵고 긴 대나무들이 자라고 있었다. 층
계 아래에는 연꽃이 핀 큰 연못이 있었다. 채신은 절의 고요함이 좋았다.
때마침 학사(學使)가 이 지역에서 시험을 감독하게 되어 성안의 집세가 크게
올랐기 때문에 채신은 이곳에 머물고자 했다. 채신은 산책하며 스님이 돌
아오길 기다렸다. 날이 저물자, 남쪽 문을 열고 한 서생이 왔다. 채신은 얼
른 나아가 예를 갖춰 인사하고 자신의 뜻을 전했다. 그러자 서생이 말했다.

"주인 없는 절이어서, 저도 잠시 머물고 있습니다. 이렇게 외지고 누추한
곳이라도 괜찮으시면 그렇게 하시지요, 아침저녁으로 가르침을 받을 수 있

어, 정말 행운입니다!"

채신은 기뻐하며 짚단을 깔아 침대로 삼고, 판자를 고여 탁자로 만들어, 오래 머물 준비를 했다. 이날 밤, 물처럼 밝고 깨끗한 달이 떴다. 두 사람은 법당 복도에서 마주하고 통성명을 했다. 서생은 이렇게 소개했다.

"성은 연(燕)씨고, 자는 적하(赤霞)입니다."

채신은 그가 과거를 보러가는 수재(秀才)인 줄 알았으나 말소리를 들으니 절강 사람의 말투와 달랐다. 그에게 고향을 물어보니 "섬서(陝西) 사람"이라고 했다. 그가 하는 말은 매우 소박하고 성실했다. 이윽고 서로 할 말을 다 하자 작별인사를 하고 처소로 돌아갔다.

채신은 낯선 곳이라 좀처럼 잠을 이루지 못했다. 그때 승방의 북쪽에서 사람들이 소곤거리는 듯한 말소리가 들렸다. 채신은 일어나 북쪽 창가로 가서 살그머니 엿보았다. 낮은 담장 밖의 작은 정원 한 구석에 마흔 살 정도 되어 보이는 한 여인과 짙은 붉은 색 옷을 입고 머리장식을 한 등이 굽은 한 노파가 달 아래에서 대화를 하고 있었다. 여인이 말했다.

"소천(小倩)이는 왜 이렇게 오랫동안 안 오는 거죠?"

노파가 말했다.

"곧 오겠지."

여인이 말했다.

"할머니를 원망하지 않던가요?"

노파가 말했다.

"안하던데요. 그런데 마음이 답답한 것 같았어."

아낙이 말했다.

"아이가 까다롭다니까요!"

말이 끝나기 전에 열 일고여덟 살 난 한 어여쁜 소녀가 한 명 왔다. 노파가 웃으며 말했다.

"뒤에서 남의 말을 말랬지. 우리 둘이 이야기하는 참에 요것이 아무 소리도 없이 왔구먼. 험담 하지 않은 게 다행이구먼."

그리고는 또 이렇게 말했다.

"우리 귀여운 아가씨는 정말이지 그림 속의 미인 같아. 내가 사내라면 혼이라도 다 뺏길걸."

그러자 소녀가 말했다.

"할머니께서 치켜세워 주시지 않으면, 누가 좋게 말해주시겠어요?"

여자들이 무슨 말을 하는지 알 수 없었다. 채신은 이들이 이웃집 사람들이려니 생각하고 더 이상 듣지 않고 잠을 청했다. 또 얼마가 지나서야 소리는 더 이상 들리지 않았다. 잠에 들려하는데 누군가가 처소에 온 것 같아 급히 일어나 살펴보았다. 바로 방금 북쪽 정원에 나타났던 그 소녀였다. 채신이 놀라 묻자, 소녀는 웃으며 말했다.

"달이 밝아 잠도 오질 않고 해서, 가까이 지내보려고 왔나이다."

채신은 정색하고 말했다.

"그대는 사람들에게 비난받을 행동을 하지 마시오. 나는 사람들이 뭐라 할까 두렵소. 발을 한번 잘 못 디디면, 창피를 사게 될 것이오."

소녀가 말했다.

"밤이라 아무도 모르옵니다."

채신은 다시 꾸짖었다. 처자는 무슨 할 말이 있는 듯 계속 머뭇거렸다. 채신이 호통 쳤다.

"얼른 돌아가시오! 그렇지 않으면 남쪽 승방의 서생에게 알릴 거요."

소녀는 두려워서 물러갔다. 그리고 소녀는 방문 밖에 나갔다가 다시 돌아와 황금 한 덩어리를 담요 위에 놓았다. 채신은 황금을 집어 정원 계단으

177

로 던지며 말했다.

"정당하지 않는 물건으로 내 주머니를 더럽히려 한단 말이오!"

소녀는 부끄러워하며 나가 황금을 줍고 이렇게 말했다.

"철석같은 마음을 가지신 분이네."

다음날 아침, 난계(蘭溪)에 사는 한 서생이 하인을 데리고 시험을 치러왔다가 동쪽 승방에 머물렀는데 한밤중에 갑자기 사망했다. 그 서생의 발바닥 중앙에는 송곳에 찔린 듯한 작은 구멍이 나 있었는데 피가 약간 나와 있었다. 모두 그가 어떻게 죽었는지 몰랐다. 하룻밤 지나자 하인도 죽었다. 증상은 주인과 같았다. 저녁이 되자, 연생(燕生)이 돌아왔다. 채신이 물어보니 연생은 귀신 때문일 것이라고 했다. 채신은 평소 성품이 강직했기에 그의 말을 마음에 두지 않았다. 한밤중에 소녀가 또 와서 채신에게 말했다.

"이제껏 많은 사람들을 접해봤지만 당신처럼 심지가 곧은 사람을 본 적이 없었습니다. 당신은 정말 어질고 지혜로운 분이니 더 이상 숨기지 않겠습니다. 저는 소천(小倩)이라 하며, 성은 섭(聶)씨입니다. 18살에 요절하여 이 절 옆에 묻혔습니다. 요괴의 빈번한 협박으로 여러 차례 이런 천한 일을 했습니다. 사람들에게 염치없는 일을 하고 있지만 정말이지 제가 좋아해서 하는 일이 아닙니다. 지금 이 절에는 당신을 죽일 수 있는 자가 없으니, 사람을 잡아먹는 요귀를 불러 올 것입니다."

채신은 깜짝 놀라 피할 방법을 물었다. 소녀가 말했다.

"연생과 한 방에 계시면 피할 수 있습니다."

채신이 물었다.

"연생은 왜 미혹되지 않는 것이오?"

소녀가 말했다.

"그 사람은 기인이어서, 함부로 가까이 가지 못합니다."

채신이 물었다.

"사람을 어떻게 미혹하오?"

소녀가 말했다.

"저를 갖고 장난칠 때 몰래 송곳으로 발바닥을 찌르면, 정신이 혼미해집니다. 그때 피를 뽑아 요괴들이 마시도록 올립니다. 때로는 황금을 사용해요. 실은 진짜 황금이 아니고 나찰(羅刹)의 뼈입니다. 이것을 사람의 몸에 두면 사람의 심장과 간이 잘려나갑니다. 이 두 가지를 사람에 따라 적절하게 사용합니다."

채신은 감사하며 소녀에게 조심해야 할 때를 물으니 처자는 내일 밤이라고 말해주었다. 소녀는 헤어질 때 울며 이렇게 말했다.

"저는 죄악의 바다에 빠져 구원을 받을 수 없습니다. 당신께서는 하늘을 찌를 듯한 의협심을 갖고 계시니 이 고통으로부터 저를 구해주실 수 있을 것입니다. 제 썩은 뼈라도 거두어 편히 쉴 수 있는 곳에 묻어주신다면 살려주시는 것보다 더 큰 은혜로 알겠습니다."

채신은 선뜻 승낙하고는 어디에 묻혀 있는 지 물었다. 소녀가 말했다.

"까마귀가 둥지를 틀고 있는 백양나무 아래라고만 기억하세요."

소녀는 말을 다하고 방문을 나가서는 어디론지 모습을 감추고 사라졌다.

다음날 채신은 연생이 외출할까봐 일찍 그를 찾아갔다. 진시(辰時)가 되자 술과 음식을 내놓고 연생을 유심히 살폈다. 방을 함께 쓰자고 하니 그는 자신의 성격이 괴팍하고 조용한 것을 좋아해서 그렇게 할 수 없다고 했다. 채신은 그의 말을 듣지 않고 억지로 침구를 챙겨왔다. 연생은 어쩔 수 없이 침상을 옮겨 그의 뜻을 따랐다. 그리고 이렇게 당부했다.

"나는 그대가 대장부라는 것을 잘 아오, 그대의 대장부 기질이 몹시 부럽소, 할 말이 있으나 지금 당장 말하기는 곤란하오. 저 작은 상자는 열어

보지 마시오. 어기시면 쌍방이 곤란해질 것이오."

채신은 약속을 지키겠다고 했다. 그리고 각자 잠자리에 들었다. 연생은 상자를 창가에 두고 베개를 베고 얼마 안 돼 우레 같은 소리로 코를 돌며 잠이 들었다. 채신은 잠을 잘 수 없었다. 두어 시간이 지났을 무렵, 창밖에 사람의 그림자가 어른거렸다. 별안간 창문 가까이 와서 훔쳐보는데, 눈에서 번쩍번쩍 빛이 났다. 채신은 무서워 연생을 부르려고 했다. 그 순간 어떤 물체가 흰 비단처럼 빛나며 상자를 가르고 나왔다. 그것은 창문의 돌로 만든 창살을 부러뜨리고, 순간 빛을 한 번 발하더니 번개가 사라지듯 상자 안으로 들어가는 것이었다. 연생이 잠에서 깨서 일어났다. 채신은 짐짓 자는 척하며 봤다. 연생은 상자를 들어 무엇인가 끄집어내더니, 달빛에 비추며 냄새를 맡아 보는 것이었다. 그것은 영롱한 흰 빛을 띠고 있었는데 길이가 두 치 정도 되고 폭은 부추 잎만 했다. 그런 후 연생은 여러 겹으로 단단히 싸서 다시 낡은 상자에 넣으면서 중얼거렸다.

"어떤 요괴가 이리도 대담하지, 상자까지 망쳐놓다니."

그리고 다시 잠자리에 들었다. 채신은 너무 이상해서 일어나 그에게 묻고 또 본 것을 말해주었다. 연생이 말했다.

"이제는 잘 아는 사이이니 무엇을 더 숨기겠소. 나는 검객이오. 저 돌 창살만 아니었다면 요괴는 그 자리에서 죽었을 것이오. 그렇지만 부상을 입었을 것이오."

채신이 물었다.

"감싼 것은 무엇입니까?

"검이오. 마침 냄새를 맡아보니 요기가 서려 있소"

채신이 그 검을 보고 싶다고 하니, 선뜻 꺼내 보여주었다. 광채가 환하게 나는 작은 검이었다. 그래서 채신은 연생을 더욱 듬직하게 여겼다.

다음날 창밖을 보니 핏자국이 있었다. 절의 북쪽으로 가보니 죽 늘어선 황폐한 무덤 사이로 과연 까마귀가 둥지를 틀고 있는 백양나무가 있었다. 채신은 소천의 유골을 수습하는 일이 이루어지면 짐을 꾸려 돌아가려고 했다. 연생이 송별연을 베풀어주었는데 그 마음이 진실 되고 깊었다. 그는 낡은 가죽 주머니를 주면서 말했다.

"이것은 검 주머니입니다. 귀신을 멀리 할 수 있는 보물입니다."

채신이 검술을 배우고 싶다고 하자 그가 말했다.

"그대처럼 신의가 있고 강직한 사람이라면 배울 수 있습니다. 그러나 그대는 부귀한 사람이어서 이런 길을 갈 사람이 아닙니다."

이리하여 채신은 이곳에 여동생이 묻혀있다고 둘러대고 소천의 뼈를 파내 옷가지에 넣어 배를 얻어 타고 돌아왔다.

채신의 서재는 들판과 마주하고 있었다. 채신은 서재 밖에 무덤을 마련하고 제사를 지내며 기원했다.

"그대의 외로운 넋을 불쌍히 여겨, 나의 집에서 가까운 곳에 묻었소. 여기라면 그대의 노래 소리와 울음소리 모두 들릴 것이니, 다시는 저 못된 요괴들로부터 시달림을 받지 않을 것이오! 여기에 국 한 그릇을 올리오니 드시오, 감미로운 것은 아니지만 부디 뿌리치지 말아주시오!"

기원을 마치고 돌아오는데, 뒤에서 어떤 사람이 부르는 소리가 들렸다.

"잠깐만요, 같이 가요!"

돌아보니 바로 소천이었다. 소천은 기뻐하며 채신에게 감사의 말을 했다.

"당신은 정말로 신의가 있으신 분이십니다, 열 번 죽어도 보답할 길이 없습니다. 당신과 함께 돌아가 어머님께 인사를 드리고 싶습니다. 첩이나 하녀로 삼으신다 해도 후회하지 않겠습니다."

채신이 자세히 보니 피부가 촉촉하고 붉으며 발은 가는 죽순 같았다. 낮

181

에 보니 더더욱 요염하고 아리따웠다. 채신은 그녀를 데리고 서재에 왔다. 잠시 앉아 있어라 하고 먼저 방에 들어가 모친에게 알렸다. 모친은 크게 놀랐다. 그때 채신의 아내는 오랫동안 병중에 있었다. 모친은 며느리가 놀랄까봐 채신에게 며느리에게는 알리지 말라고 했다. 이야기를 하고 있는데 소천이 재빠르게 들어와 바닥에 엎드리며 절을 했다. 채신이 말했다.

"이 사람이 소천입니다."

모친은 놀라 돌아볼 엄두가 나지 않았다. 소천이 모친에게 말했다.

"저는 구천을 떠도는 몸으로 부모형제를 멀리 떠나있습니다. 다행히 공자(公子)님의 은혜를 입어 이렇게 거듭나게 되었습니다. 바라옵건대 허드렛일이라도 시켜주신다면 큰 뜻에 보답하겠나이다."

모친은 어여쁘고 날씬한 소천의 모습을 보고 겨우 입을 열었다.

"아가씨가 우리 아들을 잘 보살펴준다고 하니 이 늙은이로서는 더할 나위 없이 기쁘오. 다만 내 평생 이 아이밖에 없고 대를 이어야하니 귀신과 짝을 이룰 수 없겠구려."

소천이 말했다.

"저는 정말이지 딴 마음이 없습니다. 저승에 있는 사람이라 어머님께서 믿어주시지 않으시군요. 청하옵건대 친오빠로 여기며 어머님 곁에서 아침저녁으로 모신다면 어떤지요?"

모친은 소천의 뜻이 갸륵하여 허락했다. 소천은 채신의 아내에게 인사를 하려 했으나 모친은 병이 있다는 것을 이유로 들어 그만두게 했다. 소천은 곧장 부엌으로 들어가 모친을 대신해 밥을 했다. 집 안팎을 드나들며 살림하는 것이 이곳에 아주 오랫동안 산 사람 같았다. 날이 저물자, 모친은 소천이 무서워 물러가 자라고 하면서도 따로 잠자리를 마련해주지 않았다. 소천은 모친의 뜻을 알고 즉시 밖으로 나왔다. 서재를 지나 들어가려다 뒤

182

로 물러서며 밖에서 서성거렸다. 마치 무엇인가를 두려워하는 것 같았다. 채신이 그녀를 부르자 소천이 말했다.

"방 안에 검기가 서려 있어 너무 무섭습니다. 지난번 길을 오실 때 뵙지 못한 것도 이 때문입니다."

채신은 가죽 주머니 때문이라는 것을 알고 다른 방에 걸어두었다. 소천은 들어와 등잔 밑에 앉더니 얼마 동안 아무런 말이 없었다. 한참을 지나 소천이 말했다.

"밤에도 책을 읽으세요? 첩은 어렸을 때 ≪능엄경(楞嚴經)≫을 읽었습니다. 지금은 거의 다 까먹었습니다. 한 권 구해다주시면 밤에 시간이 날 때 오빠에게 배우겠습니다."

채신은 승낙했다. 소천은 또 말없이 가만히 앉아 있었다. 이경(二更)이 다 되어가는 데도 돌아갈 생각을 하지 않자 채신은 돌아가라고 다그쳤다. 그러자 소천은 슬픈 듯이 말했다.

"낯선 곳에 저 혼자 황량한 무덤에 있으려니 겁이 나요."

채신이 말했다.

"서재에는 따로 침상이 없소. 게다가 오누이지간이라도 거리를 두어야 하지 않겠소."

소천은 일어서서 얼굴을 잔뜩 찌푸리고 울려 하면서 내키지 않는 발걸음으로 문을 나가 돌층계 아래에서 사라졌다. 채신은 이를 안타깝게 여겨 다른 침대에서 자게 해주고 싶었으나 모친이 노할까 두려웠다. 소천은 아침 저녁으로 모친에게 문안을 드리고, 양치질과 세수를 도와드린 다음 부엌으로 내려와 일을 했는데 어느 하나 모친의 뜻을 거스르려고 하지 않았다. 날이 저물면 모친에게 인사하고 물러나 서재로 와서는 등잔 아래서 ≪능엄경≫을 읽었다. 채신이 잠을 자려고 할 때서야 슬픈 표정으로 자리를 떴다.

전에는 채신의 아내가 병 때문에 일을 할 수 없었기에 모친이 일을 도맡아 하느라 힘이 무척 들었다. 소천이 온 후로 모친은 아주 편안해져 그녀에게 고맙게 생각했다. 날이 갈수록 친자식처럼 정이 들어 마침내 소천이 귀신이라는 사실을 잊었다. 저녁에도 차마 돌려보내지 못하고 한 방에서 침식을 같이하도록 했다. 소천은 이곳에 처음 왔을 때 음식을 먹지 못했는데 반 년 가량 지나자 차츰 묽은 죽을 먹을 수 있었다. 모친과 채신은 소천을 끔찍이 아껴서 그녀가 귀신이라는 사실을 입 밖에 꺼내지 않았다. 이웃사람들도 그러한 사실을 전혀 눈치 채지 못했다. 얼마 후 채신의 아내가 죽었다. 모친은 은근히 소천을 며느리로 들이려는 생각을 했으나 아들에게 좋지 않을까 걱정이 되었다. 소천은 모친의 이런 마음을 알아채고 기회를 보아 모친에게 말했다.

"여기 온지 일 년 남짓 지났으니 어머님께서는 제 마음을 아실 거예요. 길가는 사람들에게 해를 주기 싫지 않아 낭군을 따라 왔어요. 아드님에게 마음을 둔 것은 다른 뜻이 있는 것이 아닙니다. 공자님의 훌륭하신 기개는 신께서도 감탄하십니다. 몇 년 동안 제가 아드님을 잘 모셔서 임금님께 칭호를 받아 저승에서 이름을 빛내고 싶을 뿐이옵니다."

모친은 소천에게 악의가 없다는 것을 알았지만 대를 잇지 못할 까 걱정되었다. 소천이 말했다.

"자식은 하늘이 내리는 것입니다. 낭군께서는 복이 있으셔서 집안을 빛낼 아들을 셋이나 둘 운명이시니, 아내가 귀신이라도 이를 막을 수는 없습니다."

모친은 이 말을 믿고 아들과 상의했다. 채신은 기뻐하여 큰 잔치를 열어 친척과 친구들에게 알렸다. 어떤 사람이 신부를 보고 싶다고 하자, 소천은 화장을 예쁘게 하고 당당하게 나왔다. 그 자리에서 있던 사람들 모두 눈을 둥그렇게 뜨며 넋이 나간 듯 쳐다보는데 귀신이라 생각하지 않고 하늘에서 내려온 선녀라고 생각했다. 친척들의 부인네들이 예물을 들고 와 축하하며 서로 인사하려고 했다. 소천은 난초와 매화를 잘 그렸던지라 작은 그림을 하나씩 그려 답례로 주니 그림을 받은 사람들은 귀중하게 간직하며 영광으로 생각했다.

하루는 소천이 창가 앞에서 고개를 숙이고 무언가 불안한 듯한 표정을 지었다. 문득 소천이 물었다.

"가죽 주머니는 어디에 두셨는지요?"

"당신이 무서워해서 봉해 다른 곳에 두었소."

"첩은 오랫동안 살아있는 사람의 기운을 받아서 이제는 무섭지 않으니 침상 앞에 걸어두셔도 됩니다."

채신이 어떻게 된 일인지 물어 보자, 소천이 대답했다.

"3일 전부터 마음이 불안하고 안정되지 않습니다. 금화(金華)의 요괴가 첩이 달아난 것에 분노하고 있으니, 어쩌면 조만간에 이곳으로 저를 찾아올 것입니다."

채신이 가죽 주머니를 가져오자 소천은 여러 차례 살펴보더니 말했다.

"이 자루는 검선(劍仙)이 사람의 머리를 넣는데 쓰는 것입니다. 이렇게 해져 있는 것으로 보아 그동안 얼마나 사람들을 죽였는지 모르겠습니다. 오늘 이렇게 보니 소름이 돋습니다."

소천은 자루를 침상 앞에 걸어두었다. 다음날 소천은 또 그 가죽주머니를 문턱 위에 옮겨 걸도록 했다. 밤이 되자 소천은 등불을 마주하고 앉고 채신에게는 자지 말라고 당부했다. 바로 그때 휙 소리를 내며 무엇인가가 새처럼 날아 떨어졌다. 소천은 깜짝 놀라 장막 안으로 숨었다. 채신이 보니 요괴 같은 것이 눈을 번뜩이며 피 묻은 입을 벌리고 순간적으로 낚아채려는 듯이 덤벼드는 것이었다. 요괴는 문턱까지 이르자 흠칫 뒤로 물러나 한참을 머뭇거렸다. 그리고 조금씩 가죽주머니 쪽으로 다가가 발톱을 들어 잡고 찢으려는 것 같았다. 그때 주머니가 척하는 소리를 내며 두 개의 삼태기가 합쳐진 만큼이나 커지더니 희미하게 보이는 이상한 물체가 갑자기 상반신을 드러내며 요괴를 잡아들이는 것이었다. 그리고는 더 이상 아무런 소리가 나지 않았고 주머니도 원래대로 줄어들었다. 채신은 놀랍고 이상했다. 소천도 나와서 크게 기뻐하며 "이제는 걱정이 없어졌어요!"라고 말했다. 두 사람이 주머니 안을 보니 몇 말(斗)이나 되는 맑은 물만 있었다.

몇 해가 지나서, 채신은 과연 진사에 급제했다. 소천은 아들 하나를 낳았다. 채신은 소실을 들이고 난 후 또 소천과 소실이 각자 아들을 하나 낳았다. 아들들은 모두 관리가 되어 세상에 이름을 떨쳤다.

❖ ≪요재지이(聊齋志異)·섭소천(聶小倩)≫

寧采臣, 浙人. 性慷爽, 廉隅自重. 每對人言: "生平無二色." 适赴金華, 至北郭, 解裝蘭若. 寺中殿塔壯麗, 然蓬蒿沒人, 似絶行踪. 東西僧舍, 雙扉虛掩; 惟南一小舍, 扃鍵如新. 又顧殿東隅, 修竹拱把, 階下有巨池, 野藕已花. 意樂其幽杳. 會學使案臨, 城舍价昂, 思便留止, 遂散步以待僧歸. 日暮, 有士人來, 啓南扉. 寧趨爲禮祀, 且告以意. 士人曰: "此間無房主, 僕亦僑居. 能甘荒落, 且晚惠教, 幸甚!" 寧喜, 藉藁代床, 支板作几, 爲久客計. 是夜, 月明高洁, 清光似水. 二人促膝殿廊, 各展姓字. 士人自言: "燕姓, 字赤霞." 寧疑爲赴試諸生, 而聽其音聲, 殊不類浙. 詰之, 自言: "秦人." 語甚朴誠. 旣而相對詞竭, 遂拱別歸寢.

寧以新居, 久不成寐. 聞舍北喁喁, 如有家口. 起伏北壁石窗下, 微窺之, 見短墙外一小院落, 有婦可四十余; 又一嫗衣𪑛緋, 揷蓬沓, 鮐背尤鐘, 偶語月下. 婦曰: "小倩何久不來?" 嫗曰: "殆好至矣." 婦曰: "將無向姥姥有怨言否?" 曰: "不聞, 但意似蹙蹙." 婦曰: "婢子不宜好相識!" 言未己, 有一十七八女子來, 仿佛艶絶. 嫗笑曰: "背地不言人. 我兩个正談道, 小妖婢悄來無迹響. 幸不訾着短處." 又曰: "小娘子端好是畵中人, 遮莫老身是男子, 也被攝魂去." 女曰: "姥姥不相譽, 更阿誰道好?" 婦人女子又不知何言. 寧意其鄰人眷口, 寢不復聽. 又許時, 始寂無聲. 方將睡去, 覺有人至寢所, 急起審顧, 則北院女子也. 驚問之. 女笑曰: "月夜不寐, 愿修燕好." 寧正容曰: "卿防物議, 我畏人言. 略一失足, 廉恥道喪." 女云: "夜無知者." 寧叱之. 女逡巡若復有詞. 寧叱: "速去! 不然, 當呼南舍生知." 女懼, 乃退. 至戶外復返, 以黃金一錠置褥上. 寧掇擲庭墀, 曰: "非義之物, 汚吾囊槖!" 女慚出, 拾金自言曰: "此漢當是鐵石."

詰旦, 有蘭溪生携一僕來候試, 寓于東廂, 至夜暴亡. 足心有小孔如錐刺者, 細細有血出. 俱莫知故. 經宿, 僕亦死, 症亦如之. 嚮晚, 燕生歸, 寧質之, 燕以爲魅. 寧素抗直, 頗不在意. 宵分, 女子復至, 謂寧曰: "妾閱人多矣, 未有剛腸如君者. 君誠聖賢, 妾不敢欺: 小倩, 姓聶氏, 十八夭殂, 葬寺側. 輒被妖物威脅, 歷役賤務; 靦顔向人, 實非所樂. 今寺中无可殺者, 恐當以夜叉來." 寧駭求計. 女曰: "與燕生同室可免." 問: "何不惑燕生?" 曰: "彼奇人也, 固不敢近." 問: "迷人若何?" 曰: "狎昵我者, 隱以錐刺其足, 彼卽茫若迷, 因攝血以供

187

_____ 15 귀신과 서생의 사랑

妖飲; 又或以金, 非金也, 乃羅刹鬼骨, 留之, 能截取人心肝. 二者, 凡以投時好耳." 寧感謝, 問戒備之期, 答以明宵. 臨別泣曰: "妾墮玄海, 求岸不得. 郎君義氣干雲, 必能拔生救苦. 倘肯囊妾朽骨, 歸葬安宅, 不啻再造." 寧毅然諾之, 因問葬處. 曰: "但記取白楊之上有烏巢者是也." 言已出門, 紛然而滅.

　　明日, 恐燕他出, 早詣邀致. 辰後具酒饌, 留意察燕. 旣約同宿, 辭以性癖耽寂. 寧不聽, 強攜臥具來. 燕不得已, 移榻從之. 囑曰: "僕知足下丈夫, 傾風良切. 要有微衷, 難以遽白. 幸勿翻窺篋襆, 違之, 兩俱不利." 寧謹受教. 旣而各寢. 燕以箱筐置窗上, 就枕移時, 鼾如雷吼. 寧不能寐. 近一更許, 窗外隱隱有人影. 俄而近窗來窺, 目光睒閃. 寧懼, 方欲呼燕, 忽有物裂篋而出, 耀若匹練, 觸折窗上石櫺, 欻然一射, 卽遽斂入, 宛如電滅. 燕覺而起. 寧偽睡以覘之. 燕捧篋檢取一物, 對月嗅視, 白光晶瑩, 長可二寸, 徑韭叶許. 已而數重包固, 仍置破篋中. 自語曰: "何物老魅, 直爾大胆, 致坏篋子." 遂復臥. 寧大奇之, 因起問之, 且以所見告. 燕曰: "旣相知愛, 何敢深隱. 我, 劍客也. 若非石櫺, 妖當立斃. 雖然, 亦傷." 問: "所緘何物?" 曰: "劍也. 适嗅之, 有妖气." 寧欲觀之, 慨出相示, 熒熒然一小劍也. 于是益厚重燕. 明日, 視窗外有血迹, 遂出寺北, 見荒墳累累, 果有白楊, 烏巢其顚. 迨營謀旣就, 促裝欲歸. 燕生設祖帳, 情義殷渥. 以破革囊贈寧, 曰: "此劍袋也, 寶藏可遠魑魅." 寧欲從受其術. 曰: "如君信義剛直, 可以爲此. 然君猶富貴中人, 非此道中人也." 寧乃託有妹葬此, 發掘女骨, 斂以衣衾, 賃舟而歸.

　　寧齋臨野, 因營墳葬諸齋外, 祭而祝曰: "怜卿孤魂, 葬近蝸居, 歌哭相聞, 庶不見陵子雄鬼. 一甌漿水飲, 殊不清旨, 幸不爲嫌!" 祝畢而返, 後有人呼曰: "緩待同行!" 回顧, 則小倩也. 歡喜謝曰: "君信義, 十死不足以報. 請從歸, 拜識姑嫜, 媵御無悔." 審諦之, 肌映流霞, 足翹細笋, 白晝端相, 嬌艷尤絶. 遂与俱至齋中. 囑坐少待, 先人白母. 母愕然. 時寧妻久病, 母戒勿言, 恐所駭驚. 言次, 女已翩然入, 拜伏地下. 寧曰: "此小倩也." 母驚顧不遑. 女謂母曰: "儿飄然一身, 遠父母兄弟. 蒙公子露覆, 澤被髮膚. 愿執箕帚, 以報高義." 母見其綽約可愛, 始敢与言, 曰: "小娘子惠顧吾儿, 老身喜不可已. 但生平止此儿, 用承祧緒, 不敢令有鬼偶." 女曰: "儿實無二心. 泉下人, 旣不見信於老母, 請以兄事, 依高堂, 奉晨昏, 如何?" 母憐其誠, 允之. 卽欲拜嫂. 母辭以疾, 乃止. 女卽入廚下, 代母尸饗. 入房穿戶, 似熟居者. 日暮, 母畏懼之, 辭使歸寢, 不爲設床褥. 女窺知母意, 卽竟去. 過齋欲入, 却退, 徘徊戶外, 似有所懼. 生呼之, 女曰: "室有劍气畏人。嚮道途中不奉見者, 良以此故." 寧悟爲革囊, 取懸他室. 女乃入, 就燭下坐, 移時, 殊不一語. 久之, 問: "夜讀否? 妾少誦《楞嚴經》, 今强牛遺忘, 浼求一卷, 夜暇就兄正之." 寧諾. 又坐, 默然. 二更向盡, 不言去. 寧促之. 愀然曰: "異域孤魂, 殊怯荒墓." 寧曰: "齋中別無床寢, 且兄妹亦宜遠嫌." 女起, 眉顰蹙而欲啼, 足罔儀而懶步, 從容出門, 涉階而沒. 寧竊憐之, 欲留宿別榻, 又懼母嗔. 女朝旦朝母, 捧匜沃盥, 下堂操作, 無不曲承母志. 黃昏告退, 輒過齋頭, 就燭誦經. 覺寧將寢, 始慘然去.

先是, 寧妻病廢, 母劬不可堪. 自得女, 逸甚, 心德之. 日漸稔, 親愛如己出, 竟忘其爲鬼, 不忍晚令去, 留與同臥起. 女初來, 未嘗食飲, 半年, 漸啜稀이. 母子皆溺愛之, 諱言其鬼, 人亦不之辨也. 無何, 寧妻亡, 母隱有納女意, 然恐於子不利. 女微窺之, 乘間告母曰: "居年餘, 當知儿肝隔. 爲不欲禍行人, 故從郎君來. 區區無他意, 止以公子光明磊落, 爲天人所欽矚, 實欲依贊三數年, 借博封誥, 以光泉壤." 母亦知無惡, 但懼不能延宗嗣. 女曰: "子女惟天所授. 郎君注福籍, 有亢宗子三, 不以鬼妻而遂奪也." 母信之, 與子議. 寧喜, 因列筵告戚黨. 或請覲新婦, 女慨然華妝出, 一堂盡眙, 反不疑其鬼, 疑爲仙. 由是五党諸內眷, 咸執贄以賀, 爭拜識之. 女善畫蘭梅, 輒以尺幅酬答, 得者藏什襲以爲榮.

一日, 俯頸窗前, 怊悵若失. 忽問: "革囊何在?" 曰: "以卿畏之, 故緘置他所." 曰: "妾受生气已久, 當不復畏, 宜取挂床頭." 寧詰其意. 曰: "三日來, 心怔忡無停息. 意金華妖物, 恨妾遠遁, 恐旦晚尋及也." 寧果携革囊來. 女反復審視, 曰: "此劍仙將盛人頭者也. 敝敗至此, 不知殺人幾何許. 妾今日視之, 肌猶粟栗." 乃懸之. 次日, 又命移懸戶上. 夜對燭坐, 約寧勿寢. 欻有一物, 如飛鳥墮, 女驚匿夾幕間. 寧視之, 物如夜叉狀, 電目血口, 睒閃攫拿而前. 至門却步, 逡巡久之, 漸近革囊, 以爪摘取, 似將抓裂. 囊忽格然一響, 大可合簀, 恍惚有鬼物, 突出半身, 揪夜叉入. 聲遂寂然, 囊亦頓縮如故. 寧駭詫, 女亦出, 大喜曰: "無恙矣!" 共視囊中, 清水數斗而已.

后數年, 寧果登進士. 女擧一男. 納妾後, 又各生一男. 皆仕進, 有聲.

✿ "단편소설의 왕" 포송령(蒲松齡)

포송령(蒲松齡; 1640~1715)

청나라의 소설가. 자는 유선(留仙), 호는 유천(柳泉)이며, 산동성(山東省) 치천(淄川) 사람이다. 19세 때 동자시(童子試)에 수석으로 합격해 문명을 날렸다. 그러나 이후의 본 시험에서는 누차 낙방하다가 71세 때 겨우 공생(貢生)이 되었다. 31세 때 집안이 어려워 고향에서 서당을 열어 글을 가르쳤다. 작품집으로는 문언소설단편집 ≪요재지이(聊齋志異)≫가 있다.

≪홍루몽(紅樓夢)≫과 함께 청대 문학의 백미로 일컬어지는 ≪요재지이≫에 나오는 ≪섭소천(聶小倩)≫이라는 작품이다. 작가 포송령(1640~1715)은 자가 유선(留仙), 호는 유천(柳泉)이며, 산동성(山東省) 치천현(淄川縣) 사람이다. 명나라 숭정(崇禎) 13년(1640)에 태어나 청나라 강희(康熙) 54년(1715)에 세상을 떠났다. 어려서 아버지 포반(蒲槃)에게 글을 배워 19세 때에 부(府)·현(縣)·도(道)의 세 차례 시험에서 수석을 차지했다. 그러나 이후 과거시험에서 연이어 낙방하여 평생을 실의에 찬 나날을 보냈다. 71세 때 "공생(貢生)"이라는 낮은 관직을 얻지만 이마저도 제대로 된 관직생활을 해보지도 못하고 몇 년 후 세상을 떠났다. 그는 일생동안 가난하게 살면서 교학과 저술 활동에 몰두했다. 작품으로는 산문 500편, 시 1200수, 사 100수를 남겼다. 세상에 그의 이름을 떨치게 해 준 작품이 바로 ≪요재지이≫이다.

"요재(聊齋)"는 그의 서재이름이고, "지이(志異)"는 괴이한 이야기를 기록한 것을 말한다. ≪요재지이≫에 보이는 "괴이한 이야기"란 종합하면 귀신·요괴·신선에 관한 이야기, 기인(奇人)들의 독특한 성격과 행적을 다룬 이야기, 현실에서 보기 드문 자연현상이나 사건을 다룬 이야기들을 말한다. ≪요재지이≫는 총 491편의 작품을 수록하고 있는데 짧은 것은 수 백자, 긴 것은 수천 자에 달한다. 포송령이 이렇게 많은 이야기를 저술하게 된 배경에는 다음과 같은 이야기가 전해온다.

190

"이 책을 지을 때, (포송령은) 아침마다 쓴 차를 담은 큰 사기로 만든 병 하나와 담배 한 갑을 가지고 와서는 행인이 지나가는 큰 길 옆에 두었다. 또 갈대의 심을 넣은 방석을 펴고 그 위에 앉는데 이때 담배와 차는 자신의 몸 곁에 두었다. 길을 가는 사람이 지나가면서 보면, 꼭 강제로 붙들어 이야기를 나누어 기이한 말을 모으는데 사람들이 아는 대로 말하게 했다. 목이 마르면 차를 마시게 하고 간혹 담배를 권하면서 반드시 모조리 말하게 한 다음에야 그만 두었다. 우연하게 한 가지 이야기를 들으면 집에 와서 가공했다. 20년 동안 이렇게 하면서 이 책은 완성되었다(作此書時, 每臨辰, 携一大磁甖, 中貯苦茗, 具淡巴菰一包, 置行人大道旁, 下陳蘆襯, 坐於上, 煙茗置身畔, 見行道者過, 必强執與語, 搜奇說異, 隨人所知. 渴則飮以茗, 或奉以煙, 必令暢說乃已. 偶聞一事, 歸而粉飾之. 如是二十年寒暑, 此書方告蒇)." (추연(鄒弢)의《삼차려필담(三借廬筆談)》)

《요재지이》는 포송령이 20세 전후에 쓰기 시작하여 40세 전후에 완성했다고 전하는데 20년 동안 이런 가공을 거쳐 책을 완성했다. 《요재지이》에 수록된 작품들은 내용이 단순한 귀신과 요괴의 이야기가 아닌 치밀한 구성으로 귀신과 요괴를 통해 현실의 문제를 투영하며 고도의 문학성과 예술성을 겸비하고 있다.

✿ 왕사정(王士禎)과의 인연

포송령은 40여세에 《요재지이》의 초고를 완성한 후 일일이 친구들에게 보여주며 의견을 구했다. 그의 《요재지이》는 치밀한 구성과 그 근저에 흐르는 강한 현실성 때문에 당시 많은 문인들의 주목을 받았다. 그중에서도 당시 문단의 거두인 왕사정(1634~1711)은 《요재지이》에 큰 관심을 보였다. 청나라 때의 필기소설의 기록에 따르면 왕사정은 포송령에게 세 번이나 책을 보여 달라고 했으나 거절당했다고 한다.

191

"많은 돈을 들여 그 원고를 사려고 했는데, 포송령이 한사코 주려하지 않았기 때문에 평가만하고 돌려주었다(欲以百千市其稿, 蒲堅不與, 因加評騭而還之)."

후일 포송령과 가까운 사람이 그 까닭을 묻자 "저 사람이 풍류의 길을 이해하는 사람이기는 하나 따지고 보면 귀인의 신분이고, 나와 같은 시골 뜨기는 그러한 사람과 교제하는데 익숙지 못하기 때문이네."라고 했다. 그래도 왕사정은 단념할 수 없었던지 사람을 중간에 내세워 한번만이라도 읽어볼 기회를 주길 간청했다. 포송령은 그의 성의에 감동하여 어느 날 사동을 보내 원고를 왕사정에게 보여주게 했다. 왕사정은 원고를 읽고 크게 감탄하고는 많은 원고료를 지불하고 책으로 간행하겠다고 요청했다. 그러나 포송령은 왕사정의 요청을 받아들이지 않았고 한다. 왕사정은 책을 다 읽고 다음과 같은 시 한 수를 보냈다고 한다.

"사람들 하는 말이 싫증나서, 가을의 무덤에서 귀신노래 즐겨들었나 보구려 (料應厭作人間語, 愛聽秋墳鬼唱時)."

❀ ≪섭소천≫의 줄거리

여자주인공 섭소천은 18세에 요절한 젊은 여자귀신이다. 이야기의 무대는 금화(金華)의 북쪽에 있는 어느 절과 채영신(寧采臣)의 집이다. 서생 영채신(寧采臣)은 금화(金華)의 변두리에 있는 어느 절에 머문다. 이때 마침 절에 머물고 있던 검객 연적하(燕赤霞)에게서 이 절에 요기가 서려있다는 것을 안다. 소천은 밤마다 요괴들의 협박으로 절에 머무는 서생들을 유혹해 죽인다. 그리고 그들의 피를 빨아 요괴에 올리는 것으로 살아간다. 소천은 영신을 유혹했지만 그는 심지가 곧은 사람이라 달콤한 말로 유혹해도 황금 덩어리를 보여줘도 유혹되지 않는다. 때문에 소천은 이 사람이야말로 자신을 구해줄 사람임을 깨달으면서 그를 따르고자 한다. 영신에게 자신의 무덤을 가르쳐주면서 좋은 곳에 다시 묻어달라고 부탁한다. 영신은 승낙하고 그녀의 유골을 가지고 고향의 자신의 서재 옆 뜰에 묻어준다. 이로써 소천은 요괴들의 통제에서 벗어난다. 영신은 소천을 묻고 집으로 돌아가는데 소천이 따라와 집안일을 도우며 은혜를 갚게 해달라고 한다. 소천이 귀신이라는 것을 안 어머니가 완강하게 반대하나 소천은 묵묵히 집안일을 열심히 도우며 어머니로부터 인정받고 영신과 결혼하게 된다. 한편 소천이 절을 떠난 것을 안 요괴들은 소천을 잡으러 영신의 집에 온다. 소천은 연적하가 준 검 주머니로 요괴들을 물리친다. 이후 두 사람은 아들을 낳고 그 아들은 과거에 급제해 세상에 이름을 떨친다.

✿ 귀신에서 사람으로

이야기가 포송령의 창작인지 아니면 길거리에서 들은 이야기를 가공한 것인지는 분명치 않다. 단편소설로는 그리 긴 편은 아니지만 구성이 짜임새가 있고 흥미롭다. 구성상 크게 두 부분으로 나눌 수 있다. 첫 번째 부분은 절에서 일어나는 일이다. 연적하의 검이 귀신을 공격하는 장면, 영신이 소천의 유혹에 넘어가지 않는 장면, 소천이 영신을 다시 찾아와 자신을 구해달라고 하는 점이 전개된다. 두 번째 부분은 영신이 집에 온 후의 일이다. 영신이 소천의 유골을 가져와 자신의 서재 옆 뜰에 묻어주는 장면, 소천이 은혜를 갚게 해달라는 장면, 소천이 영신의 모친을 극진하게 대하는 장면, 소천이 달아난 사실을 안 요괴들이 소천을 잡으러 오자 소천이 이를 물리치는 장면 등이 나온다. 전체적으로 보면 절에서는 소천을 만나고 집에서 요괴를 물리치고 소천과 혼인하는 이야기이다. 또 절과 집에서 요괴를 공격하는 장면이 독자들의 흥미를 배가하고 있다. 이야기가 단순히 민간에서 내려온 이야기라면 이토록 치밀하게 구성되지 않았을 것이라는 느낌이다. 포송령은 문인 출신 작가답게 이렇게 멋진 이야기로 만들어냈다.

또 하나 흥미를 끄는 것은 귀신이었던 소천이 사람으로 구원되는 과정이다. 소천은 절에서 요괴들의 협박을 받아 젊은 서생을 유혹해 죽이는 짓을 했다. 의리가 강한 채영신을 만나 그녀는 구원을 받고 사람이 된다. 요괴들이 그녀를 잡으러 왔지만 그녀는 요괴들을 물리치고 완전한 자유의 몸이 된다. 사실 이런 과정은 현실에서 악당들로부터 협박을 받는 한 여인이 서생에게 구조되어 자유의 몸이 되었음을 보여준다. ≪요재지이≫에서 말하는 것은 귀신의 이야기지만 그 근저에는 강한 현실적인 내용들을 담고 있다.

🌸 영화 ≪천녀유혼(倩女幽魂)≫(1987)의 배경이 된 이야기

섭소천의 이야기는 1987년 왕조현(王祖賢)과 장국영(張國榮)이 주연한 영화 ≪천녀유혼(倩女幽魂)≫의 소재로 잘 알려져 있다. 영화에서는 왕조현이 섭소천 역을, 장국영이 영채신 역을 맡았다. 원작과의 가장 큰 차이는 절에서 소천의 유골을 수습하여 그녀의 고향에 와서 환생을 빌며 끝나는데 원작에 보이는 소천과 영신이 부부의 인연을 맺는 부분이 빠져있다. 이 영화는 첨단 특수효과를 살린 중국 전통의 의상, 귀신과 인간의 이루어질 수 없는 사랑을 슬프게 재현했다는 평가를 받았다. 홍콩 개봉 이후 동남아시아·한국·일본 등에서 선풍적인 인기를 끌었다. 그 뒤 유럽에서도 상영되었고, 1990년과 1991년에 후속인 2편과 3편이 제작되었다. 사실 ≪천녀유혼≫은

1987년에 정소동(程小東) 감독이 처음 만든 영화는 아니다. 1960년 홍콩의 쇼 브라더스사(Shaw Brothers)가 제작해 그해 프랑스의 칸(cannes) 영화제에 출품되어 그해의 최우수 외국영화로 선정되기도 했다. 1976년에는 텔레비전 드라마로 만들어진 적도 있는데 이를 서극(徐克) 감독이 1987년에 새롭게 구상해서 무협액션의 거장인 정소동 감독을 통해 특수효과를 최대한 살려 제작했다. 인기가 워낙 좋았던 영화여서 2003년에는 영채신과 섭소천이 다정하게 부부로 살아가는 부분에 중점을 둔 텔레비전 드라마도 나왔고, 2011년에는 미모의 여배우 유역비(劉亦菲)가 섭소천 역을, 고천락(古天樂)이 영채신 역을 맡아 연기했다.

다시 캠브리지와 작별하며

再別康橋   16

서지마(徐志摩; 1897~1931)

살며시 나는 떠나네,
내가 살며시 왔듯이,
나는 살며시 손을 흔들어,
서천(西天)의 채색 구름과 작별하네.

저 강가의 금빛 버드나무는,
석양 속의 새색시.
물빛 속 아름다운 그림자,
내 마음에 출렁이네.

개흙 위의 연꽃,
파릇파릇 물 밑에서 자태를 뽐내네.
캠 강의 잔잔한 물결 속에,
난 기꺼이 한 줄기 수초가 되리.

저 느릅나무 그늘 아래의 연못은,
맑은 샘이 아니라 하늘의 무지개.
부초 사이로 비벼 부서지며,
무지개 같은 꿈을 쌓네.

꿈을 찾고 있나? 긴 노를 저어,
청초(靑草)로 더 푸른 곳을 올라가네.
배에 별빛을 가득 담고,
반짝이는 별 빛 속에서 노래를 부르리.

하지만 난 노래를 부르지 않으리.
고요함은 이별의 피리소리.
여름 풀벌레들도 날 위해 침묵하고,
침묵은 오늘 밤의 캠브리지.

살며시 나는 떠나가네.
내가 살며시 왔듯이,
나는 옷소매를 흔들며,
한 조각의 구름도 가져가지 않으리.

❖ ≪재별강교(再別康橋)≫

輕輕的我走了, 正如我輕輕的來.
我輕輕的招手, 作別西天的雲彩.

那河畔的金柳, 是夕陽中的新娘.
波光里的艷影, 在我的心頭蕩漾.

軟泥上的靑荇, 油油的在水底招搖.
在康河的柔波里, 我甘心做一條水草.

那楡蔭下的一潭, 不是靑泉, 是天上虹.
揉碎在浮藻間, 沈澱着彩虹似的夢.

尋夢? 撑一支長篙, 向靑草更靑處漫溯.
滿載一船星輝, 在星輝斑爛里放歌.

但我不能放歌, 悄悄是別離的笙簫.
夏蟲也爲我沈默, 沈默是今晚的康橋!

悄悄的我走了, 正如我悄悄的來.
我揮一揮衣袖, 不帶走一片雲彩.

서지마(徐志摩; 1897~1931)

중국 현대의 대시인. 절강성(浙江省) 해녕현(海寧縣) 출생으로, 원명은 장서(章垿)이다. 미국유학 때 "지마(志摩)"로 개명했다. 1921년 영국의 캠브리지대학교에서 정치경제학을 공부하면서 러셀·디킨즈·카펜터 등의 영국학자와 문인들과 교류했다. 이들의 영향으로 본격적으로 시 창작을 했다. 1923년 호적(胡適) 등과 신월사(新月社)를 조직하며, 1924년에 북경대학교 교수가 된다. 1931년 11월 19일 비행기 사고로 사망한다. 그는 중국 현대시의 개척자로 운율을 중시한 낭만적 서정시를 많이 썼다. 작품집으로는 ≪지마의 시(志摩的詩)≫ 등이 있다.

✿ 짧았던 인생

　　서지마(徐志摩; 1897~1931)의 ≪다시 캠브리지와 작별하며(再別康橋)≫라는 시이다. 서지마는 34세의 젊은 나이에 사망했지만 중국현대문학에서 큰 족적을 남긴 문인이다. 그리고 중국문학에서 그를 위대한 시인의 반열에 올린 것이 작품이 바로 본편이라고 할 수 있다. 서지마는 절강성(浙江省) 해녕현(海寧縣)의 한 부유한 실업가의 집안에서 태어났다. 그는 1916년 북경대학교 정치학과에 입학하지만 은행가를 바라는 부친의 뜻에 따라 1918년 미국의 클라크대학교로 유학 가서 은행학을 배우고 컬럼비아대학교 대학원에서 정치학을 전공해 1년 만에 석사학위를 취득했다. 그러나 러셀(B.Russell)에 심취하여 1920년 영국의 캠브리지대학교 대학원에서 정치경제학을 전공하면서 러셀·디킨즈(Dikinson)·리처드(I.A.Richards) 같은 많은 학자·문인들과 교류하며 이들의 영향으로 시 창작에 눈을 뜬다. 서지마는 1922년 유학생활을 마치고 귀국한 후 북경대학 영문과 교수로 부임하고, 1923년에는 호적(胡適)·양실추(梁實秋) 등과 함께 신월사(新月社)를 조직하여 문학 활동을 전개한다. 특히 그는 문일다(聞一多)와 신시(新詩)의 격률화(格律化)를 시도하여 새로운 시파로서 신월파(新月派)를 형성하는데 주도적 역할을 한다. 후에 북경과 상해·남경 등지를 오가며 강의하다 1931년 11월 19일 비행기 사고로 사망했다. 서지마는 10년간의 짧았던 문학 활동을 통해 많은 명작을 남겼다. 대표적인 작품으로는 시집 ≪지마의 시(志摩的詩)≫과 산문집 ≪낙엽(落葉)≫·≪파리의 편린(巴黎的片鱗)≫ 등이 있다.

✿ 캠브리지(Cambrige)와의 인연

　　서지마는 1920년 10월에서 1922년 8월까지 영국 캠브리지대학교에서 유학생활을 했다. 이 시기는 그의 인생에서 큰 전환점이었다. 그는 이곳에서 자신의 전공이었던 정치경제학 대신 시 창작에 눈을 뜨게 되기 때문이다. 후일 그는 이 시기를 이렇게 설명했다.

> "캠브리지가 나의 눈을 열어주었고, 캠브리지가 나의 지식 욕구를 움직였으며, 캠브리지가 나의 자아의식을 배태했다(我的眼是康橋教我睜的, 我的求知欲是康橋給我拔動的, 我的自我意識是康橋給我胚胎的)."

그리고 6년이 지난 1928년 그는 다시 캠브리지를 방문했다. 처음으로 유학생활을 했고 자신의 정신세계에 큰 영향을 주었던 캠브리지는 그에게 평생 잊지 못할 곳이었다.

✿ 서정성과 운율미를 겸한 시

≪다시 캠브리지와 작별하며≫는 1928년 11월 6일 영국의 캠브리지에서 배를 타고 귀국하던 남중국해(南中國海)상에서 지어졌다. 귀국 후 12월 10일자 ≪신월(新月)≫에 발표하면서 세상에 알려졌다. 시는 총 7절에 각 절은 4구로 이루어져있다. 첫 번째 절은 캠브리지를 떠나는 느낌을 묘사했다. "경경(輕輕)"을 연이어 세 번이나 쓰고 있는 것이 흥미롭다. "경경"은 중국어로 "칭칭(qīngqīng)"이라고 읽는데 소리가 낭랑해 듣기 좋다. 제2절에서 6절까지는 자신이 한때 몸담았던 캠브리지대학교의 아름다운 모습과 진리를 탐구하고자 했던 시절을 회상하는 장면이다. 이중에서 묘사가 가장 뛰어난 부분을 살펴보자. 제2절의 제1·2구 "저 강가의 금빛 버드나무는, 석양 속의 새색시."는 석양의 햇살을 받은 버드나무를 새색시에 비유한 것으로 버드나무의 화사함을 생동적으로 보여준다. 또 제6절 "저 느릅나무 그늘 아래

의 연못은, 맑은 샘이 아니라 하늘의 무지개. 부초 사이로 비벼 부서지며, 무지개 같은 꿈을 쌓네."에서 "비벼 부서지는" 부분은 표현이 아주 절묘하다. 연못을 무지개에 비교하고 "비벼 부서진다."고 했는데 이는 물결의 출렁거림으로 인해 연못의 형상이 흩어지고 망가지는 것을 비유한 표현이다. 그리고 "무지개 같은 꿈을 쌓네."는 이런 흩어지고 망가진 것들이 모여 다시 원래의 연못으로 되돌아가는 것이니 이를 꿈에다 비유했다. 제6절은 연못의 표면에 일어나는 모습을 절묘하게 포착한 표현이라고 할 수 있다. 마지막 제7절은 제1절과 호응하며 캠브리지를 떠나는 것에 대한 진한 아쉬움을 나타내고 있다. 제1절처럼 이곳에서도 "초초(悄悄)"를 두 번 연이어 사용했는데, 역시 운율미가 상당히 뛰어나다. 자신의 추억이 담긴 곳을 그리워하는 것은 인지상정이다. 그런 곳을 다시 찾았을 때 그때의 건물·풍경·사람 등을 떠올린다. 이 시가 사랑받는 것은 사람들의 이런 마음을 자극하고 이런 작가의 심정이 사람들의 공명을 얻기 때문이 아닌가 싶다. 특히 자신의 일생을 바꿀 만큼의 변화를 준 곳이라면 더더욱 그 느낌은 남다를 것이다.

❀ 서지마 시의 의의

서지마는 중국현대시의 개척자로 운율을 중시한 낭만적인 서정시를 주로 썼다. 서지마가 활동하던 1920년대는 자유로운 형식을 가진 현대시가 본격적으로 창작된 시기였다. 이에 따라 문인들 사이에 이를 뒷받침할 현대시의 규범이 어떤 것이어야 하는지가 문제로 떠올랐다. 서지마는 바로 그 규범으로 새로운 격률의 가능성을 모색했었다. 당시 서지마와 같은 생각을 갖고 활동한 시인으로는 호적·양실추·문일다 같은 사람들이 있었다. 서지마는 시는 음악미(音樂美)·회화미(繪畵美)·건축미(建築美)를 가지고 있어야 한다고 주장한 문일다의 주장을 지지했다. 그 자신도 이렇게 말한 적이 있다.

> "시의 생명은 그것의 내재된 음절에 있다는 이치를 알아야 진정으로 시의 맛을 깨달을 수 있다. 사상성이 아무리 높다 해도 정서가 아무리 뜨거워도 철저하게 음악화해야 시를 제대로 알 수 있다(⋯⋯明白了詩的生命是在它的內在的音節的道理, 我們才能領會到詩的眞的趣味. 不論思想怎樣高尙, 情緖怎樣熱烈, 你得拿來澈底的音樂化, 才能取得詩的認識⋯⋯)"

이렇게 서지마와 문일다 등이 제기한 현대시의 격률은 중국현대시 창작의 중요한 규범으로 자리 잡게 된다. 또한 그들은 자신들의 주장을 뒷받침하는 작품들을 지어냄으로써 이론과 창작에서 큰 성공을 거두게 된다. 서지마의 시는 쉽고 매끄러운 언어와 뛰어난 음악성을 가진 시로 많은 대중들의 호평을 받았다.

▌권용호

중국 남경대학교 중문과 문학박사. 현재 한동대학교 객원교수로, 중국 문학과 철학 분야의 번역 및 연구에 힘을 쏟고 있다. 번역한 책으로는 『중국역대곡률논선』(학고방, 2005), 『송원희곡사』(학고방, 2007), 『중국 고대의 잡기』(공역, 울산대출판부, 2010), 『측천무후』(학고방, 2011), 『6년 교육』(에쎄, 2014) 등이 있고, 주요 논문으로는 「창론역주」, 「왕국유 <송원희곡사> 연구」 등이 있다.

아름다운 중국문학 중국문학 그 상상의 세계

발 행 2015년 2월 17일
발 행 2015년 2월 27일

펴낸곳 도서출판 역락
등 록 1999년 4월 19일 제303-2002-000014호
편저자 권용호
펴낸이 이대현
편 집 박선주
디자인 이홍주

주소 서울시 서초구 동광로 46길 6-6(문창빌딩 2F)
전화 02-3409-2058(영업부), 2060(편집부)
팩시밀리 02-3409-2059
e-mail youkrack@hanmail.net
역락 블로그 http://blog.naver.com/youkrack3888

값 12,000원
ISBN 979-11-5686-150-8 03820
잘못된 책은 구입처에서 바꿔 드립니다.

이 도서의 국립중앙도서관 출판시도서목록(CIP)은 서지정보유통지원시스템 홈페이지(http://seoji.nl.go.kr)와 국가자료공동목록 시스템(http://www.nl.go.kr/kolisnet)에서 이용하실 수 있습니다.(CIP제어번호: CIP2015003882)